칠천 개의 아침

칠천 개의 아침

24개국 20년의 여행, 보석 같은 깨달음

초 판 1쇄 2025년 07월 11일

지은이 김현영
펴낸이 류종렬

펴낸곳 미다스북스
본부장 임종익
편집장 이다경, 김가영
디자인 임인영, 윤가희
책임진행 이예나, 김요섭, 안채원, 김은진

등록 2001년 3월 21일 제2001-000040호
주소 서울시 마포구 양화로 133 서교타워 711호
전화 02) 322-7802~3
팩스 02) 6007-1845
블로그 http://blog.naver.com/midasbooks
전자주소 midasbooks@hanmail.net
페이스북 https://www.facebook.com/midasbooks425
인스타그램 https://www.instagram.com/midasbooks

ISBN 979-11-7355-308-0 03810

값 21,000원

미다스북스는 다음세대에게 필요한 지혜와 교양을 생각합니다.

24개국 20년의 여행, 보석 같은 깨달음

칠천 개의 아침

김현영 지음

"대학생에서 워킹맘이 되기까지,

7,300번의 아침이 나를 만들었다!"

미다스북스

자존

나도 모르는 내면의 힘 발견하기

15   타고난 외모 받아들이기   시끌벅적 베트남 미용실

21   완성의 시작은 넘어짐이다   제주에서 핸드스탠드를

27   매일, 조금씩의 힘   갈남항 바닷속 탐험

33   나로서 오롯이 서 있기   엄마의 여행

40   내면의 힘은 누구에게나 있다   아테네 조르바 호스텔

관계

서로에게 자유를 주기

49   낯선 이와의 대화가 치유가 될 때   내 친구 페드라

61   단호히 No라고 말하라   런던의 이상한 아저씨

72   나이를 초월하는 친구가 생기면   메콩강에서 만난 제니 할머니

78   기꺼이 도움 받아도 된다   조르디 씨의 레모네이드

85   배우자에게 자유를 선물하라   영동대로를 누비는 자유부인

일

먹고 사는 일에 충실하기

93   먹고 사는 건 어디나 똑같다   아침엔 미국, 오후엔 호주

100   그대로 진행되는 계획은 없다   여수 향일암의 일출

105   뭘 해야 할지 모를 땐, 묵묵히 한 걸음   동네 3분 여행

110   가끔은 도망치는 것도 도움이 된다   홍콩 맛집을 아시나요

117   당신이 이룬 것이 결코 작지 않다   어머님과 능이버섯

위기
불안은 그저 삶의 일부분임을 알기

127 인생이라는 길을 잃어버렸다면 　월미도에서 만난 청년

132 지금 할 수 있는 일에 집중한다 　메테오라 오르는 길

140 마음껏 슬퍼하라 　리쉬를 만나고 나서

146 외로움 끝엔 늘 사랑이 있고 　파묵칼레에 발을 담그고

152 방황은 새로운 세계와의 만남 　지유가오카 가는 기차길

쉼
내 몸과 영혼의 신호에 귀 기울이기

163 완벽하지 않아도 된다 　상하이는 햄버거가 맛있다

173 일도 취미도 여행도 여유롭게 　프랑크프루트의 할머니들

180 인생에 전환기는 누구나 필요하다 　성남 스포츠센터 가는 길

186 내 몸 항상 아껴주기 　루마니아에서 죽다 살아나다

197 나에게 다정한 시간을 선물하라 　에딘버러에서의 티타임

성장
딱 한 발짝만 더 내딛기

207 모든 처음을 위하여 　나의 첫 총알택시

213 나의 재능은 엉뚱한 곳에 　카이로의 수세미 할아버지

222 거친 길이 더 큰 힘을 준다 　캄보디아 가는 슬로우 보트

229 나이 들어도 할 수 있다 　아빠의 롱베이 트래킹

236 용기는 경험이 쌓여 만들어진다 　씨엠립의 뚝뚝 기사

 **인생**
가슴이 시키는 대로 살아가기

245 인생은 예기치 못한 곳에서 시작한다 　오가키 가는 기차

251 지금, 이 순간을 즐겨라 　스톤헨지, 거인의 돌들

257 과정이 곧 삶이다 　튀르키예 버스 여행

262 필요한 건 한 숟가락의 모험 　코타키나발루의 노을

268 당신이 가는 길이 옳다 　길리에서 만난 수잔

 **행복**
삶의 소소한 기쁨 찾기

281 춤추라. 아무도 보지 않는 것처럼 　브라쇼브에서 스윙 댄스를

289 매번 보는 것도 새로운 눈으로 　반짝이는 삼척 바다

296 때론 동화 같은 장면 속에 있고 싶다 　포르투의 마법

307 풍경이 가슴을 치는 순간 　알프스가 도시에 쳐들어온다

312 지구의 주인이 인간이 아님을 깨달으면 　만타와 다이너마이트

출판사와 계약을 하고 한창 원고를 손보던 어느 날, 꿈을 꿨다.

난생 처음 보는 어떤 노인과 나는 깊은 바닷속에서 이야기를 하고 있었다. 그때 저 멀리 커다란 범고래가 노인에게 다가왔고, 노인은 범고래를 부드럽게 쓰다듬었다. 그리곤 내게 말했다.

"이 아이가 너에게 갈 거야."

고래를 만져본 적 없는 나는 순간 멈칫했으나, 나의 두려움을 눈치 챈 노인은 이어 말했다.

"괜찮아. 두려워하지 않아도 돼."

이윽고 범고래가 나에게 다가왔고, 내가 받아들일 수 있을 정도로 아주 조심스럽게 내 손바닥 안으로 머리를 들이밀었다. 범고래는 마치 강아지처럼 손안에서 애교부리며 뒹굴뒹굴 장난치고 몸을 굴렸다. 나는 노인이 했던 것처럼 부드럽게 고래를 쓰다듬어 주었다.

아침에 눈을 뜨고, 고래가 손 안에 있던 감촉이 여전히 남아 있었을 때, 나는 이 책이 드디어 나오는구나, 실감했다.

휴직 하고 여행기를 처음 쓰기 시작했을 땐 시간 순서대로 몇 년의 이야기를 그대로 풀어냈다. 코로나가 터진 초반이어서 이 글을 쓰는 게 의미가 있나 생각이 들었지만 우선은 썼고, 원고 수정이나 퇴고 없이 그대로 투고했다. 결과는 꽝이었다.

몇 년이 지나 무루 선생님의 수업에서 만난 〈소설가들〉 워크숍 동기들과 다시 이 이야기를 이어나갔을 땐 출간보다도 이야기를 쓰고 누군가가 읽어주는 과정 자체가 나에게 의미 깊었다. '쓰고 읽는다'는 것이 치유고 회생이라는 걸 경험했다. 그러나 여전히 무언가 부족함을 스스로도 느끼고 있었다.

작년에 다시 연이 닿은 이상민 선생님과 본격적으로 책을 구상하고, 다른 여러 책들을 참고하여 기존의 원고를 손 봤다. 아예 새로 쓴 것도 있다.

여러 과정을 거치며 드디어 '고래'가 될 이 원고가 완성되었지만, 그 몇 년의 경험 자체가 나에게 매우 중요했음을 깨닫는다. 그리고 쓰면 쓸수록, 이건 내 이야기가 아니라 누군가에게 닿기 위한 이야기라는 걸 느낀다.

사실 이 책의 시작은 내가 24살 첫 배낭여행에서 돌아온 기념으로 모임을 했을 때 한 친구가 던진 질문이다.

"여행 이야기 좀 해 봐."

난 그 때 한마디도 못 했었다. 그 많은 경험, 감정, 느낌을 어떻게 요약할 수 있단 말인가. 너무 늦었지만 이제야 답을 한다. 어떤 경험은 20년이 지나야 깨달아진다.

여행 중 나를 스쳐간 모든 인연, 책을 쓰는 데 도움을 주신 모든 분들, 그리고 읽어주실 독자분들에게 감사와 사랑을 보낸다.

자신을 먼저 알고,

다른 사람과의 관계를 정립하고,

먹고 사는 일을 점검하고,

그로부터 오는 불안을 직시하고,

자신 안의 소리를 듣고,

그로부터 성장하고,

이를 바탕으로 원하는 인생을 살고,

반드시 행복을 찾을

_____를 위하여

첫 번째 아침

자존

나도 모르는 내면의 힘 발견하기

타고난 외모 받아들이기

시끌벅적 베트남 미용실

사람들이 여행을 좋아하는 이유가 뭘까? 누구든 우리나라를 떠나 해외 한복판에 서 있으면 외행성에 온 우주인이 된다. 내가 아는 사람이 아무도 없고 나를 아는 사람도 없는 상태. 외롭고 자유롭다. 그 자유로움을 느끼기 위해 사람들은 떠난다. 김영하 작가는 『여행의 이유』에서 "여행자는 특별한 존재(somebody)가 되는 게 아니라 '아무 것도 아닌 자', 노바디(nobody)가 된다."라고 했다. 그러나 그렇게 자유로운 노바디가 되기 위해 떠난 여행에서 나는 문득문득 특별한 존재(somebody)가 되었다.

메콩강 투어 마지막 날이었다. 캄보디아로 넘어가기 전날 밤, 나는 투어 일행 중 한국인 두 명을 만났다. 여행을 많이 한 티가 나는 아저씨 둘이었는데, 그들은 나에게 재미있는 제안을 했다.

"머리 감으러 가자고요?"
"네, 베트남 미용실에서 머리 감으면 간단한 두피, 얼굴 마사지를 함께 해줘요. 가격이 무척 저렴해요. 가볼래요?"

아저씨들은 처음 보는 동네 미용실에 거침없이 문을 열고 들어갔다. 10

평 정도 되는 작은 미용실이었지만 나름 깔끔한 구석이 있었다. 양쪽 벽면에 빈 틈 없이 거울이 붙어 있어 공간이 넓어 보였고, 간격을 맞춰 사무실에서 쓸법한 바퀴 달린 의자들이 줄 지어 놓여 있었다.

그러나 거울에 달려 있는 조잡한 조화나 직원들의 옷차림은 촌스럽기 그지없어서 새삼 침을 꿀꺽 삼키게 되었다. 모름지기 미용실은 미에 대해 나보다 한 발짝 앞서가야 하는 곳이고, 직원들은 누가 봐도 따라 하고 싶은 헤어스타일을 하고 있어야 한다. 전문가의 손을 거쳐 조금 더 세련되어져 나갈 것이란 믿음. 그 믿음을 미용실에서 얻지 못할 때 예기치 못한 불안감이 든다는 걸, 베트남의 어느 이름 모를 시골 동네 미용실에 들어서며 알게 되었다.

손님 없던 미용실이 갑자기 분주해졌다. 머리를 감겠다고 이야기하니 2층으로 안내를 받았다. 머리를 감겨주는 침대와 세면대가 나란히 놓여 있었다. 우리는 각자 자리를 잡고 누워, 머리 감는 서비스를 받았다. 짧은 머리의 아저씨 둘에 비해 등까지 내려오는 치렁치렁한 내 머리는 감기는 데 오래 걸렸다. 직원들은 여성 손님에게 훨씬 더 꼼꼼하고 세세하게 샴푸와 마사지를 하는 듯했다. 아마도 난 그 시골동네 미용실에 처음 방문한 한국 아가씨였을 것이다. 작은 미용실의 직원들은 너나 할 것 없이 최상의 서비스를 보여주기 위해 고군분투 했다. 나 역시 처음 받아보는 서비스에 몸 둘 바 몰라 이상하게 몸이 배배 꼬였다. 한국이라면 미용실에서 머리 감는 것 정도야 익숙한 일 아닌가. 그런데도 이 어색한 공기가 무엇인지 그때까진 알지 못했다.

마사지가 끝나고, 젖은 머리를 수건에 돌돌 만 채 1층으로 안내 받았다. 직원들은 나를 친절히 거울 앞 의자로 안내해주었다. 직원 두 명이 드라이기를 들고 열심히 내 머리를 말리기 시작했다. 거울로 미용실을 둘러보았다. 아저씨들은 지루한 표정으로 내 순서가 끝나기만을 기다리고 있었다. 손님은 없었고 멀리 떨어진 채 직원들 사이로 왔다 갔다 하며 가끔씩 내 진행상황을 살피는, 밝은 염색 머리에 샤기 커트를 한 젊은 남자 한 명이 눈에 띄었다. 감이 왔다. 저 사람이 이 미용실의 주인이다.

부리부리한 눈에 시원한 이목구비의 남자는 웃을 때 하얗고 가지런한 치아가 아주 예뻤다. 분명 이 동네에서 인기 많은 잘생긴 오빠일 게 분명했다. 꽃무늬 자수가 섬세하게 그려진 흰 망사 셔츠를 멋들어지게 차려입은 그는 재미없는 옷차림의 한국 아저씨 둘보다 더 패셔니스타였다. 키는 작았지만 나름의 카리스마가 있었다. 그는 먹잇감의 동태를 살피는 사자처럼 조심스럽게 먼 곳에서 나를 지켜봤다. 머리가 거의 다 말라갈 때쯤 그가 조심스레 내 쪽으로 다가와 도구를 쥐었다. 그제야 이 어색한 공기의 이유를 알았다. 머나먼 나라에서 온 이방인에게 솜씨를 보여주고 싶은 건 바로 이 남자였다는 걸. 찰랑찰랑 물결치는 내 머리를 보고도 그냥 지나치면 미용사가 아니라는 듯, 그는 익숙한 솜씨로 머리카락을 손에 쥐었다.

흥미진진해졌다. 그가 만들어 갈 작품이 어떤 모양이 될지, 그때부턴 모두의 눈이 그의 손과 내 머리카락에 집중되었다. 그는 내 쪽은 쳐다보지도 않은 채 자신감 가득한 눈초리로 머리카락만 뚫어지게 바라보았다. '매직기'를 든 그의 오른손이 올라갔다. 왼손은 내 머리카락을 적절한 힘으로 잡고 있었다. 도구가 내 머리카락을 잡고 빠져나가는 순간은 찰나였다. 잡고 빠져나가고, 또 잡고 빠져나가고. 중간중간 스타일을 점검하는 것 또한 잊지 않았다. 예상은 했지만 손놀림이 예사롭지 않았다. 매우 집중한 모습으로 모두에게 '내 실력 보고 있지?' 하고 말하는 듯했다. 난 머리 감는 서비스엔 전혀 포함되어 있지 않은 '원장님 서비스'를 받고 있는 중이었다. 그의 손을 스쳐간 머리카락들이 정돈되는 게 보이자 감탄이 나왔다. 예술적인 손놀림이었다.

나는 줄곧 여행을 하며 내 외모의 정체성은 생각보다 힘이 강하다는 걸 깨달았다. 희고 노란 피부에 검은 머리인 사람만 볼 수 있는 우리나라 혹은 동북아에선 깨닫지 못하지만 어떤 나라에 가면 우리는 그저 있다는 존재만으로도 주목을 받는다. 이집트에서 나는 가게에서 물건을 살 때마다 사기를 당했다. 이집트 숫자를 읽을 줄 알고, 그러므로 물건의 가격이 얼마인지도 아는 나에게 도무지 왜 매번 가격을 높이 부르는지 처음엔 이해하지 못했다. 여러 원인이 있겠지만, 어느 날 문득 깨달았다. 내가 이곳에서 매우 튀는 외모라는 것을. 나의 외모는 생각보다 나에 대해 많이 말해주고 있다는 것을. 어느 여행지에선 사기를 당하고 어느 여행지에선 귀빈처럼 '원장님 서비스'를 받을 수 있다는 것을.

노란 머리 원장님이 내 머리카락을 한 가닥 들며 뚫어지게 바라보던 눈빛을 잊지 못한다. 내 머리카락은 학창시절 친구들 사이에서 유명할 정도로 결이 좋았다. 찰랑찰랑 생머리를 길게 늘어뜨리면 샴푸 광고에서나 볼 수 있는 윤기가 좌르르 흘렀다. 이제는 잦은 펌과 염색으로 모두 과거의 영광이 되었지만 엄마가 줄곧 외할머니를 닮아 새카맣고 예쁜 참머리라고 말했던 머리카락이었다. 베트남 시골의 미용사에게 나의 흑단 같은 머리카락은 하나의 낯선 도전이지 않았을까? 아무리 현지인 같은 행색을 하고 미용실에 들어섰어도, 나는 누가봐도 이방인이었고, 그들이 생전 다뤄보지 않은 인종의 머리카락을 지닌 사람이니 말이다.

솔직히 말하자면, 그가 손질한 스타일이 마음에 들지 않았다. 매직기로 어찌나 머리를 쫙쫙 펴놨는지, 그렇게 볼륨감 없는 머리는 처음이었다. 머리카락을 다루는 능수능란함에 비해 스타일은 구식인 원장님이었다. 하지만 생각해보면 그건 그 스타일을 해준 원장님에 대한 불만이라기보다 내 외모에 대한 불만이었다. 거울로 본 내 모습이 그다지 예쁘지 않았기 때문이다. 자기 외모에 백 프로 만족하는 사람이 어디 있겠냐마는, 내 단점이 고스란히 드러나는 행색을 마주하는 건 결코 쉬운 일이 아니다. 나는 조금 부끄러워졌다.

미용사가 자기 할 일을 다 했다는 듯 쿨하게 자리를 뜨려고 했을 때, 난 이대로 그를 보낼 수 없었다. 나는 원장님을 붙잡았다. 흑단의 머리카락이 반질반질 윤이 나는 나와 흰 망사 셔츠를 멋들어지게 차려 입은 남자가 나란히 섰다. 우리는 미용실 앞에서 사진을 찍었다. 남자는 건치를 드러내며 활짝 웃었다. 훗날 이 사진을 가족, 친구들에게 보여줬을 때 모든 사람들이 원장님과 같은 잇몸 미소를 보이며 좋아했다. 나는 비록 마음에 쪼오끔 안 드는 머리 스타일을 했지만 그 대가로 평생의 추억을 얻었다.

nobody가 아닌 somebody인 여행자가 되는 것. '아무도 아닌 자'가 되고 싶어 떠난 여행에서 주목받는 여행자가 되는 건 누구도 계획하지 않을 것이다. 그러나 somebody가 되는 경험은 자신을 제 3자의 눈에서 볼 수 있게 해준다. 검은 머리에 노란 피부를 지닌 동북 아시아인 여자. 그게 나라는 걸, 여행은 적나라하게 알려준다. 그리고 진짜 여행은 나의 기본 요소를 긍정하는 것에서 시작한다.

"어디에서 왔어요?"
"한국이요."

여행자들의 모든 대화는 여기에서 시작하니까.

있는 그대로의 나를 인정하는 것이 중요하다. '결점이 있을지도 모르지만 그대로의 내가 좋다.'라고 생각하는 것에서 여행이든 삶이든 시작한다. 이방인으로 보여도, 외모가 조금 마음에 안 들어도 그냥 그 순간의 내 모습을 사랑하고 즐기는 것. 만약 미용실 거울에 비친 모습에 불만이어서 얼굴을 찌푸리고 투덜대고 나왔다면 나는 보석 같은 사진 한 장을 얻지 못했을 것이다. 그리고 그 미용사가 정말로 망사 옷을 입고 있었다는 걸 증명하지 못했을 것이다.

한 사람의 분위기는 그가 살아온 인생이 쌓여 드러난다고 했다. 지금의 자신을 순간순간 인정하고 받아들여 잘 익은 위스키처럼 원숙한 향내를 지닌 사람이 되고 싶다. 그러기 위해 오늘도 거울을 보고 한 번 웃는다. 흑단 같은 머릿결은 이제 찾아볼 수 없지만 또 그건 나름대로 괜찮다고. 팔자 주름이 조금 더 예쁘게 생기길 바라며 또 한 번 웃는다.

완성의 시작은 넘어짐이다

제주에서 핸드스탠드를

태어나서의 첫 넘어짐은 기억하지 못한다. 그러나 처음으로 처절하게 넘어졌던 초등학교 3학년의 어느 날은 기억한다. 준비물을 사러 가기 위해 자전거를 끌고 집을 나섰다. 엄마가 등 뒤에서 "그냥 다녀오지."라며 말을 흘렸다. 평소였으면 순탄히 내려갔던 내리막길에서 갑자기 자전거가 비틀댔고 곧이어 세차하는 아저씨 옆으로 우당탕 넘어졌다. 아저씨의 걱정스러운 얼굴이 슬로우모션으로 보일 때부터 아스팔트 바닥에 박힌 순간까지 '아 엄마 말 들을걸.' 하고 생각했지만 이미 때는 늦었다. 야들한 10살 아이의 피부에 땅은 거침이 없었다. 상처투성이인 채 엉엉 울며 집에 돌아가 한바탕 잔소리를 듣고 거울을 보니 여기저기 긁힌 상처와 깨어진 이가 보였다. 그 순간, 나는 세차게 내 뺨을 한 대 쳤다. 그 때 작은 아이는 삶의 가느다란 한 가닥 깨달음을 얻었다. 넘어지면 자신을 원망하게 된다는 것을.

몸이 넘어지든 삶이 넘어지든 사람은 살면서 한 번쯤은 넘어지게 되어있다. 학창시절 시험을 망치거나, 친구와 의도치 않게 싸운다거나, 돈을 잃거나, 대학에 들어가지 못하거나 아니면 취업을 하지 못하거나, 사업에 망하거나, 결혼을 하지 못하거나, 했다가 이혼하거나 이렇거나 저렇거나. 여러 이유에서 우리는 넘어지고 무너지고 그래서 스스로를 원망한다. 넘어지는 걸 의도하는 사람은 아무도 없다. 그것을 어떻게 받아들일지는 오로지 자신의 몫이다.

가을 햇빛이 눈부시던 어느 10월, 나는 제주의 낯선 사람들 틈에서 아사나(요가 동작)를 하고 있었다. 요가를 제대로 배워본 적 없었는데 어떤 연유에서인지 홀리듯 『아무튼, 요가』를 쓴 요가 강사 박상아 선생님의 3박 4일의 요가 워크숍을 신청했다. 매일매일 긴장되는 업무에 즙 짜내듯 몸과 마음이 진력나 있던 시기, 요가 수련은 기적처럼 날 회복시켜줄 것만 같았다. 그때 나는 회사에 휴직 신청을 한 상태였다. 한창 열심히 일하다 쉬고 싶은 마음도 있었지만, 정말 내 마음 속에서 찾는 것이 무엇인지 알지 못했다. 머릿속에 안개가 꽉 찬 채로 강아지들이 반기는 시골 마을의 게스트 하우스에서 수련자들을 처음 만났다. 어색한 것도 잠시, 옷을 갈아입고 수련을 시작한 동료들은 선생님의 구령에 따라 능숙한 몸놀림으로 요가 동작을 행하기 시작했다. 알고 보니 참가한 사람들은 대부분 요가 강사들 아니면 최소한 몇 년은 수련한 사람들이었다. 기초 동작조차 되지 않아 팔다리가 벌벌 떨리는 사람은 나 혼자인 것 같았다. 그제야 정신이 번쩍 들었다. 아뿔싸. 어쩌자고 여길 왔을까.

수련을 하며 내 몸이 여러 군데 망가져 있다는 걸 알게 되었다. 가만히 서 있는 자세부터 팔을 올릴 때의 자세도 형편없었거니와, 엎드린 자세에서 옆구리 옆에 손바닥을 대고 상반신을 올리는 코브라 자세를 할 땐 목이 뻣뻣했다. 소위 엎드려뻗쳐 동작인 플랭크를 하면 팔이 후들거리며 어깨가 무너져 내렸다. 몇 동작을 하다 선생님은 수련을 잠시 멈추고 나에게 다가왔다. 동작을 몇 개 시키곤 다른 수강생들에게 내 몸의 움직임 및 떨림을 보여주며, 제대로 근육을 사용하는 법을 알려주셨다. 초보 티가 팍팍 나는 내 몸은 요가의 기본 동작을 가르치기에 아주 좋은 모델이었던 셈이다. 땀이 뻘뻘 나고 숨이 거칠어졌다. 평안을 얻으려 왔건만, 번뇌가 찾아오고 있었다. 요가에서 몸은 곧 정신과 마음을 드러내는 지표와 같다는데, 몸이 이렇다면, 내 정신과 마음은 얼마나 망가졌다는 뜻일까.

나는 회사의 승진 권유를 거절했다. 그것도 세 번이나. 외부에서 보면 큰 굴곡 없이 안정적으로 사회생활을 해왔고, 누구나 겪는 직장 생활의 고충이 있긴 했지만 꾸준히 올라와 부장의 자리까지 꿰찼다. 그런데 이상하게도 승진을 제안 받는 순간, 더 이상 올라가고픈 마음이 들지 않았다. 말로 설명하긴 힘들었지만 여기서 더 갈 순 없다는 건 확실했다. 다른 이유를 대며 거절을 한 후 나는 내 일, 내 삶에 대해 더욱 깊이 고민하게 되었다. 지금까지 걸어온 길을 계속 걸어갈 필요는 없다. 새로운 방향의 길이 어디엔가 있고, 그걸 찾을 시기가 바로 지금이라는 걸 직감으로 알 수 있었다.

요가 수련의 시작은 넘어짐이다. 요가엔 잘하고 못하고가 없다지만 수련하는 모든 수련자들은 더욱 고난이도의 동작을 완성하고 싶은 마음이 든다. 팔꿈치 아래팔만 땅에 대고 다리를 차올리는 핀차, 머리를 땅에 대고 손으로 감싸 안은 채 다리를 들어 올리는 머리서기, 그리고 대망의 헤드 스탠드 즉, 물구나무서기까지. 이 아사나들은 머리가 땅을 향하고 다리가 공중을 향한다는 공통점이 있다. 제대로 힘쓰는 법을 모르는 상태에서 자칫 잘못 연습하다간 다치기 일쑤인 동작들. 하지만 자세를 완벽히 하기에 앞서 수많은 넘어짐이 필요한 동작들. 3박 4일의 짧은 시간동안 이 고급 아사나들을 숙련되게 하는 건 말도 안 되는 일이다. 선생님은 이 아사나들을 가르쳐주지 않았다. 하지만 한 가지는 가르쳐주셨다. 잘 넘어지는 법. 한 번에 될 아사나들이 아니기에 연습할 때 넘어지는 건 너무 당연하다는 것이다. 그리고 그 넘어짐에 익숙해지고 잘 넘어져야 덜 아프고 다치지 않는다.

나는 내가 제대로 넘어지지도 못한다는 사실에 충격을 받았다. 넘어지는 법을 연습하는 건데도 몹쓸 몸뚱이는 도무지 말을 듣지 않았다. 아직까지 힘이 없는 내 팔과 복부는 제대로 힘을 쓰지 못했고 그에 반해 늘 앉아만 있던 무거운 하체는 힘없이 고꾸라지기 일쑤였다. 나는 암묵적으로 느꼈다. 아직은 아니구나. 발차기조차 제대로 하기 힘든 몸 상태라는 걸, 복부와 팔에 더 힘을 기르고 하체를 가볍게 한 후 도전할 수 있을 거란 걸, 알수 있었다. 이 정도면 선생님이 대충 끝내고 다음 사람으로 넘기시지 않을까, 은근 기대하는 마음까지 생겨났다.

실패보다 더 중요한 건 그 실패를 극복하려는 노력이다. 발차기를 그만하라고 했을 때 선생님이 나를 포기했다고 생각했다. 그러나 선생님은 더 놀라운 말을 했다.

"여기서 포기하면 이건 트라우마가 돼요. 그럼 안 돼. 되게 해야 돼."

생각지도 못한 말이었다. 내가 물구나무서기 하고 싶어서 환장한 사람도 아닌데 이게 트라우마로 남을 수도 있다니. 결국 난 선생님이 지켜보는 가운데 벽을 상대로 바닥에 손을 댄 채 다시 다리를 위로 차고 또 찼다. 어깨는 계속 무너지고, 팔은 후들거리고, 하체는 여전히 무거웠다. 그러나 끊임없이 발차기를 반복했다. 어떻게든 이 실패가 내 속에 두려움으로 남지 않기를 바라면서.

요가를 수련할 땐 어제의 나와도 비교하지 말라고 한다. 그저 하루하루 그날의 나에게 집중하며 수련하면 나의 몸과 마음은 어느새 더욱 높은 경지에 저절로 닿게 되는 것이다. 선생님은 물구나무서기에 실패해 지쳐 나가 떨어져 있는 나를 일으키고 손을 잡고 다른 수강생들에게 말했다.

"여기 보세요. 처음부터 이 동작 됐어요 안됐어요?"

내 손을 잡은 채 선생님은 수강생들에게 진지하게 물어보셨다. 모든 수강생들이 나를 바라보며 따뜻하게 미소 짓고 있었다. 마치 영화 속 한 장면처럼 날 바라보며 한 명 한 명 대답했다.

"아니요. 처음에 엄청 넘어졌어요."
"저 여기 멍 진짜 많이 들었어요."
"처음엔 다들 힘들어요."

모두가 진심으로 하는 말이었다. 한 사람 한 사람 마음을 담아 하는 이야기에 나도 모르게 눈물이 흘렀다. 그제야 알았다. 내가 왜 승진을 거부하고, 일을 그만두고 싶어 했는지. 나는 인생의 물구나무서기를 위해 발차기를 하는 중이었던 거다. 더 난이도 있는 수련을 시작하며 계속 넘어진 수련자처럼 수 없이 쓰러지며 새로운 동작, 새로운 인생을 완성하길 바랐던 것이다.

류시화 작가의 『새는 날아가면서 뒤돌아보지 않는다』엔 이런 구절이 나온다. "새는 알에서 나올 때 두 다리로 힘껏 껍질을 깨고 나온다. 이때 사람이 껍질을 깨 주면 다리 힘이 부족해져서 잘 날지 못하고 도태된다고 한다." 넘어짐은 더 크게 도약하기 위해 필요한 과정이다. '넘어짐'을 넘어서

지 않으면 트라우마가 된다. 이제는 안다. 스스로 넘어지는 법을 익혀야 인생을 원망하지 않는다는 걸. 나는 넘어지기 위해 회사를 그만두었다. 그리고 한동안 계속 넘어지고 멍이 들었지만 계속계속 발차기를 했다. 언젠가 하늘 위로 다리를 쭉 뻗고 우뚝 설 그 날을 꿈꾸며. 완성의 시작은 넘어짐이기에.

매일, 조금씩의 힘

여행하며 가장 부러웠던 사람들이 있다. 바다가 보이면 거침없이 풍덩 뛰어들어 수영하는 사람들. 어떻게 물에 저렇게 자유롭게 떠 있을 수 있는지. 그들의 여유, 몸놀림, 표정 무엇하나 닮고 싶지 않은 구석이 없었다. 밝은 햇살처럼 자유로운 이들. 나도 그들처럼 둥둥 바다 위를 떠다닐 수 있을까? 물에 제대로 뜨지도 못하는 내가? 어느 날엔가 인생의 버킷리스트를 작성했는데 그 중 하나가 '바다에서 수영하기'였다. 물론 맨 몸으로! 그러나 나의 소원은 고이 접혀 일기장 사이에 곤히 잠자는 채로 몇 년의 시간을 보냈다.

운동을 시작한 건 취직을 하고 매일같이 야근에 시달릴 때였다. 살기 위해 운동을 해야겠다는 뼈저린 결심을 하고 매일 새벽 수영을 다녔다. 버킷리스트는 잊은 지 오래였고, 수영을 택한 건 스포츠 센터에서 그나마 저렴한 종목이어서였다. 혼자 운동 하긴 자신 없고 돈을 지불해야 피로에 찌든 내가 어떻게든 움직일 것 같았기 때문이다.

자유형을 배우는 데만 1년이 걸렸다. 키판을 잡고 음파음파 하며 레일 하나를 건너가는 것만으로도 숨이 차 헐떡거렸고, 키판 없이 고개를 옆으로 돌려 숨 쉬는 연습을 할 땐 꼬르륵 하며 물을 먹기 일쑤였다. 귀에 물에 들어가는 건 예사였다. 그런데도 그 시간이 너무나 좋았다. 하루 종일 업무에 시달리며 스트레스 받는 나날이었는데 물에 들어가면 허둥거리는 동안에 모든 걸 잊을 수 있었다. 샤워하고 상쾌한 기분으로 출근하노라면 내가 그렇게 멋진 커리어우먼일 수가 없었다.

몇 년이 지나고, 어느 정도 수영에 익숙해졌다고 생각했을 때 친구와 코타키타발루로 여행을 갔다. 동남아 바다에서 수영 실력을 뽐내고 싶었던 마음이 가득했으나 아뿔싸. 바다에 들어가니 여전히 나는 맨몸으로 물 위에 떠 있을 수가 없었다. 우리가 흔히 수영장에서 배우는 수영은 경영(競泳)을 위한 것으로 물 표면에 떠서 앞으로 빨리 가는 데에만 치중해 훈련을 한다. 나 역시 앞으로 가는 건 익숙하지만 가지 않고 오히려 물에 가만히 떠 있는 건 해본 적이 없었다. 게다가 넘실대고 예측할 수 없는 바다의 물살은 수영장과는 차원이 달랐다. 수영장에서처럼 자세 잡고 자유형을 하는 건 꿈도 못 꿀 일이었다. 결국 리조트 수영장에서 솜씨를 뽐내는 걸로 만족해야 했다. 여행을 가도 수영장에서만 수영하는 신세라니.

운명은 우연처럼 다가온다던가. 소모임 어플에서 우연히 '깊은 물에서 노는 모임'을 발견했다. 보자마자 '이거다!'라는 생각이 들었다. 바다나 깊은 물에서 자유롭게 노는 것, 내가 하고 싶었던 바로 그것! 나는 모임에 가입해 동호회 사람들에게 깊은 물에서 노는 법을 배웠다. 그건 이제까지 내가 수영장에서 배운 것과는 전혀 다른 차원의 놀이이자 기술이었다. 경영이 고개를 물 밖으로 내밀며 하는 게 핵심이라면 이 모임은 깊은 물의 심연 속으로 오히려 더더 들어가고자 하는 게 목적이었다. 프리다이빙과 비슷했지만 이론보다는 놀면서 즐기는 데 더 집중했다. 나는 곧장 그 놀이에 빠져들었다.

처음엔 1m만 들어가도 귀가 아팠다. 어쩌다 5m 다이빙풀 바닥까지 들어갔다 나오는 날이면 한동안 귀가 멍멍했다. 소리가 웅웅거리며 들릴 땐 평생 이렇게 살아야 될까봐 얼마나 무서웠는지 모른다. 그럴 땐 말을 계속 하거나 무엇을 먹으며 얼굴을 움직여야 귀가 뚫렸다. 게다가 깊은 물에 들어간다는 건 숨을 쉬지 못한다는 뜻이다. 숨이 막히는 건 상상 이상의 공포감을 준다.

그럼에도 불구하고 한 번에 하나씩 해나가는 성취감이 얼마나 좋았던지, 다이빙풀에 둥둥 떠 있는 연습을 위해 오리발을 샀고, 프리다이빙 호흡법을 배웠으며, 몸의 압력을 맞추는 '이퀄라이징'이라는 기술도 연습했다. 인명구조 자격증이 있는 친구들에게 간간이 입영을 배우기도 했다.

그해 여름이 되었을 때 우리는 처음으로 바다에 같이 놀러갔다. 늘 다이빙풀에서 연습하던 우리는 진짜 바다에 간다는 사실에 흥분했다. 맑은 물로 유명한 갈남항 바다에 도착해 처음으로 바닷속으로 잠수를 해보았다. 신기하게도 바다 속에서의 잠수는 수영장과는 다르게 좀 더 쉬웠다. 몇 번 발차기로 갈남항 바다 속으로 들어간 순간, 세상에! 눈앞에 넘실대는 해초들과 그 사이를 유유히 헤엄치는 물고기들이 보이는 거 아닌가. 그렇다. 지구의 80%는 바다였다. 어떻게 그걸 이제까지 잊고 있었는지. 커다란 수족관에 직접 들어가 있는 것 같은 기분은 경험하지 않고는 알 수 없다. 나는 살아 있었다.

"언니 봤어요? 오징어 떼?"

친한 동생이 흥분해서 물었다. 오징어 떼는 못 봤지만 상관없었다. 이미

나는 지구라는 보물을 발견한 탐험가였으니까.

쾌감이 인간에게 이롭게 작용하기 위해선 그것을 얻기 위해 애쓰는 땀과 눈물의 과정을 거쳐야 한다는 말이 있다. 갈남항 바다에서 다이빙의 쾌감을 맛보고 바다에 놀러가는 것이 일상이 된 어느 날, 어릴 때 쓴 버킷리스트 종이를 발견했다. 리스트 중 '바다에서 수영하기'를 발견했을 때 얼마나 놀랐는지 모른다. 맥주병에서 자유롭게 바다에서 놀 수 있기까지 무려 7년이라는 시간이 걸렸다. 나의 잠재의식은 항상 내 꿈을 잊지 않고 그걸 이룰 수 있도록 도와준 것이다. 쾌감만큼 중요한 것이 과정이다. 7년 간 매일 조금의 성취를 즐기지 않았다면, 지금의 성과는 없었을 것이다.

돌이켜보면, 매일 운동을 하게 된 계기는 동생이었다. 대학을 졸업하고 백수가 되었을 때였다. 술 먹고 늦잠 자기 일쑤였던 동생이 어느 날인가부터 아침 6시에 나가더니 조깅을 하고 돌아왔다. 소위 '자기계발'이라는 걸한다는 것이었다. 생각하지 말고 그냥 알람이 울리면 뛰쳐나가면 된다고했다. 가까운 사람이 변화하는 걸 본 나는 신선한 자극을 받았다. 친구들과 어울리며 늦게 들어오고 늦게 자는 게 익숙했던 나는 부지런함과는 거리가 먼 사람이었지만 동생을 보고 결심했다. 그리고 어느 날인가부터 아침 6시에 근처 개천가에 나가 뛰기 시작했다. 달려본 적이 없으므로 아주 천천히 20분 정도를 뛰는 것이 목표였다. 변화는 놀라웠다. 뱃살이 빠지면서 복근이 생긴 것이다. 그리고 스스로 뭔가를 이뤄냈다는 성취감은 이루 말할 수 없이 상쾌했다. 장 자크 루소는 말했다. "걸음을 멈추면 사고가 멈춘다. 다리가 움직일 때만 뇌가 작동한다." 이후 난 백수 생활을 접고 취직에 성공할 수 있었다.

야근이 일상이었던 때 새벽 수영을 할 수 있었던 것도 그때의 경험이 있어서였다. '그냥 몸을 일으켜 나간다.' 그 명제만 지키자고 스스로에게 약속했다. 어차피 화장이나 머리 드라이 같은 출근 준비도 운동하고 나서 하면 될 일이었다. 자유형을 배우던 일 년간 수업이 있는 날은 빠지지 않고 가려고 노력했다. 그렇게 수업을 다니다보니 사람들이 얼마나 '기분에 따라' 운동을 결심하는지 눈에 보였다. 이를테면 새해가 시작되는 1월이 되면 스포츠 센터에 사람이 바글바글 했다. 그러다 2월이 되면 계속 운동을 하는 사람은 1월의 반도 되지 않았다. 꾸준히 다니는 사람들만 3월 이후에도 등록을 했다. '꾸준히 하는 사람'에 속해 있다는 사실만으로도 스스로가 매우 자랑스러웠다.

제임스 앨런은 『바라는 대로 이루어지는 삶의 법칙』에서 "스스로 절제할 수 있는 사람은 자신의 인생을 풍요롭게 만든다."라고 했다. 내가 사회에서 본 능력이 있거나 본받고 싶은 사람들은 백이면 백, 모두 자기 절제력이 있는 사람들이었다. 그런 사람들은 꾸준히 하는 운동이 있거니와, 지식과 인격도 뛰어나서 주변에 지대한 영향력을 미친다. 누구나 자신을 다스릴 수 있다. 어떤 일에도 휘둘리지 않게 자신의 몸과 마음을 잘 다스릴 수 있다면, 스스로 원하는 삶을 살 수 있다. 거창한 결심은 필요 없다. 그저 매일 조금씩 하면 된다.

　요즘의 나는 한 시간 수영 가는 것이 사치일 정도로 바쁜 삶을 살고 있다. 5살 쌍둥이를 키우며 일도 하니 내 시간을 거의 내지 못한다. 거북목에 어깨 담이 걸리는 게 일상이 된 어느 날 이래서는 안 되겠다는 생각이 들었다. 내 몸은 내가 아껴야 한다. 아침에 아이들이 깨기 전 일어나 무조건 20분 정도 요가를 하며 몸을 푼다. 시간이 정 없으면 10분이라도 한다. 거창한 운동은 아니지만 몇 개월 하니 목에 담이 잘 걸리지 않게 되었고, 아침의 질이 달라졌다. 이화여자대학교 의과대학 정신과 교수 이근후 선생님은 『나는 죽을 때까지 재미있게 살고 싶다』에서 이렇게 말했다. '야금야금 하라.' 잘하려고, 거창한 것부터 하려 하지 말고 야금야금 힘들지 않는 수준에서 하라는 것이다. 나도 그렇게 야금야금 하고 있다. 혹시 아는가. 이러다 또 어떤 버킷리스트를 이뤄낼지.

나로서 오롯이 서 있기 |

자식을 낳기 전엔 누군가를 위해 산다는 것이 무엇인지 알지 못했다. 밥을 먹이고, 재우고, 기저귀를 갈고, 놀아주고, 말 걸고 눈 마주치고 웃어주는 것. 나의 온몸과 마음을 공들여 또 하나의 생명을 채우는 것은 내 몸 하나 먹고 살 때의 정성과 책임감과는 차원이 달랐다. 이제 막 앉아 있을 수 있게 된 아이를 목욕시키는데 아이가 물을 마시는 시늉을 하며 장난을 쳤다. 그 순간, 내 뇌의 어느 부분에 고이 잠들어 있던 머나먼 기억이 소환되며 한 장면이 떠올랐다. 목욕물에 들어가 장난치는 나와 동생. 깔깔 거리며 웃던 나는 어린 마음에 '여기 있는 물을 먹어도 되겠네!'라고 생각했다. 그리고 물을 마시려던 순간, 보드라운 한 손이 내 입을 저지했다. 엄마였다. 그 손길이 얼마나 부드럽고 다정했는지 기억난다. 큰 소리 한 번 내지 않고 '이 물은 먹으면 안 돼.'라는 메시지를 보냈던 엄마. 나는 그 메시지를 알아들었다. 내 아이가 물을 마시려고 할 때, 그 기억이 떠오르며 동시에 나도 손을 내밀어 아이의 입을 저지했다. 그리고 서로 바라보며 웃었다.

나의 엄마 애순 씨는 책임감이 강하다. 특히 어린 아이의 일이라면 더더욱. 어느 날 동생이 전화를 했다.

"엄마, 여기 와 줄 수 있어? 휴고를 봐 줄 사람이 필요한데…….."

조카가 갓 9개월이 되었던 때였다. 올케가 일을 시작하게 되어 아이 봐 줄 사람을 구했지만, 낯선 나라에서 말도 통하지 않는 사람에게 아기를 혼자 맡길 수 없던 동생 내외는 머나먼 고국에 있는 엄마에게 도움을 요청할 수밖에 없었다. 동생 부부는 루마니아에 살고 있었다. 결혼 전이었던 나와 육아를 해보지 않은 아빠는 동생이 지나친 요구를 한다고 생각했다. 온 식구가 함께 아들네 다녀온 지 이제 석 달이 된 때였다. 무슨 상황이 있어도 자기네 일은 알아서 처리해야 한다는 게 내 생각이었다. 그러나 엄마는 달랐다. 엄마는 아들의 전화를 받자마자 비상사태임을 인지했다. 이건 '처리해야 할 일'이 아니라 '사람을 살리는 일'이었으니까.

"가야 해."

엄마는 살면서 한 번도 고집을 부려본 적이 없었다. 그런 엄마가 결단한 걸 봤을 때 아빠도 나도 말릴 수 없단 걸 알았다.

엄마는 강화도 옆 작은 섬 석모도에서 공부를 꽤 잘 해 중학교 때 서울로 유학을 왔다. 여성에게 교육의 문이 그리 넓지 않던 시기였던 걸 감안하면 엄마의 아버지, 즉 나의 외할아버지는 꽤나 열린 사람이었다. 엄마는 어린 시절부터 친척 집에서 혼자 지내며 독립심을 키워나갔다. 외삼촌들이 조금 더 커서는 아예 서울에 올라와 함께 자취를 했다. 엄마는 스무 살이 되기 전부터 가장 노릇을 하며 서울 살이에 적응했다. 공부를 잘해 고등학교를 졸업했고, 그 시절의 장녀가 그렇듯 가족을 부양하기 위해 곧장 일을 시작했다. 가끔 이 시절에 태어나지 않았다면 공부를 계속 했을 것이라고, 그림을 그렸을까 무얼 했을까 상상했을 테지만 엄마는 현실적인 사람이어서 경험해보지 않은 길을 쉽사리 가정하거나 자기 신세를 한탄하지 않았다. 오히려 자신이 가진 것을 감사할 줄 아는 사람이었다. 엄마는 언제나 본인이 할 수 있는 일을 했다. 그리고 이번 아들의 요청은 꼭 당신이 가야 한다는 걸 본능적으로 알았다.

엄마는 혼자 비행기를 타본 적이 없었다. 동생 집에 한 번 가보긴 했지만 그땐 내가 함께였다. 한 번도 혼자 해외에 나가보지 않은 육십 넘은 중년의 여자가 홀로 낯선 땅에 가기란 대단한 결심이 아니고서야 불가능한 일이었다. 루마니아는 엄마가 혼자 가기에 너무 멀었다. 10시간가량의 비행을 하고 다시 유럽 어느 도시에서 부쿠레슈티행 항공으로 갈아타 또 몇 시간을 가야 했다. 겁이 덜컥 날 만한 여정이었지만 엄마는 아들 내외가 출근하고 홀로 남겨질 손주만 생각했다. 갈 수 있고 아니고 따질 때가 아니었다. 가야 했다.

동생은 엄마가 익숙하도록 프랑크프루트 공항에서 환승하는 비행기표를 샀다. 이전에 한 번 갔을 때 우리는 프랑크프루트 공항에서 환승을 했었다. 가본 곳이라 해도 프랑크프루트 공항은 어마어마하게 크다. 처음 도착해 환승하는 길을 찾으며 꽤나 애를 먹었었다. 그 기억이 생생했던 난 한국어와 영어 매뉴얼을 만들었다. 부쿠레슈티행 환승하려면 어느 곳으로 가야 합니까? 아들의 집에 가고 있습니다. ○○ 게이트는 어디로 가야 합니까? 등등 엄마가 직면할 만한 상황을 영어와 한국어로 써놓은 매뉴얼이었다. 이전에 갔던 길을 엄마가 잘 기억하고 간다하더라도 여행은 언제 어떤 일이 벌어질지 모른다. 난 프랑크프루트 공항의 지도와 함께 정리된 매뉴얼을 엄마에게 주었다. A4 용지 세 장. 엄마가 혹시나 영어를 제대로 읽지 못할까봐 한국어로 발음까지 써놓았다. 아임 고잉 투 마이 썬즈 홈. 웨얼 이즈 더 게이트?

엄마는 아빠와 나의 배웅을 받고 게이트에 들어가 출국 심사를 마쳤다. 불과 몇 달 만에 다시 가게 될 줄은, 그것도 엄마 혼자 가게 될 줄은 우리 모두 상상하지 못했다. 그러나 엄마에게 '낯선 길'은 처음이 아니었다. 엄마가 중학생이 되어 서울에 처음 갈 때, 석모도 새너머에서 산을 넘고 들을 건너 배를 타고 강화도로 와 하루 종일 버스를 탔다고 했다. 그 때만 해도 서울에 가는 건 큰일이었다. 외할머니는 어린 딸을 서울에 혼자 두고 돌아가는 길에 많이 울었다고 했다. 비행기를 타고 혼자 외국에 가는 게 뭐 대수랴. 그 어린 나이에도 했던 일이다. 엄마는 담담하게 프랑크푸르트에 도착했다.

엄마가 살아온 세월은 나에게 직접적으로 간접적으로 지대한 영향을 미쳤다. 엄마는 어릴 때 못다 한 공부를 나에게 몰아 시키고자 했고, 왜 공부를 해야 하는지 모르겠던 나는 청소년기에 방황 아닌 방황을 했다. 그러나 내가 엄마에게 받은 가장 큰 가르침은 '공부'보다 스스로 먹고 살아야 한다는 말이었다. 엄마는 늘 말했다. "내가 나를 챙겨야 해. 내가 나를 먹여야 해." 누구에게 앓는 소리 한 번 안 하고 스스로를 키운 엄마가 할 만한 말이었다. 그래서 나도 자취를 시작했을 때 나를 먹이기 위해 서른이 되어 처음으로 스스로 요리를 시작했다.

사람을 키운다는 건 어찌 보면 나를 '희생'해 아이를 키운다고 생각하겠지만, 사실 이건 희생이 아니다. 누군가를 위해 산다는 건 내가 먼저 바르게 산다는 뜻이다. 내가 먼저 올곧게 서 있다는 뜻이다. 내가 나를 챙기고,

그게 충분할 때 다른 사람에게 정서적으로도 물질적으로도 챙길 수 있다는 걸 난 엄마를 보며 배웠다. 아이가 생기고, 다시 한 번 일을 할 기회가 주어졌을 때 해야겠다는 결심을 하게 된 가장 큰 계기 중 하나는 아이들에게 롤모델이 되고 싶다는 것이었다. 공부를 시키는 엄마가 아니라 공부하고 열심히 살아가는 엄마의 모습을 보여주는 것. 서울대학교 소아청소년 정신과 김붕년 교수는 말했다. "아이에게 롤모델이 되어주세요." 옳은 가치관을 가지고 타인에게 공감하는 어른의 모습을 직접 보여주라는 것이다. 나는 엄마와는 다른 삶을 살고 있고, 내 아이들도 나와는 다른 삶을 살겠지만 그건 중요하지 않다. 바르게 서 있는 모습을 보여주는 것이 더 중요하다.

엄마는 프랑크프루트 공항에서 길을 헤맸다. 그러나 당황하지 않고 비행기표를 손에 든 채 제복을 입은 사람에게 다가가 건넸다. 공항 직원은 익숙한 듯 표의 게이트를 확인한 후 엄마에게 손가락으로 방향을 가리키며 웃었다. 나는 A4용지를 건넸지만 이게 엄마의 방식이었다. 엄마가 부쿠레슈티에 무사히 도착했다는 연락을 받고 아빠와 난 한숨 돌렸다. 몇 년이 지난 지금, 이제 엄마는 비행기를 고속버스처럼 아무렇지 않게 탄다. 모든 것은 경험이다.

내면의 힘은
누구에게나 있다

    파울로 코엘료에게 산티아고 길은 "'존재하지 않는 것에 대한 두려움'을 이겨내도록 도와준" 길이었다. 누군가는 말했다. 두려움이 느껴질 때 그 두려움을 차근차근 써보라고. 그럼 생각보다 그게 아무것도 아니라는 걸 알게 된다는 것이다. '존재하지 않는 두려움'이란 내가 한 번도 맞닥뜨려보지 못한 경험일 경우가 많다. 마주해보지 않아 어떻게 대해야 할지 모르는 상황, 사람 혹은 다른 어떤 존재. 사랑하는 사람이 나를 떠나면 어쩌지, 성적이 떨어지면 어쩌지, 월급이 안 오르면 어쩌지, 장사가 안 되면 어쩌지 등등…. 나에게 올지 안 올지도 모르는 경우를 두고 사람들은 마냥 두려워한다. 그러나 그들은 모른다. 자신에게 어떤 내면의 힘이 있는지를.

    21년 전, 처음 홀로 떠나는 배낭여행지로 그리스를 결정한 것은 단순하게 겨울이라 남부 지방이 따뜻할 거란 기대에서였다. 게다가 산토리니의 파랗고 하얀 집들은 사진으로만 보아도 얼마나 황홀하던지. 꽂히면 무작정 돌진하는 나는 가기로 마음먹은 후부터 뒤돌아보지 않고 여행 준비를 했다. 그러나 막상 비행기에 올라타자 현실이 실감 났다. 나는 혼자고, 여자고, 가지고 있는 건 오로지 현금밖에 없었다. 핸드폰도 로밍을 해야 통화를 겨우 할 수 있는데 요금도 어마어마하게 비싸서 여행자 전화카드만 있는 상태였다. 어느 이름 모를 곳에서 실종되어 연락 두절되어도 아무도 찾지 못할 수도 있단 생각이 들었다. 창밖을 보니 새카만 밤하늘에 희뿌연 구름이 낮게 보였다. 온몸이 벌벌 떨려왔다. 내가 미쳤지. 어쩌자고 이런 모험을 시작했을까.

아테네 후미진 골목에 조르바 호스텔이 있었다. 로비에 들어서니 오크색 커다란 리셉션이 보였다. 금발의 쇼트커트를 한 여성이 리셉션에서 내가 들어오는 모습을 건조한 눈길로 바라보았다. 내 이름을 대니 예약자 리스트를 보며 무뚝뚝하게 "Passport." 한다. 여권을 건네자 체크인을 하고 방을 안내해줬다. 리셉션 바로 뒤에 방이 있었다. 여자가 딱딱하게 방을 가리키고, 난 조용히 들어갔다. 빛줄기 하나 제대로 들어오지 않는 어두침침한 방. 비쩍 마른 프레임에 딱딱한 빵 같은 매트리스. 영화에서나 보던 난민수용소 같은 방이었다. 허름하고 장식 하나 없는 방에 다섯 개의 침대가 무심하게 놓여있었다. 어디선가 쥐가 나올 것만 같고 조금만 머물러도 몸에 곰팡이가 생길 것 같았다. 기분이 한없이 가라앉았다.

그나마 햇빛이 좀 들어올까 싶은 창가에 자리를 잡고 하루 종일 메고 있던 배낭을 내려놓았다. 잠시 숨을 고르고 있으려니 리셉션에서 여권을 돌려주지 않은 게 기억났다. 리셉션에 가 여권을 달라고 하니 전화를 받고 있던 여자가 냉랭하게 여권이 'deposit' 되었다고 했다. 심장이 쿵하고 내려앉았다. 여행자 커뮤니티에서 유럽의 게스트하우스 중 숙소비를 다 받을 때까지 여권을 돌려주지 않는 곳이 꽤 있는데 불법이니 꼭 돌려받으라는 게시물을 여러 번 봤다. 그 일이 나에게 일어나고 있었던 것이다. 여권은 내가 소지한 하나뿐인 신분증이자 다시 돌아갈 수 있는 유일한 희망이었다. 안 그래도 머나먼 타국에서 길 잃은 고아 될까 노심초사하고 있었는데 여권을 뺏기다니, 말도 안 되는 일이었다.

나는 전투태세를 갖추고 여권을 달라고 내가 할 수 있는 모든 표현과 감정을 토로하며 여자에게 말했다. 여자도 만만치 않았다. 논리정연한 말로 설득한 것도 아니고 그저 "No."와 "deposit."만 반복했다. 내가 물러설 기미를 보이지 않자 여자는 받고 있던 전화를 날 건네주었다. 상대방은 숙소의 사장같은 남자였다. 그는 훨씬 정중한 태도로 여권은 나중에 꼭 돌려줄 것이라고 날 달랬다. 울화통이 터져 전화기에 대고 소리를 질렀다.

"여권은 내 거에요! 당신은 나에게 여권을 줘야 합니다!"

남자는 결국 알겠다고 하고 여자를 바꿔달라고 했다. 전화를 받은 여자는 날 거의 노려보다시피 하며 여권을 돌려주었다. 푸른빛이 도는 파란 눈에 냉기가 서렸다. 던지지 않은 게 다행일 만큼 차가운 눈빛이었다. 방으로 돌아와도 여자의 눈빛은 잊히지 않았다. 그것은 동등한 입장에서 싸움을 한 상대방의 눈빛이 아니었다. 우위에 있는 자가 자기보다 훨씬 아래에 있는 어떤 것을 바라보는 눈빛, 혹은 싫어하는 동물이나 벌레를 보는 눈빛, 혐오의 눈빛이었다. 사람이 살면서 그런 대우를 받은 적이 얼마나 있겠는가. 나는 거대한 사자에게 몇 번 찢기고 겨우 도망친 영양 같았다. 살아났지만 무력하고 작아졌다.

정신은 말똥말똥 했지만 긴 여정에 꽤나 피곤했기 때문에 곧바로 곯아떨어졌다. 평생 꿈에 가족이 나온 적이 없었는데 엄마, 아빠, 동생이 꿈에 나왔다. 항상 곁에 있었지만 소중함을 몰랐던 모든 것들을 꿈에서 봤다. 울면서 잠에서 깨어났다. 여전히 회색빛 방안이었다. 집에 가고 싶었다. 하지만 되돌아 갈 수도 없고, 어차피 출국 날까지 있을 수밖에 없다. 이런 상태로 한 달이나 여행을 해야 한다니……. 방구석에서 혼자 울고 있으니 내 신세가 처량 맞았다.

삶은 이따금 우리를 구석으로 몰아넣는다. 상처를 받고 마음에 불이 나거나 차갑게 식는다. 살면서 이런 일은 반복된다. 삶이 배반할 때 우리는 상처받은 마음을 어떻게 치유할 것인가? 중요한 것은 신세한탄을 하거나 상황이나 사람을 탓하지 않는 것이다. 내 안에 이 모든 걸 견뎌낼 힘이 있다고 굳게 믿는 것이 나를 치유하는 첫 번째 방법이다.

침대에서 일어났다. 어쨌든 시간은 갈 테고, 어떻게든 한 달을 여행해야 했다. 무작정 밖으로 나와 근처 카페에 앉아 빵과 우유를 우적우적 씹어 먹었다. 각오를 단단히 하자. 정신 똑바로 차리자. 어떻게든 살아남을 테다. 빵을 먹으며 난 그렇게 생각했다. 그래, 아크로폴리스에 가자. 아테네에 온 이유, 아테네의 정수를 보러 가자.

전 세계 사람들이 몰려드는 아크로폴리스엔 여러 인종이 몰려 있었다. 대부분 관광객들이었다. 나 역시 관광객이다 보니 이상하게 소속감이 느껴지며 안정감이 들었다. 파르테논 신전을 보러 가기 위해 천천히 언덕을 올랐다. 저 앞에서 익숙한 말이 들려왔다. 한국 사람들이었다. 사람들이 내게 가까워져 왔다. 그 때, 내 안에서 뭔가 움직였다.

"안녕하세요!"

나는 그들을 향해 똑바로 인사했다. 여느 때였으면 그냥 지나쳤을 사람들이었다. 아무리 해외에서 만난 한국인이더라도 모르는 사람들이다. 마주 오는 사람들이 날 보며 환하게 웃었다. 내 속에서 무언가 변했다. 그건 내가 스스로 강해지기 위해 내면 어디에서부터 꿈틀대고 힘을 내는 과정이었다.

내가 정말 약하고 작아졌을 때 다시 일으킬 방법은 아이러니하게도 스스로 강한 사람이라고 생각하는 거였다. 강한 사람은 위축되는 상황에도 웃을 수 있는 사람이다. 여행은 나를 머리부터 발끝까지 변화시켰다. 여권 사건으로 깨진 항아리 같은 마음에 뭔가가 서서히 차올랐다. 그 마음에 들어온 건 나를 믿어도 된다는 신뢰였다.

이후에도 난 더 적극적으로 하고 싶은 건 하고, 가고 싶은 곳에 갔다. 홀로 여행하는 사람들이 있거나 친해지고 싶은 사람이 있으면 먼저 다가갔다. 그러자 남은 일정을 채우기 위해 억지로 여정을 보내는 것이 아닌, 여행의 모든 걸 즐길 수 있게 되었다. '존재하지 않는 두려움'을 막상 맞닥뜨리고 나니, 모든 것이 사실 나의 기우였음을 알게 되었다. 나중에서야 알았지만 여권을 리셉션에 맡기는 것은 당시엔 자연스러운 관행이었다. 그게 불법이고 아니고를 떠나 그렇게까지 긴장하고 좌절할 일은 아니었던 것이다. 리셉션에 있던 쇼트커트의 금발머리 여자도 많이 누그러져 나에게 미소를 지어주었다. 누구에게나 내면의 힘이 있다. 그렇게 믿기만 하면 된다.

아침을 맞으며

누구에게나 내면의 힘이 있다

날이 더운 어느 날 딸아이에게 물어봤다. "머리 기를래 자를래?" "자를래." 내심 찰랑찰랑한 아이의 긴 생머리가 눈에 아른거렸던 난 한 번 더 물어봤다. "희수 머리 묶어서 돌돌 올리면 참 예쁜데." 그러자 딸아이가 말했다. "난 잘라도 예뻐." 머리를 '띵' 하고 한 대 맞은 것 같았다. 자존감이란 이런 것이다. 어떤 상황에서도 나는 최고라고 믿는 것. 그저 믿으면 된다.

두 번째 아침

관계

서로에게 자유를 주기

낯선 이와의 대화가
치유가 될 때

내 친구 페드라

몇 번 만나지 않아도 절로 마음이 열리는 사람이 있다. 내 구체적인 신상이나 경험, 기분을 상세히 설명하지 않아도 통할 것 같은 사람. 의외로 매일 곁에 있는 사람보다 낯선 사람을 만났을 때 나의 가장 평범하고 보통인 순간을 더 쉽게 공유할 수 있다. 페드라는 나에게 그런 사람이다.

2015년 9월. 포르투갈 포르투

페드라와 나는 포르투 뒷골목의 작은 식당에서 만났다. 하루 종일 시내 구경을 하다 저녁때가 되자, 나는 도루 강 근처 식당가를 어슬렁거렸다. 적당히 맛있어 보이는 식당을 골라 자리를 잡고, 이것저것 맛있어 보이는 음식과 포르투의 명물 포트 와인을 한 잔 시켰다. 포트 와인은 브랜디가 들어간 와인으로 일반 와인에 비해 알코올 도수가 높다. 중세 시대 때 와인을 배에 싣고 영국까지 이동할 때 상하지 말라고 브랜디를 조금 넣었던 게 유래가 되었단다. 와인에서 나는 브랜디 향이 그윽했다.

살짝 취기가 올랐다. 음식도 맛있고, 깜깜한 밤을 밝히는 노란 조명도 맘에 들었다. 웨이터가 내 옆자리에 음식을 가져다주고 손님과 몇 마디 나누는 대화가 들렸다. 얼핏 듣기에도 아주 활기차고 밝은 목소리였다.

"정말 고마워요. 음식이 진짜 맛있어요."

절로 고개가 돌아갔다. 말을 한 여자와 눈이 마주쳤다. 커다란 파란 눈에 미소가 어린 젊은 여자였다.

"안녕."
"안녕."

우린 서로 홀로 여행하는 사람들이라는 걸 알아봤다. 페드라는 누구와도 이야기할 준비가 되어 있는 사람이었다. 그는 내가 아니라 다른 사람이 옆 자리에 앉았어도 즐거운 저녁 식사를 했을 것이다. 우리는 여행을 좋아한 다는 공통점이 있었고, 빠져들듯 대화를 나누었다. 페드라는 열린 마음으 로 새로운 걸 탐색하는 걸 즐겼다.

"나는 여행하면서도 항상 다음엔 어디 갈까 생각해."
"나도 그래."

우린 서로 여행한 나라들을 공유했다. 페드라는 몇몇 아시아 나라에 가 봤지만 한국은 가보지 못했다고 했다. 나도 유럽의 이 나라 저 나라를 가봤 지만 독일은 가보지 못했다. 우린 서로의 나라를 내심 궁금해하며 눈빛을 밝혔다.

"지금도 내년에 어디 갈까 고민 중이야."

페드라의 말에 머리보다 입이 먼저 움직였다.

"한국 와!"

무슨 생각이었는지, 난 곧장 한국으로 오란 말을 꺼냈다.

"그래?"
"응! 서울 정말 멋진 도시거든."

시끄럽고 지지고 볶는 서울이 징글징글 하면서도 난 눈부시게 아름다운 이 도시를 사랑한다. 부모님이 계시는 본가는 바다가 눈앞에 보이는 인천이었다. 주말엔 갈매기 끼룩끼룩 나는 평온한 바다를 바라보다 다시 혼자 사는 서울로 돌아올 때면, 멀리서부터 보이는 온갖 불빛들이 벌써부터 시끌시끌했다. 그러나 한강 공원에 돗자리를 펴 자리 잡고 서울 타워를 보며 맥주 한 잔 할 때면 잔잔한 강물은 또 그렇게 고요하고 평온할 수 없었다. 내가 매일 맞부딪히는 이 도시를 난 언젠가 외국 친구가 한국에 오면 꼭 보여주고 싶었다. 페드라의 아름다운 파란 눈이 반짝였다.

2016년 4월. 서울 홍대.

이듬해 페드라는 정말로 한국에 왔다. 페드라와 이것저것 수다를 떨다 저녁 메뉴를 제안했다.

"우리 저녁에 삼겹살 먹는 거 어때?"
"삼겹살? 그게 뭐야?"
"코리안 바비큐야. 돼지고기. 맛있어."
"그래! 좋아!"

페드라와 무일 할까 고민하던 나는 아주 평범한 설 같이 하기로 했다. K-food가 세계를 휩쓸기 전이었고, 삼겹살은 나에겐 익숙했지만 페드라에겐 낯선 메뉴였다. 익숙하게 삼겹살과 소주를 주문하는 나를 페드라는 호기심 어린 눈으로 쳐다보았다. 모든 것이 재밌는 눈치였다.

"한국 왔으니 소주 한 잔 해야지."
"하하. 이거 술이야?"
"응. 삼겹살 먹을 땐 마셔야 해!"

난 투명한 소주를 잔에 똘똘똘 따라 주었다. '짠' 하고 건배한 후 한 입 마시자 페드라는 어깨를 으쓱하며 나쁘지 않단 표정을 지었다. 상추, 깻잎에 고기를 올리고 쌈장과 마늘, 파무침을 올려놓는 걸 페드라에게 보여주었다.

"이렇게 싸서 먹어."
"오호."
"어때?"

페드라가 입에 쌈을 넣는 걸 보고 물었다.

"맛있어!"

가게에 삼겹살 굽는 연기가 자욱했다. 소주 한 잔에 취기가 오르고, 배가 불러오며 행복감도 자욱하게 몰려들었다. 페드라는 행복한 얼굴이었다. 나는 준비한 선물을 주었다. 한국식 놋수저 세트와 테이블보였다.

"젓가락질 할 수 있어? 이거 좀 무겁긴 한데, 선물로 주고 싶었어."
"와! 멋진데? 고마워!"

처음 보는 놋수저에 페드라의 큰 눈이 더욱 커졌다. 난 흡족한 미소를 지었다. 신기한 인연. 우리가 정말 서울에서 만나다니. 말 한마디에 이렇게 다시 만날 줄은 상상도 하지 못했다. 그러나 우리의 연은 여기에서 그치지 않았다.

2016년 9월. 독일 함부르크.

'함부르크에 온 걸 환영해! 우리 이따 융페른슈티그 역 앞에서 만나. 거기 커다란 애플 스토어가 있으니 쉽게 찾을 수 있을 거야. 그리고 함부르크 왔으니 성 미카엘 성당 꼭 가봐. 내가 정말 좋아하는 곳이거든. 성당이 정말 멋져. 그럼 이따 만나자!'

결혼식을 한 달 앞두고 나는 예비 신랑을 루마니아에 사는 동생 부부에게 인사시키기 위해 유럽 여행을 가게 되었다. 조금 긴 신혼여행을 간다 생각하고 루마니아 외에 갈 몇 나라를 정하기로 했다. 가장 먼저 페드라가 생각났다. 우린 굳이 경유해서 가야 하는 함부르크를 일정에 넣었다.

함부르크는 궂은 날이 많다고 하는데, 우리가 도착한 이후 계속 해가 뜨고 날씨가 아주 좋았다. 페드라는 우리가 도착하기 며칠 전부터 계속 우리가 오기를 기다렸다.

성 미카엘 성당을 둘러보고 천천히 걸어 알스터 호수까지 갔다. 함부르크는 독일 북부 맨 꼭대기에 있어 바다와 인접해 있는 몇 안 되는 도시다. 바다와 이어져 있어 도시 곳곳에 운하가 흐르는 점이 이색적이었다. 도시 한가운데엔 알스터 호수가 여유롭고 평화로운 분위기를 조성한다. 함부르크 시내는 운하를 둘러싼 최신식 건물들이 알차게 구성되어 있어 부유하고 여유로워 보였다.

알스터 호수는 넓고 근사했다. 백조들이 떠다니며 사람들이 가끔 던져주는 빵 쪼가리를 물었고, 사람들은 호숫가에 앉아 점심을 먹거나 휴식을 즐겼다. 호수를 둘러싼 주변 건물들은 오래되어 보였지만 19세기 최대 번화가답게 하나같이 고급스럽고 근사했다. 페드라와 만나기로 한 융페른슈티그 거리는 독일 최초의 포장도로라고 한다. 독일 최고의 부르주아들이 이곳에서 쇼핑을 하고 식사를 하고 비즈니스를 한 역사적인 거리인 것이다. 그 길 한가운데 애플 스토어가 있고, 역으로 들어가는 출구가 바로 옆에 있었다. 페드라는 출구 앞에서 우리를 향해 손을 흔들었다. 우린 반가움에 한참 동안 포옹을 나누었다.

"성당 멋지지? 자, 우선 가자. 우리 이제 배 타러 갈 거야."

"배?"

페드라는 우리를 위해 알스터 호수 유람선표를 사놓고 기다리고 있었다. 현지인이 알스터 호수를 제일 먼저 언급한 것을 보면 이 호수는 함부르크의 자랑이자 명소임에 틀림없었다. 마치 서울 사람이 '서울에서 가장 먼저 무엇을 보라고 하겠어요?' 질문에 '한강'이라고 답을 하듯이 말이다. 생각지도 못한 유람선 투어에 흥분이 되었다.

"날씨가 정말 좋다."

"그치? 이런 날이 정말 없어. 일 년에 3~4주 정도만 해가 나고 맑아. 평소엔 흐리거나 비가 오는 날이 많거든."

"우와, 우리 정말 운이 좋구나."

해 뜨고 맑은 날보다 흐린 날이 훨씬 많다는 함부르크. 일 년의 대부분은 해가 쨍쨍한 우리나라와 비교하면 상상이 안 되는 기후였다. 호수 곳곳엔 요트와 보트가 즐비했고, 맑은 날을 마음껏 즐기려는 사람들로 가득 찼다. 사람들은 보트에서 노를 젓거나 요트를 타거나 호숫가에서 조깅을 하거나, 아니면 그냥 벤치에 앉아 물을 바라보며 앉아 있었다. 우리도 늦도록 떠 있는 해를 마음껏 즐기며 한참 호수 위를 유랑했다.

배에서 내리니 배가 고팠다. 우리는 10분 정도 걸어 근처의 레스토랑에 갔다. 넓은 잔디밭이 깔린 공원이 바로 옆에 있어 여유로워 보였다. 야외에 테이블이 한 가득 있고, 테이블마다 일을 마치고 한 잔 하러 온 사람들로 가득했다. 나와 예비 신랑은 꼭 먹어보고 싶었던 독일식 족발, 슈바인학세를, 페드라는 소시지 요리를 주문했다. 거기에 시원한 맥주까지! 짭쪼름하고 바삭한 슈바인학세와 함께하는 맥주 한 잔은 그야말로 꿀맛이었다. 페드라가 시킨 바이스부르스트(Weisswurst)라고 하는 하얀 소시지는 특이하게 물에 담겨 나왔다. 우리가 기존에 많이 맛보던 간이 강한 소시지와는 달리 담백한 맛이 일품이었다. 야외에서 독일 맥주와 요리를 즐기니 옥토버페스타가 부럽지 않았다. 해가 지는 야외 테이블에 앉은 손님들도 볕을 받으며 퇴근의 즐거움을 만끽하고 있었다.

"결혼 진짜 축하해. 너희 둘 정말 보기 좋아."
"고마워."

식당 뒤로 해가 지며 마지막 강한 빛을 잔디밭에 뿌려 놓았다. 맥주 한 잔에 얼굴이 벌게진 우리는 알딸딸한 기분으로 축제같은 분위기를 만끽했다. 페드라와 난 마주보며 흥겨움에 미소를 지었다.

진짜 만남은 목적이 없는 만남이라고 했다. 만나기 위해 만나는 것. 페드라와 나는 서로를 만나기 위해 그 먼 길을 날아갔다. 페드라와 서로의 일이나 가족, 사랑에 대한 이야기를 조금씩 하기는 했지만 아주 사소한 부분까지 공유하기엔 시간이 너무 짧았다. 그럼에도 우린 상대방의 마음을 읽었고, 기분을 알았고, 만남을 즐겼다. 낯선 사람과 삶에 대해 대화하는 것을 '라이프 셰어'라고 한다. 페드라와 라이프 셰어를 할 때 이상하게 마음이 편했던 것은 오히려 나의 '자아 이미지'를 버리고 이야기했기 때문이라고 생각한다. 내 지위, 소유, 배경 등을 모르고 궁금해하지도 않는 사람과 만나면 진정 내 존재 자체에만 집중할 수 있기 때문이다.

류시화 작가는 『좋은 지 나쁜 지 누가 아는가』에서 미국의 시인 마야 안젤루의 말을 소개한다. "사람들은 당신이 한 말과 당신이 한 행동을 잊지만, 당신이 그들에게 어떻게 느끼게 했는가는 잊지 않는다." 내가 평소에 잘 알던 것이 특별한 것임을 난 페드라를 통해 느낄 수 있었다. 삼겹살과 소주를 그렇게 경이로운 눈으로 바라볼 수 있다. 페드라 역시 그에게 가장 편하고 익숙한 걸 나에게 소개해주었다. 페드라는 선물로 독일식 빵을 주었다. 아침식사로 그 빵을 먹었다. 낯선 도시에서 먹었던 현지인의 식사는 독특한 경험으로 나에게 남았다. 우리 인연의 시작은 평범했지만 그 평범함이 우리를 계속 이어지게 만들었다.

우린 아직도 가끔 서로의 안부를 묻는다. 요즘 잘 지내는지, 여행은 갈 건지, 간다면 어디로 갈 건지. 처음 만난 그 때와 지금 달라진 점이 있다면 둘 다 아기 엄마가 되었다는 것이다. 당분간 둘 다 긴 여행을 기대할 처지가 아니지만 서로를 이해할 만한 공통점이 또 하나 생겼다는 것이 기쁘다. 다음에 우리가 만나면 어느 유치원에 보낼 지, 무슨 학습지를 시킬 지 같은 이야기는 하지 않을 테다. 하지만 그래서 더 편할 것이다. 우리는 아마도 독일과 한국에선 어떻게 아이를 키우는지 좀 더 광범위한 주제로 이야기할 것이고 그 대화는 서로의 시야를 더 커지게 할 것이며, 서로의 문화를 더 자랑스럽게 여기게 될 것이다. 이런 친구가 있다는 것은 즐겁고 인생을 풍요롭게 해준다.

아, 또 하나. 페드라에게 내가 지금 경험하는 보통 한국인의 것을 보여줄게 있다. 그건 바로, 키즈 카페!

단호히 No라고 말하라 런던의 이상한 아저씨

    살면서 '안 된다'는 말을 얼마나 해보았는가? 내 엄마나 아이에겐 내뱉기 쉬운 말이지만 타인에겐 가장 하기 어려운 말이 '싫어요.'라는 말이다. 어린 아이들은 '자아'가 생기는 서너 살 무렵부터 '싫어.'란 말을 시작한다. 이 작은 인간에게 소위 '자기 의지'라는 것이 생긴 것이다. 이때부터 인간은 마땅히 지켜야 할 사회적 의무의 가르침을 받는다. 그리고 성인이 될 무렵까지 이 사회적 의무와 자기 의지 사이에서 밀당을 하다 결국 '싫어.'라는 말을 잘 못하는 인간으로 자라난다. 그리고 좀 더 세련된 말로 에둘러 거절의 말을 표현할 수 있기까지 기나긴 사회생활과 갖가지 인간관계를 경험해야 한다.

    'No'의 위력을 가장 크게 느낀 곳은 런던이었다. 런던은 기대했던 것 이상으로 매력적인 도시였다. 날씨가 좋지도 않고 음식이 인상적이지도 않고 사람들이 친절하지도 않았다. 헌데도 음침한 날씨는 빅벤, 템즈강의 운치와 잘 어울렸고 매쉬드 포테이토와 그래비 소스를 올린 파이는 영국 음식만의 바이브가 있었다. 밤거리 펍에서 시끌벅적 웃고 떠드는 런더너들과 친해지고 싶다는 생각이 들었고, 엘리자베스 2세가 살고 있는 버킹엄 궁 인근은 왕이 사는 도시의 위엄을 풍겼다. 넓은 세인트 제임스 공원의 여유로움과 반듯한 수트에 롱코트를 입고 길을 가는 신사들, 스모키 화장을 한 세련된 여성들을 보노라면 나도 이 드라마에 함께 출연하고 싶다는 생각이 절로 들었다. 런던은 굉장히 잘나가고 인기가 많아서 모두가 친해지고 싶은 사람 같았다. 나에게 먼저 다가오진 않지만 내가 다가가게 만드는 힘이 있었다. 그런 런던에서 나에게 먼저 다가온 사람이 있었다.

피카딜리 서커스를 걷고 있었다. 구슬비가 부슬부슬 내려 사파리 점퍼의 모자를 뒤집어 쓴 채였다. 손을 주머니에 넣고 추적추적 내리는 비를 맞으며 식당 밖에 세워진 메뉴판을 보고 있었다. 누군가 나에게 말을 걸었다.

"Korean?"

예상치 못한 말에 놀란 나는 뒤돌았다. 키가 크고 얼굴이 긴 남자가 날 내려다보며 미소 짓고 있었다. 내가 한국 사람이 맞다고 하자 남자는 속사포로 말을 쏟아냈다.

"아, 너무 반가워! 나 쇼핑 나왔다가 널 본거야. 나 한국인 친구가 있거든. ○○라고. 너무 친해서 같이 잘 지냈어. 김치찌개? 그런 것도 먹고."

남자는 말이 많고 빨랐다. 따발총처럼 쏴대는 말에서 내가 겨우 얻은 정보는 그에게 한국인 친구가 있었고, 친하게 지냈다는 점이었다. 그는 가끔씩 친구에게 배운 것 같은 한국말을 섞어가며 말을 했다. 여러 가지 말을 했지만 내가 이해할만한 내용은 거의 없었고 분위기는 정신 사나웠다. 내가 영어를 잘 못 알아듣나 싶어 집중해서 그의 말을 들으려고 노력했다. 그 와중에 한국 사람과 친하게 지냈다는 그의 말은 사실인 것 같았다. 그는 내가 식당 앞에 서 있는 걸 보더니 물었다.

"밥 먹으려고? 점심 먹을 거야?"
"응."

"저기 저 가게 맛있어. 괜찮아."

"그래?"

"응 맛있어."

그는 나를 데리고 맞은 편 샌드위치 가게로 향했다. 벽에 갓 만든 샐러드와 샌드위치들이 가지런히 진열되어 있었고 신선한 주스도 함께 판매했다. 편의점처럼 마음에 드는 샌드위치를 골라 직접 계산하는 시스템이었다. 좀 더 정돈된 식당에서 맛있는 음식을 먹고 싶었던 나는 실망했지만 내색하진 않았다. 그는 가게에서도 날 여기저기 데려갔다.

"이 샌드위치는 어때? 이것도 맛있어! 그거 먹을 거야? 그래 그것도 좋지!"

얼떨결에 샌드위치 가게에 오게 된 나는 그가 이끄는 대로 진열대 앞에서 우왕좌왕 하다 겨우 샌드위치 하나를 골라 계산대 앞에 섰다. 계산하며 보니 남자는 이미 자리를 잡고 앉아 있었다. 샌드위치를 고르지도 않은 채였다.

"넌 안 먹어?"

"난 괜찮아. 그나저나 너 켄싱턴 가봤어?"

남자는 내가 샌드위치와 주스 먹는 걸 보며 또 이야기 한보따리를 꺼냈다. 그는 내게 런던에 대해 할 말이 많은 것처럼 보였다.

"아니 안 가봤어."

"그렇구나. 거기 정말 좋은 동네거든. 나 그 근처에 사는데 @#@%##%^&"

켄싱턴이라는 동네가 어딘진 모르지만 남자는 그곳에 산다는 말과 그 한국인 친구도 놀러왔었다는 말을 계속 했다.

"어때? 켄싱턴 가볼래?"

"그래."

"좋아! 너 이거 다 먹고 같이 가보자."

정신 사납긴 했지만 난생 처음 런던 사람과 이야기 하는 거여서 잠자코 듣고 있었다. 어딜 가나 현지인을 만나는 건 재미난 일이니 말이다. 켄싱턴은 내 여행지 리스트에 있지 않았으니 또 어떤 일이 벌어질지 내심 기대가 되었다. 내가 샌드위치를 다 먹자마자 우린 가게를 나와 길을 건넜다.

"저거 타봤어?"

남자는 런던의 상징과도 같은 빨강 2층 버스를 가리켰다. 내 눈이 커다래졌다.

"아니!"

"저거 타자."

버스를 타자마자 남자는 날 2층으로 데리고 가 가장 앞 좌석에 앉았다.

"여기 앉아야 잘 보여."

계획에도 없던 2층 버스를 타게 되어 신이 난 나는 창밖을 구경하느라 정신이 없었다. 남자는 그런 내게 계속 말을 걸며 수다를 떨었다.

"이거 봐. 나 아까 신발 사고 오는 길이었어. 이거 봐봐. 이거 비싼 거야."

남자는 자기 신발을 보라면서 계속 가리켰다. 별 관심 없는 나는 보는 둥 마는 둥 거의 듣지 않고 창밖 풍경만 열심히 바라봤다. 남자의 수다는 질리는 맛이 있었다. 쓸데없는 말이 너무 많고 가벼웠다. 몇 정거장 안 가 우리는 켄싱턴에서 내렸다. 켄싱턴은 피카딜리와는 분위기가 달랐다. 오래되고 큼직한 건물들이 무겁게 자리하고 있어 묵직한 느낌이 드는 동네였다. 세련되고 호화로웠지만 사치스럽다기보다 고풍스러운 기운이 거셌다. 정거장 바로 앞에 커다란 호텔이 보였다. 남자는 나를 이끌고 호텔로 갔다.

"여기 구경시켜 줄게. 여기 진짜 좋은 호텔이거든."

켄싱턴까지 와서 호텔을 구경시켜준다니 의아했다. 별로 궁금하지 않았지만 굉장히 독특하거나 유래가 깊은 호텔인가 싶어 남자를 따라 들어갔다. 남자는 호텔 레스토랑에 거침없이 들어갔다. 입구에 있는 직원들은 별 제지하지 않았다.

"여기 풍경 봐봐. 여기 앉아 있으면 저 바깥을 보면서 먹을 수 있어."

남자가 말한 대로 레스토랑에서 보는 풍경은 근사했다. 탁 트인 창으로 공원의 녹음이 한 눈에 보였다. 레스토랑에서 뭔가를 먹나 싶었지만 남자는 바로 나와 또 어딘가로 향했다. 남자는 1층 로비가 내려다보이는 2층의 휴게공간으로 갔다.

"여기 간식이 늘 구비되어 있거든. 이거 먹어도 돼."

남자는 호텔에서 서비스로 비치해 놓은 과자를 아무렇지 않게 집어다 소파에 앉았다. 정신없이 그를 따라 이끌려 다니던 나는 이제 좀 자리에 앉을 수 있게 되자 화장실이 가고 싶어졌다. 잠깐 양해를 구하고 자리를 비웠다. 화장실에서 손을 씻으며 혼자 있으니 차분해지며 이성이 돌아왔다. 남자는 아무래도 이상했다. 친구하고 싶은 것도 아닌 것 같고, 밥을 같이 먹은 것도 아니고, 켄싱턴까지 왔는데 관광지도 아닌 호텔을 구경시켜주고 있다. 정신이 퍼뜩 들었다. 그리고 생각났다. 여행하며 지킨 내 원칙.

'여행지에서 먼저 나에게 다가온 사람은 사기꾼일 확률이 높다.'

이제야 그 원칙이 생각났다. 처음부터 남자는 이상했지만 그의 산만한 태도와 말투에 홀린 듯이 여기까지 왔다. 정신 차린 나는 어떻게 할까 잠시 고민하다 남자에게 돌아갔다. 그의 행동엔 이유가 있을 것 같았다. 아무래도 직접 묻고 답을 듣고 싶었다. 남자는 아직까지 테이블 가까이 몸을 수그리고 과자를 먹고 있었다. 나는 자리에 앉자마자 남자를 똑바로 쳐다보았다. 그가 과자를 물고 나를 바라봤다. 난 그에게 물었다.

"너, 나 여기 왜 데려왔어?"

그 때, 나는 이제껏 한 번도 보지 못한 걸 봤다. 영화 〈미션 임파서블〉이 처음 개봉했을 때, 관객들은 톰 크루즈가 사람 얼굴 형태의 가면을 벗는 장면을 보고 경악했다. 그건 단순히 얼굴이 바뀐다는 상황 자체보다, 지금까지 봤던 사람이 내가 생각한 사람이 아니었다는 데서 오는 충격이다. 나는 한 사람이 뒤에 숨겼던 이중적인 면을 고스란히 내보이는 장면을 보았다. 남자는 내가 질문을 함과 동시에 얼굴 표정이 바뀌며 몸을 소파 뒤로 천천히 기대어 앉았다. 등을 대고 앉은 남자는 다리를 꼬고 두 손을 다리에 얹은 채 양손가락을 끼었다. 천방지축 키 큰 수다쟁이에서 진지하고 프로페셔널한 전문가로 바뀌는 시간은 단 2초였다. 나는 속으로 매우 놀랐지만 내색하지 않고 그의 대답을 기다렸다. 남자는 당황하지 않았다. 오히려 이 순간을 기다려온 태세였다. 그는 이제껏 말투와 전혀 다르게 아주 천천히 말했다.

"너에게 제안하고 싶은 게 있어."

그제야 모든 게 확실해졌다. 남자는 처음부터 나에게 의도적으로 접근한 것이다. 무슨 제안인진 모르겠지만 그는 나에게 이 말을 하기 위해 피카딜리에서 말을 걸고, 한국인 친구가 있다고 말을 하고, 내가 점심을 먹을 때

켄싱턴에 가자고 한 것이었다. 도대체 무슨 제안인가 싶어 내 눈은 커다래졌다. 그는 말을 이었다.

"내가 아는 부자가 있어. 그는 정말정말 돈이 많아. 그에게 너를 소개할까 해. 넌 영어도 잘 하고 예쁘니까 그가 좋아할 거야."

맙소사. 토할 것 같았던 건 그의 말 때문이었다. He will love you*(그는 너를 사랑할 거야)*. 그가 나에게 정확히 무슨 제안을 하는지 알 수 없었지만 알 것 같았다. 확실한 건 이거 하나였다. 거절해야 한다! 속으로 부글부글 하는 마음을 다잡고 겨우 말을 꺼냈다.

"아니. 거절이야."

난 곧장 일어나서 뒤돌아 길을 갔다. 남자는 그 자세 그대로 앉은 채였다. 등 뒤로 남자의 목소리가 들렸다.

"후회하지 않겠어?"

난 계속 걸었다. 도대체 내가 왜 후회한단 말인가? 뭐가 아쉬워서? 다행히 남자는 날 따라오지 않았다. 호텔 로비를 걸어가는 내내 남자가 2층에서 내 뒷모습을 쳐다보는 기분이 들었다. 화를 삭이지 못한 나는 분노로 심장이 끓어올랐다. 그는 분명 내게 수치스러운 제안을 했다. 그가 계속 자기 신발이 비싼 거라는 둥, 이곳이 고급 호텔이라는 둥, 켄싱턴에 산다는 둥

돈 자랑 아닌 돈 자랑을 했던 것은 결국 내 마음을 흔들기 위한 것이었다. 다시 돌아가서 뺨을 한 대 후려칠까 고민이 되었지만 사실 겉으로 보면 그가 나에게 딱히 잘못한 것도 없었다. 명목 없는 싸움이 될 게 뻔한 데다 여긴 남자의 영역이다. 우선 자리를 떴다.

삶에서 거절을 배우는 것은 매우 중요하다. 자신의 의지를 보이지 않고 상대의 말만 들으면 마음에 앙금이 생긴다. 이 앙금은 후에 마음의 병이 될 수 있다. 상대를 미워하거나, 나 자신을 미워하게 될 수 있는 것이다. 남자의 말을 듣고 곧장 나오긴 했지만 호텔에서 나온 후에도 내내 화가 가시질 않았다. 왜 그렇게 화가 날까 생각해보니 처음부터 남자가 이상했는데도 그걸 거절하지 않고 질질질 이끌려 호텔까지 갔다는 점이었다. 그러나 더 깊이 생각해보면 런던에서 현지 친구를 사귈 수도 있겠다는 마음 깊숙한 곳 일말의 기대감이 남자의 이상한 점을 에둘러 못 본 척 막았던 게 아닌가 싶다. 아마도 남자는 상대방의 그런 심리를 이용했을 것이고, 나는 보란 듯이 좋은 먹잇감이 되었다.

거절은 어렵다. 아니요, 못해요 몇 마디 안 되는 말인데도 입 밖으로 내뱉는 건 왜 이리 어려운지……. 거절에도 연습이 필요하다. 우리가 자라오면서 '사회적 행동'을 익혔던 것처럼 안 된다고 말하는 것에도 마음의 준비와 입에서 내뱉는 연습을 해야 한다. 이는 나 자신을 지키는 행동이자, 상대방을 배려하는 덕목이다. 그리고 내뱉는 말을 서로 믿을 수 있을 때, 더욱 견고한 인간관계를 쌓을 수 있다. 물론 이상한 런던 아저씨 같은 사람과의 인간관계는 아니지만.

남자가 말한 대로 켄싱턴은 부의 거리였다. 호텔을 나와 바로 앞에 있는 공원을 따라 걸으니 유명한 클래식, 팝 공연이 이뤄지는 '로얄 알버트 홀'이 보였고, 길을 따라 걸었던 공원의 이름이 보였다. 'Hyde park' 하이드 공원. 그리고 맞은편엔 영국 왕실에서 이용한다는 헤롯 백화점이 있었다. 살면서 겪을까 말까한 요상한 경험을 했지만 덕분에 런던의 상징적인 장소들을 볼 수 있었다. 난 헤롯 백화점이 보이는 스타벅스에 들어가 우연히 옆자리에 앉은 프랑스 아가씨에게 그간 있었던 일을 미주알고주알 다 이야기했다. 그리곤 속이 시원해졌다. 아마도 그 프랑스 아가씨에겐 내가 이상한 한국 아가씨였을지도 모르겠다.

이상한 아저씨 덕분에 난 큰 교훈을 하나 더 얻었다. '쎄하다'는 감이 올 땐 거절하고 피하라는 것. 인간의 촉은 절대 틀리는 법이 없다.

나이를 초월하는
친구가 생기면

가끔 친구들과 이야기하며 우리가 꼰대가 되어가는 건 아닌지 걱정한다. 아이들이 제법 큰 친구들도 있고, 대부분 사회에서 경력이 무르익거나, 조직에선 중간관리자 급인 나이가 되었기 때문이다. 사실 꼰대는 나이보단 소통을 잘 하냐 못 하냐에 더 관계있다. 소통이 안 되면 나이를 불문하고 꼰대다. 자신의 얄팍한 경험과 지식으로만 상대방을 판단한다면 그야말로 꼰대가 되기 십상이다. 소통할 줄 아는 멋진 어른으로 성장하기 위해선 나이를 불문하고 다양한 사람들과 사귀는 게 가장 좋은 방법이다.

내가 본 나이든 사람 중에 가장 멋졌던 이는 제니 할머니다. 메콩강 투어를 할 때였다. 아침 8시에 호치민을 출발한 버스는 휴게소를 거쳐 메콩 강에 도착했다. 메콩 강은 베트남 남부와 캄보디아를 가로지르는 매우 거대한 강이다. 강으로선 세계에서 열두 번째 길이이고, 거대한 숲 속엔 다양한 생물들이 있다. 이곳엔 강을 터전으로 일삼는 현지인들이 살고 있다. 강 위에 보트들이 시장을 형성하는 메콩 강 수상시장은 이곳의 명물 중 하나다. 넓은 곳은 폭이 2~3km나 될 정도로 메콩강의 크기는 엄청났다. 우기라 흙탕물이 된 강물을 세차게 달려 우리의 보트는 밀림 속으로 들어가기 시작했다. 도대체 강이 얼마나 깊길래 강 한가운데 이런 숲이 있을까 싶을 정도로,

거대한 나무들이 강물 한가운데 숲을 이루고 있었다. 깊은 곳은 20미터나 된다니, 나무들의 크기도 짐작이 갔다. 거대한 숲 가운데 작은 수로로 진입한 보트는 코코넛 사탕 공장을 거쳐 어느 덧 점심식사 장소에 도착했다.

내가 앉은 테이블에 제니 할머니가 있었다. 제니 할머니는 캐나다 사람으로 60이 넘어 보였는데도 2년 넘게 혼자 세계 여행 중이라고 했다. 유머러스하고 소탈한데다 사람들과 자연스레 어울리는 친화력까지 있었다. 공교롭게 테이블에 함께 앉은 사람들 모두 제니 할머니 못지않게 배낭여행에 이력이 난 여행꾼들이어서 우리는 자연스럽게 맥주를 시키고, 각자 자신의 모국어로 '건배!'를 외쳤다. 난 옆에 앉은 제니 할머니에게 물었다.

"언제까지 여행하실 거예요?"

할머니는 아주 당차게 답했다.

"여권 속지가 다할 때까지!"

그리고 나를 향해 느믈느믈하게 웃으며 이렇게 덧붙였다.

"다음엔 한국 갈까?"

아, 이런 사랑스러운 할머니라니!

난 제니 할머니를 보며 나이 들어 여행하는 것이 저렇게 멋진 거라고 처음 느꼈다. 할머니는 여행하는 게 아주 자연스러워 보였고 게다가 안정적이기까지 했다. '할머니 혼자 어떻게 다니지?' 이런 생각조차 들지 않았고 오히려 내가 의지할 정도였으니 말이다. 우린 마음이 통한다는 걸 본능적으로 알았다. 저녁 식사 시간 때, 가족이나 일행 있는 사람은 끼리끼리 떠나고 제니 할머니와 나를 비롯한 홀로 여행객들이 뭉쳤다. 이 여행 베테랑들은 절대 비싼 레스토랑에 가지 않았다. 단순히 가격이 비싼 곳을 꺼리는 게 아니다. 여행객들을 대상으로 바가지 씌울 만한 곳을 걸러 가지 않는 것이다. 우리는 분위기가 편하고 시끄러운 식당 하나를 발견했다. 제니 할머니와 난 서로를 바라보며 씨익 미소를 지었다. 고르고 고른 식당엔 여행객은 거의 없고 현지인이 더 많았다. 맘 맞는 사람들과 함께 있을 때 가장 신이 나는 법이다. 우리는 다짜고짜 맥주를 먼저 시키고 다시 한 번 건배했다.

영혼이 통하는 사람은 서로를 알아본다. 나와 친한 친구라도 취향이 다를 수 있고, 생각, 가치관도 모두 다르다. 모든 걸 함께 할 수 없는 건 가족도 마찬가지다. 어떤 여행지를 함께 잘 즐길 수 있는 건 평소 내 주변에 있는 사람이 아니라 그곳을 향해 자기 발로 다가온 다른 여행객이다. 이건 인생에 있어서도 마찬가지다. 모든 걸 같은 사람과 할 수 없다. 사람은 때로 혼자 있으면서 자신과의 대화도 필요하다. 그리고 가끔은 낯선 사람들과 만드는 공감대가 인생에 더 깊은 자취를 남기기도 한다. 직장, 취미, 스터디 등 어떤 활동을 하며 형성되는 상대방과 나의 연결고리는 삶을 더욱 풍요롭게 해준다. 연령이 비슷하지 않더라도, 공감대가 형성되면 친구가 될 수 있다.

나이 들어 여행하는 사람들은 대개 안정적으로 보인다. 그건 단순히 금전적인 이유 때문이 아니라 그들이 일상에서 살아갈 때도 저런 모습일 거란 믿음 때문이다. 제니 할머니에게 구체적인 신상을 물어보진 않았지만 그가 자신의 삶에서 얼마나 듬직하고 씩씩하게 헤쳐 나갈지 눈에 보지 않아도 선했다. 아이를 낳고 집에 있을 때 제니 할머니가 문득 생각났다. 아기를 낳고, 기르면서 일을 하고, 독립시키고, 모든 걸 경험한 후에 다시 홀로 세계여행을 하는 기분은 어떨까? 인생에서 은퇴를 한 느낌 아닐까? 문득 다시 씩씩해져야겠단 생각을 하게 된 것은 은퇴하고 세계여행을 해야겠단 거창한 포부 같은 게 생겨서가 아니었다. 그저 홀로 묵묵하고 씩씩하게 여행 다니던 할머니가 일상에서도 그렇게 살아가는 모습이 떠올라서였다. 유머러스하고 여유로운 마음가짐, 그거면 살아가는 데 충분하지 않은가?

마르틴 부버는 "만남은 결코 존재의 모자람 때문에 이루어지는 것이 아니고, 오히려 만남이 존재를 발견하게 한다."라고 했다. 제니 할머니와 나의 만남은 짧았지만 할머니는 내가 평생 닮아 가고 싶은 미래의 내 모습을 상상하게 해준 사람이었다. 무얼 가르치려는 사람만이 스승이 아니다. 더 많이 알려는 마음을 가진 사람이 스승이라 했다. 제니 할머니는 세상에 호기심이 많고 열린 마음으로 사람과 문화를 보려는 사람이었다. 무엇이든 새롭게 받아들이고 알고자 하는 사람. '내가 이만큼 살았으니 이미 난 많이 안다'는 마음가짐으로는 누구하고도 소통하지 못한다. '내가 알고 있는 건 내가 살아온 경험 만큼이고 나머지는 모른다'는 마음가짐이어야 소통할 수 있다.

내가 꼰대인 건 아닐지 고민이 드는 건 솔직히 다른 세대와 이야기 했을 때 그들이 이해가 안 될 때가 있기 때문이다. 그럴 때마다 그 나이대의 나는 어땠는지 다시 되새겨본다. 그리고 앞으로의 나는 어떻게 해야 할 지 생각해본다. 내가 제니 할머니처럼 열린 마음의 사람으로 나이 들어가기 위해선 사람들과 격의 없게 지내고 매일 밥 먹는 게 능사가 아닐 것이다. 솔직해 지는 것. 그리고 사람들의 말을 경청하고 대화하는 것이 통하는 법이다.

소설 『걸리버 여행기』를 쓴 조너선 스위프트는 "늙은이는 젊은이들과 어울리려고 억지로 노력하지 마라. 누군가가 자신에게 도움을 청해오기 전에는 절대로 먼저 이야기하지 마라."라고 했다. 계속 나이 들어가는 입장에선 쓸쓸한 조언이지만, 귀는 열고 입은 닫으라는 뜻으로 마음에 새긴다. 내가 먼저 다가갈 수 있는 어른과 사귀고 싶다. 그리고 나에게 다가오는 젊은 친구들과 어울리고 싶다. 연령을 초월하는 친구가 있으면 내가 정말 인간의 삶을 살고 있다는 느낌을 받는다. 그것이야말로 진정 사랑일 것이다.

기꺼이
도움 받아도 된다

나의 여행은 어딘가로 떠나고픈 열망에서 시작되었다. 그러나 막상 시작된 여행은 긴장의 연속이었다. 좋은 일도 많았고, 좋은 사람도 많이 만났지만 언제 어디서나 나를 지키기 위해 항상 주변을 예의주시해야 했다. 시와의 오아시스에 앉아 아기 고양이 털 같은 사막의 고운 모래를 손에 쥐었을 때, 난 그동안 잡고 있던 긴장의 끈을 놓았다. 가장 거친 곳이라 생각한 곳에서 가장 여린 것을 본 것이다. 사막은 외로워보였지만 동시에 낭만이 있었다. 그 아이러니는 날 무장해제 시켰다. 사막은 그런 마력이 있었다. 나의 가장 여리고 약한 부분을 건드리는.

시와는 사하라 사막 한가운데 있는 오아시스 마을이다. 카이로에서 기차 타고 지중해와 맞닿은 알렉산드리아로 3시간, 알렉산드리아에서 다시 버스를 타고 7시간가량 가야 닿을 수 있다. 그토록 멀지만 여행객들은 시와에 간다. 사막 투어를 하기 위함이기도 하지만, 진정한 이집트라는 소문을 직접 눈으로 확인하고 싶어서다. 시와에 가지 않았다면 파울로 코엘료의 『연금술사』 속 사막 한가운데 있는 황토색 마을을 그렇게 실감나게 상상하며 읽지 못했을 것이다. 버스에서 내리자마자 보이는 나귀들. 흰 터번과 발까지 길게 내려오는 원피스 차림의 남자들. 해가 중천에 떠오르면 황금색

78

으로 빛나는 모래 언덕. 사막에서 상상할 수 있는 낭만을 모두 갖춘 완벽한 마을, 시와.

나는 사막을 떠나오면서 아팠다. 차가운 새벽 공기 때문이었는지, 이상한 열병에 걸린 채 시와를 떠나야만 했다. 몸살 같은데 감기처럼 몸이 으슬으슬한 게 아니라 오히려 너무 더워서 오는 내내 버스 에어컨 바람에 얼굴을 대고 있어야 했다. 버스는 연극 무대 같은 휴게소에 섰다. 차마 내리지 못하고 축 쳐져 있는 나를 누군가 건드렸다. 고개를 들어 바라보니 옆 좌석에 앉은 이집트 남자가 날 안쓰럽게 바라보며 차가운 사이다 하나를 내밀고 있었다. 괜찮다고 사양하니 그는 다시 한 번 내밀었다. "Please." 오는 내내 옆에서 끙끙대는 날 봤던 남자는 조금의 도움이라도 되고 싶었나보다. 난 사이다를 받아 들고 한 모금 마셨다. 시원한 탄산이 들어가자 오히려 살 것 같았다. 나의 열병의 원인은 모른다. 아마도 그건 내가 사막에 나의 가장 약한 무언가를 두고 왔기 때문이리라.

함께 여행한 윤화 언니는 나에게 뭐라도 먹이려고 고속버스 휴게소에서 고기가 들어간 빵을 사와 나에게 들이 밀었다. 내가 손으로 빵을 밀어내자 언니는 내 상태의 심각함을 인지했다. 그동안 못 먹은 거 없이 뭐든 입에 넣던 내가 처음으로 음식을 거부한 것이다. 다정다감하고 조용한 언니는 하자는 대로 다 따라주는 천사같은 사람이었으나 그 때 처음으로 내게 단호했다.

"먹어. 먹어야 나아."

언니의 말에 난 빵을 다시 집었으나 채 몇 입 먹지 못하고 고기빵은 그대로 다시 비닐봉지로 들어갔다. 카이로 숙소에 도착하자마자 침대에 쓰러져 내내 갔다. 한참을 자고 새벽에 일어나니 사막의 모래를 아직까지 뒤집어 쓴 채였다. 씻기 위해 화장실에 가 오랜만에 거울을 봤다. 얼굴이 새카맸다. 햇볕에 그을려서가 아니라 아픈 사람의 얼굴이었다. 무거운 몸을 겨우 움직여 샤워를 하고 다시 쓰러졌다.

침대에서 일어나 외출을 간 건 기념품을 사러 시장에 가기 위해서였다. 카이로를 떠날 때가 다가왔다. 일어나 걸을 수 있는 정도가 되긴 했지만 어지러운 건 여전했다. 우리가 가기로 한 곳은 '조르디의 상점'이었다. 그곳에서 '카르투시'를 맞출 예정이었다. '카르투시'는 왕이나 신의 이름을 상형문자로 기록한 타원형 문양이다. 왕의 석상이나 히에로글리프(그림으로 만들어진 고대 이집트 문자)에서 이 '카르투시'를 발견할 수 있다. 조르디 상점에선 알파벳으로 이름을 적어주면 카르투시로 변환해 팬턴트나 반지를 맞춰줬는데 기념품으로 인기가 아주 좋았다. 조르디의 상점이 있는 칸 엘 칼릴리 시장으로 향했다. 어마어마하게 넓고 복잡한 시장에 들어섰는데도 주변 풍경이 하나도 눈에 들어오지 않았다. 꼬불꼬불 엉켜있는 길을 걸었다. 온몸에서 후끈후끈 열기가 올라왔다. 어질어질해 걷는 힘이 하나도 없었다. 내 앞에 가는 사람들을 놓치지 않으려 뒷모습에 눈을 고정시키는 데만 신경 썼다.

조르디의 상점은 긴 네모 모양의 좁은 공간이었다. 사방이 기념품으로 가득 찼고, 카운터 맞은편엔 손님이 앉는 긴 의자가 벽에 기대어 있었다. 우린 카르투시를 맞추고 기념품이 완성될 동안 상점 안의 물건들을 구경했다. 그러나 몸이 채 성치 않은 나는 은으로 된 반지를 하나 고른 후 긴 의자에 뻗어버렸다. 다른 사람들은 이것저것 구경하느라 정신이 없었다. 양념된 나물처럼 축 쳐진 나를 누군가가 계속 바라보고 있었다. 조르디였다. 그는 아저씨와 할아버지 사이의 나이대였는데 기념품 가게를 운영하는 사람치곤 아주 차분했다. 조르디는 카운터에서 손님을 대하며 맞은편에 거의 눕다시피한 나를 간간히 눈여겨봤다. 손님이 떠나자 조르디는 어딘가로 전화했다.

찻집 배달은 언제, 어디에서 유래된 것일까. 조르디가 전화한 곳은 어느 찻집이었다. 음료를 주문하면 몇 분 있다 직원이 아름다운 쟁반에 음료가 담긴 잔을 여럿 올려 가게로 가지고 왔다. 방문한 손님들에게 음료를 대접하는 건 조르디 상점만의 서비스 같았다. 다른 사람들에겐 주문을 받은 것 같았지만 나에겐 그럴 틈이 없어서 그는 따뜻한 차를 주문했다. 조르디는 차를 잔에 따르곤 나에게 마시라고 권했다. 계피차였다. 따뜻한 계피향이 솔솔 입안을 채웠다. 그러나 몸에 열이나 뜨거운 음료를 더 이상 마실 수 없었다. 한국에서 걸리던 감기 몸살은 춥고 오들오들 떨려 따뜻한 걸 마시는 게 도움이 됐는데, 이 병은 도대체 어떤 병인지 몸살 같으면서도 몸에서 나는 열을 어찌하지 못해 따뜻한 걸 먹지 못했다. 차를 몇 모금 마시지도 못한 채 난 다시 의자에 쓰러졌다.

시간은 계속 흘러갔다. 아직도 카르투시는 완성되지 않았고, 같이 간 동행들은 기념품 구경에 삼매경이었다. 사막에 있을 때에 비해 몸이 많이 나아졌어도 여전히 난 병자였고 이대로 집에 멀쩡히 돌아갈 수 있을지 걱정이었다. 눈을 감았다 떴다를 반복했다. 카운터 앞에서 일을 보고 있는 조르디가 보였다 사라졌다 반복했다. 다시 차를 마실까 생각했지만 아무래도 뜨거운 걸 또 먹고 싶지 않았다. 난 긴 의자에 옆으로 기대 거의 누워있었다. 두꺼운 겨울 외투를 이불과 베개처럼 폭신하게 다듬고 거기에 잠자는 새처럼 파묻혔다. 상점엔 카르투시를 맞추러 오는 사람들이 간간이 있었고, 다른 기념품도 여럿 사갔다. 시장에선 꽤나 구석진 장소에 있는데도 외국인들은 입소문을 듣고 찾아왔다. 손님이 북적이진 않았지만 없는 때는 없었다.

조르디는 친절하고 사려 깊은 사람이었다. 손님들에게 물건을 강매하지도 않았고 바가지를 씌우지도 않았다. 소문에는 이 근방에서 외국인에게 정찰제를 처음으로 시행한 장사꾼이라고 했다. 바가지 씌우는 게 기본인 이집트에서 그렇게 장사하기란 쉽지 않았을 것이다. 하지만 그 덕에 그는 이런 호황을 누렸다.

조르디가 다시 전화기를 들었다. 이번엔 찻집에서 길고 아름다운 유리잔

한 개를 쟁반에 담아 왔다. 옅은 레몬색의 음료가 유리잔 안에서 찰랑였다. 조르디는 잔을 받아 들고 나를 바라봤다.

"마셔요."

몸을 일으켜 천천히 조르디가 권한 잔을 받아 마셨다. 레모네이드였다. 온몸의 열을 내려주는 것처럼 시원했다. 레몬의 시큼하고 달콤한 맛이 입맛을 돋게 했다. 한 모금 마시니 "아!" 절로 탄성이 나왔다. 그제야 사막의 열병이 가시는 듯했다. 나를 괴롭힌 것은 으슬으슬한 몸살감기가 아니라 사막이 내게 전해 준 열기였다고, 나는 레모네이드를 마시며 생각했다. 처음으로 입가에 미소가 지어졌다. 조르디도 조용히 미소 지었다.

김영하 작가는 『여행의 이유』에서 철학자 알폰소 링기스에 대해 언급을 한다. 그는 여행할 때 사람들이 낯선 이에게 갖는 신뢰에 대해 썼다. 내가 아주 여리고 약해졌을 때 묘하게도 나에게 도움을 주는 사람들을 믿게 된다. 그들이 나에게 보이는 진정성을 느끼기 때문이다. 처음 본 이를 믿으려면 용기가 있어야 한다. 이런 용기는 내도 된다. 비록 받는 순간엔 감사의 마음을 표하는 게 다 일지라도 누군가의 도움을 받아야 할 때도 있기 때문이다. 그 감사함은 평생 잊지 못한다. 삶도 그렇다. 내가 정말 힘들었을 때 나에게 도움을 준 사람은 언제나 있었다. 내가 도움이 필요할 땐 감사히 받고, 나중에 누군가 도움이 필요하면 도와주는 것이 세상이 돌아가는 원리가 아닐까.

배우자에게
자유를 선물하라

우리나라의 결혼율이 급감하고 있다. '영원한 사랑'에 대한 환상이 깨진 지도 오래거니와, 젊은 세대들이 결혼 제도에 대해 가지는 인식도 좋지 않다. 무엇보다 결혼하면 '자유'를 뺏긴다고 생각한다. 상대와 생활 방식을 맞추며 조율하는 과정이 소위 말해 '귀찮다'. 상대 부모에게 지켜야 하는 예의를 서로 맞춰나가는 것도 번거롭다. 나 혼자면 내가 원하는 대로 살 수 있는데, 무엇하러 이런 번거로운 과정을 거치며 결혼이란 걸 한단 말인가?

결혼을 해 나름 행복하게 살고 있는 입장에서 말하면 서로와 맞춰가야 하는 과정은 당연히 필요하다. 그리고 결혼은 나 혼자만의 것이 아니라 가족과의 합의이기 때문에 서로의 가족을 함께 챙겨야 하는 것도 맞다. 서로를 배려하는 번거로운 과정은 신혼 기간인 7~8년은 지나면 편해지고 익숙해진다. 자기 목소리도 권리도 생기기 때문이다. 신입사원이 대리-차장급이 되는 과정이라고나 할까. 당연히 불편하고 어려운 부분이 있지만 이건 함께 처음 살아보는 사람들이 겪어야 하는 자연스러운 수순이다. 그리고 이것이 편해지면 더 풍요로운 행복이 찾아온다. 내 가족의 바운더리가 더 넓어지기 때문이다. 그리고 나 혼자 외롭게 고민할 것들을 함께 나눌 수 있다. 그 행복은 무엇과도 바꿀 수 없다. 그러나 이 행복을 지키기 위해 가장 중요한 것이 있다. 바로 서로의 자유를 인정해주는 것이다.

아이를 낳고 100일쯤 지났을 때, 남편에게 여름휴가가 생겼다. 쌍둥이를 낳고 밤낮으로 고군분투하던 나에게 남편은 자기가 아기들을 돌볼 테니 휴가를 주겠다고 했다. 오랜만에 친구들과 만나 즐거운 시간을 보낼까 고민하다 혼자만의 시간을 갖기로 했다. 1박 2일의 서울 여행. 10여 년 전 친구와 서울여행을 했는데 좋았던 기억이 있다. 삶과 일의 터전이라 익숙한 곳도 새롭게 바라보면 재미난 법이니까.

캐리어 가득 책을 넣었다. 다 읽지도 못할 거면서 바리바리 쌌던 건 그저 내 욕심이었다. 야무지게 짐 챙기는 걸 본 신랑은 1박 더 하라고 했지만 이번엔 이 정도로 만족하기로 했다. 그림 전시가 보고 싶었다. 검색한 후 가장 끌리는 앨리스 달튼 브라운의 전시회에 갔다. 극사실주의 화법으로 그린 푸른 바다와 레이스가 낭낭한 커튼. 그림 자체도 매우 아름다웠지만 세 아이를 키우며 장난감 블록으로 빛과 그림자를 연구했다는 작가의 이야기가 더 인상적이었다. 엄마가 되어서도 무엇이든 깊고 오래 파고들 수 있다. 작품을 만들 수 있다.

굳이 맛집을 찾지 않았다. 보고 겪고 느낄 게 많은데 미각에만 집중하면 감각이 분산될 것 같았다. 편의점에서 산 맥주 한 캔과 과자 한 봉지를 들고 호텔에 누워 TV를 켰다. 출산 이후 처음 마시는 맥주였다. 엄청 맛있을 줄 알았지만 생각보다 달지 않았다. 하지만 오랜만에 TV에서 본 〈라디오스타〉가 얼마나 재밌던지 박장대소를 했다. 다음 날 아침엔 근처 스타벅스에 갔다. 여행가서 익숙한 매장에 가면 마음이 편안해진다. 스타벅스에서 그동안 궁금했던 비건 함박 밀박스를 먹으며 책을 읽었다. 어찌나 집중이 잘 되던지 한 권을 다 읽고 나왔다.

길을 걷다 연식이 꽤 된 듯한 건물을 만났다. 빌딩 숲 사이에서 빨간 벽돌로 공들여 지은 2층 건물은 눈에 확 띄었는데, 아쉽게도 빈 건물이다. 역사를 알고 싶었으나 '임대문의'만 붙여져 있었다. 근처 도넛 가게에 가 평소 먹고 싶던 도넛을 먹고 다시 화창한 거리를 걸어 호텔로 돌아왔다. 체크아웃은 했지만 곧장 집으로 가긴 아쉬워 근처 영화관의 영화를 찾아보았다. 〈모가디슈〉를 상영하고 있었다. 코로나 시국인게 아쉬울 정도로 잘 만든 영화였다. 배우들의 연기도 볼만하고 특히 후반부 카체이싱 장면은 〈분노의 질주〉 시리즈 부럽지 않았다.

거창한 것 없는 소소한 여행이었지만 마음의 그릇을 개운하게 텅 비우고 돌아왔다. 집에 돌아오니 아직 어린 쌍둥이는 '익숙한 얼굴인데?' 하는 표정으로 뚫어지게 본다. 모든 것이 좋았다. 솔직히 이 여행은 내 평생 모든 여행을 통틀어 Best 5 안에 들 정도로 마음에 평안을 준 여행이었다. 아이를 갓 낳은 엄마에게 홀로 갖는 시간이 이렇게 귀하다는 걸 몸소 체험하고 알았다.

인간관계에서 '놓아주는' 건 매우 중요하다. 사랑하면 상대에게 집착할 수도 있는데, 집착을 중단해야 오히려 진정으로 사랑할 수 있다. 그러기 위해 자립심을 길러야 한다. 내가 오롯이 서 있어야 상대에게도 자유를 선물할 수 있다. 관계를 오래 지속하기 위해선 함께 하는 삶에도 자유가 필요하다. 각자가 좋아하는 걸 즐길 자유, 모험할 자유, 새로운 걸 탐구할 자유, 욕구를 펼칠 자유를 마음껏 펼칠 수 있도록 허락해주어야 한다.

내가 휴가를 받았듯이 나도 남편에게 휴가를 준다. 남편은 일 년에 한 번씩 먼 섬으로 낚시 여행을 떠난다. 아이를 낳기 전엔 둘이 다이빙 여행을 함께 다녔지만 이젠 각자의 시간을 갖는 것으로 서로의 자유를 허락해준다. 남편은 그 시간동안만은 일과 가정의 의무에서 해방되어 자신만의 시간을 갖는다. 한 번은 내가 남편이 여행가 있는 동안 잔소리를 한 적이 있는데, 이런 행동이 서로에게 매우 안 좋다는 걸 깨달았다. 그 후론 서로의 '자유시간'엔 최대한 방해하지 않고 즐겁게 보낼 수 있도록 배려하려고 한다.

어느 해, 업무가 한창 바쁘던 때 나 홀로 여행을 잡은 적이 있었다. 별다른 일 없이 호텔방에서 일을 하고 애들 안부를 물었다. 살짝 머리가 지끈해질 즈음 도시의 밤거리로 나왔다. 퇴근하는 사람들 틈 사이에 몰래 끼어 여행객이라는 걸 숨긴 채 밥을 먹으러 갔다. 나의 여행은 비밀스럽고 혼자만의 것이어서 나 이외의 누군가는 몰라도 되었으니까.

저녁밥이 앞에 놓였을 때, 땅거미가 지고 거리의 차가 헤드라이트를 켜고 마치 식당 바로 앞까지 돌진할 것처럼 오고가는 것을 보았을 때, 내가 이 순간을 아주 오랫동안 기다려왔음을 깨달았다. 솥밥을 비비며 내 안의 진정한 '내'가 '너무 좋아 현영아! 너무너무 좋아!'라고 기쁨의 환호성을 내지르는 걸 들었다. 솥밥을 비비는 '에고(Ego)'의 나는 이상하게 벅차올라 계속 눈물이 나려는 걸 막으려 간이 적당히 밴 연어 밥을 씹고 또 씹었다.

나는 항상 사람들에 둘러싸이고 함께 어울리는 걸 좋아하면서도 여행은 늘 혼자 가고 싶어 했다. 어렸을 땐 새로운 장소에서 새로운 사람을 만나는 걸 좋아해서 그러기도 했지만 언어가 통하지 않는 곳에서의 고립고독은 의외의 해방감을 주어서 난 그 자유를 꽤 즐겼다. 결혼하고 아이 낳고 워킹맘으로 살아가는 지금의 삶을 나는 사랑하고 즐긴다. 그럼에도 나와 남편이 서로 깊이 공감하는 것 중 하나는 '나만의 시간'이며, 그런 이유로 우린 서로가 며칠씩 여행을 떠나는 걸 지지한다. 돌아와서 상대방의 에너지가 달라져 있음을 느끼기 때문이다.

영국의 문화평론가 테리 이글턴은 "인생의 의미는 서로의 가치를 높여주는 관계를 형성하는 법을 배우는 데 있다"고 했다. 성숙한 관계는 서로의 가치를 어떻게 높일지 함께 노력하는 데에서 비롯된다. 성인이 된 사람은 누구나 혼자만의 시간이 필요하다. 고요의 시간. 결혼하고 아이가 있는 지금도 마찬가지다. 남편도 때로 혼자 낚시를 가고 난 그 시간을 존중한다. 난 가끔 혼자 카페에서 책을 읽거나 글을 쓰며 재충전의 시간을 갖는다. 캐럴라인 냅은 『명랑한 은둔자』에서 이렇게 말한다.

> "우리가 물어야 할 '왜?'는 '왜 혼자 지내는가?'가 아니라 그보다
> 더 흥미로운 질문으로 바뀐다. 왜 혼자 지내지 않는단 말인가?"
> - 캐럴라인 냅, 『명랑한 은둔자』 중에서

나는 이걸 이렇게 바꾸고 싶다. 왜 혼자 여행하지 않는단 말인가? 배우자에게 자유를 선물하라. 그럼 내가 먼저 자유로워진다.

아침을 맞으며

힘이 되는 관계를 위해

함께 일하는 인도네시아인 동료 쉬파는 엘리트다. 똑똑하고 일도 잘 하는 그녀는 뭘 부탁할 때마다 이렇게 말한다. "Thank you very much!" 별 것 아닌 것을 해줘도 항상 밝게 미소 지으며 '고맙다'고 한다. 힘이 되는 관계를 만드는 건 이런 태도다. 바라기 이전에 '내가 먼저' 시작해야 한다. 마음으로 다가가야 한다.

세 번째 아침

일

먹고 사는 일에 충실하기

"성공은 최종적인 것이 아니며, 실패는 치명적인 것이 아니다.
중요한 것은 계속하려는 용기이다."

_ 윈스턴 처칠(Winston Churchill)

먹고 사는 건 어디나 똑같다

| 아침엔 미국, 오후엔 호주

『어디 인생이 원하는 대로 흘러가던가요』에서 이서원 박사는 "내 그릇 크기만큼만 남을 담을 수 있다. 인간관계의 출발은 나의 성격, 문제, 그릇 크기여야 한다."라고 했다. 사람은 각자의 그릇이 있다. 그 그릇이 큰 지 작은지에 따라 더 다양한 사람들과 편하게 아우를 수 있다. 그러므로 인간관계는 상대방보다 먼저 내 내면의 그릇 크기를 키우는 게 먼저다.

나는 글로벌 회사, 소위 외국계 회사에 근무한다. 우리 클라이언트도 외국계 회사다. 그러다보니 다른 나라 사람과 일할 일이 많다. 나와 가장 가깝게 일하는 클라이언트들은 싱가포르, 한국, 중국에 있다. 우리의 전략을 총괄적으로 봐주는 사람은 LA에서 근무한다. 팀 운영에 도움을 받으려면 시애틀, 샌프란시스코에서 업무하는 직원들에게 연락해야 하고, 광고 플랫폼 운영에 도움을 받기 위해선 뉴욕에 있는 친구들에게 요청해야 한다. APAC 관련 업무는 호주, 일본, 중국 친구들과 수시로 대화를 주고받는다.

우리가 얼마나 다른 시차, 기후, 배경에 살고 있는지 영상통화를 하며 깨닫는다. 우리가 겨울일 때 호주 친구들은 화창한 날씨를 배경으로 민소매 티셔츠를 입고 있다. 내가 아이들 등원 준비를 하며 콜을 하면 뉴욕에 있는 친구들은 깜깜한 밤, 저녁 식사를 하며 회의에 참여한다. 반대로 우리가 해가 어슷한 저녁 무렵 회의에 들어가면 유럽에 있는 친구들은 이제 막 출근해 상쾌한 차림으로 우리를 맞이한다. 아쉽게도 남미 친구들은 시차가 반대라 회의에서 영 볼 일이 없다.

내가 '진짜' 글로벌한 회사에서 일을 하고 있다는 걸 느낀 에피소드가 있었다. 어느 날 퇴근 후 핸드폰으로 메일이 왔다는 알림이 떴다. 이미 업무가 끝났으므로 '내일 확인해야지.'라는 생각으로 확인을 하지 않았다. 문제는 그 후였다. 갑자기 어마어마하게 많은 이메일이 쏟아지는 것이 아닌가. 스팸 메일이 아닌 이상에야 한꺼번에 메일이 들어오는 일은 없었다.

시작은 'teszt'라는 제목의 내용 없는 이메일 한 통. 전체 회신으로 누군가 '이게 무슨 내용이죠? 왜 보낸 거예요?'라고 답변을 보냈고, 그렇게 몇 차례의 전체 회신이 오가다 '전체 회신으로 그만 보내요!'라며 여러 사람이 아우성 거렸다. 그리고 사람들은 어느 순간 깨달았는데, 메일을 받은 사람들은 다름 아닌 전 세계 모든 지점의 모든 직원이었던 것이다. 아우성이 그친 건 뉴욕에서 온 한 통의 메일이었다.

'안녕? 여긴 뉴욕이야.'

인사말과 화창한 창문 사이로 뉴욕 빌딩들이 보이는 사진. 뉴욕에서 일하는 직원이 보낸 것이다. 그 메일을 필두로 전 세계에서 인사가 쏟아졌다.

'안녕! 여긴 파리야!'
'여긴 러시아야.'
'멕시코에서 인사 보내!'

'여기는 이스탄불이야. 모두 반가워!'

세계 지도에서 볼 수 있는 웬만한 나라들에서 다 메시지가 왔다. 북미, 남미, 유럽, 동북아, 동남아, 중동, 심지어 중앙아시아 쪽의 나라도 있었다. 우리도 단체 사진을 한 장 찍어 인사를 보냈다. 헝가리 IT 담당자가 실수로 보낸 '테스트' 메일이 전 세계 사람들을 이어준 것이다. 직원들은 페이스북에 단체방을 만들고, 헝가리의 IT 직원은 영웅이 되었다.

우리가 '연결되었다'고 강렬하게 경험하는 것만큼 큰 환희가 있을까. 세기 말이라 부르던 1999년이 지나고 이제 막 네트워크가 세계를 이어주기 시작한 2000년대가 되었을 때 전 세계가 얼마나 '세계화'에 열광했는지 기억한다. 하나의 메일로 전 세계 사람들이 이렇게 이어질 수도 있다.

그러나 아이러니하게도 우리가 '같다'고 느끼는 것은 모두가 '다르다'는 걸 깨달았을 때 온다. 나만 이렇게 다른 게 아니구나, 내가 이렇게 달라도 괜찮다는 걸 함께 공감할 때 우리는 자유로워진다. 싱가포르 출장을 갔다 여러 인도 사람들을 만났다. 오전 세션을 마치고 점심시간에 인도 친구들과 한 테이블에 앉게 되었다. 같은 나라 사람들이지만 자세히 보면 생긴 것도 조금씩 달랐다. 피부색이 어둡고 동남아시아 사람 같은 외모가 있는가 하면, 우리가 흔히 아는 이목구비 짙고 머리숱이 많은 외모도 있었다. 교육을 열심히 받은 후라 다들 생기 있고 들떠 있었다. 우리는 자연스레 상대방에게 질문하며 서로에 대해 알아갔다. 이런저런 이야기를 하다 날씨 이야기가 나왔다.

"오, 너 남부 지방 출신이야? 거긴 우기가 몇 달이야?"

"아 넌 북쪽이구나? 거긴 여름에 얼마나 더워? 몇 도까지 올라가?"

그들은 날씨를 물을 때 얼마나 더운지, 얼마나 비가 많이 오는지 뭉뚱그려 물어보지 않았다. 상대방이 어느 지역출신인지 묻고, 비가 오면 정확히 '몇 달' 오는지, 더우면 최대 '몇 도'까지 올라가는지 측정 가능한 단위로 물어봤다. 내가 그들의 대화를 골똘하게 듣고 있자, 며칠 사이 친해진 메그하가 웃으며 설명해주었다.

"우리나라 너무 커서 지역마다 날씨가 너무 다르거든. 정확하게 물어봐야 돼."

그제야 이해 갔다. 나에게 더운 날씨가 어떤 사람에겐 덥지 않을 수 있다. 난 '비가 많이 오네.'라고 생각해도 다른 사람은 그렇게 생각지 않을 수 있다. 한 사람이 나고 자란 곳의 계절, 날씨, 기후가 지역마다 얼마나 다채로울 수 있는지, 경험하지 않고 상상 만으론 알기 어렵다. 낯선 기후를 겪어보면 그곳의 분위기까지 알 수 있다. 다른 친구가 물었다.

"니콜, 한국은 우기가 얼마나 돼?"

우기라……. 우리나라의 우기는 장마지.

"한 달 정도?"
"와하하하하. 너무 귀여운데!"

비가 오면 적어도 몇 달 쏟아지는 인도와는 달리 한 달 정도 내리는 우리나라 장마는 그들에게 아주 귀여운 수준이었다.

"여름엔? 몇 도까지 올라가? 제일 더운 게 몇 도야?"

그제야 나에게 쏟아진 시선을 느꼈다. 나는 테이블의 유일한 외국인이었던 것이다.

"글쎄……. 더우면 35도? 진짜 더우면 40도까지 올라갈 때도 가끔 있어."
"많이 덥진 않구나. 내가 살던 지역은 40도가 기본이야."

이 짧은 대화를 하며 나와 상대방이 다름을 자연스레 여기는 태도에 대해 생각했다. 어떻게 보면 우리는 항상 나와 저 사람이 같은 마음, 같은 생각, 같은 상황일 거라 가정하고 대화하는 경우가 더 많지 않았던가? 김민철 작가의 『우리는 우리를 잊지 못하고』엔 포틀랜드 이야기가 나온다. 포틀랜드에는 상점마다 "우리는 모든 인종, 모든 종교, 모든 출신 국가, 모든 성적 지향, 모든 성별, 모든 능력을 환영합니다."라는 포스터가 붙어 있다고 한다. 나에게 당연한 것이 다른 사람에게 당연하지 않을 수 있다는 사소한 진리. 이런 깨달음은 비뚤어진 삶의 자세를 바로 고쳐놓기도 한다. 그건 비단 기후에만 해당되는 것은 아닐 것이다. 그리고 그걸 인정하는 것이 내 내면의 그릇을 키우는 비결이다.

우리는 다른 나라, 다른 문화에서 일하지만 모두 '직장인'이라는 공통분모 아래 있다. 클라이언트가 무리한 요구를 해대면 같이 한숨을 쉬기도 하고, 밥 먹을 시간 없이 일하다 미팅하면 "미안해. 잠깐 점심 좀 먹을게."라고 양해를 구한다. 아기들이 미팅 공간의 배경으로 등장하기도 하고 심지어는 누군가의 잔소리가 들려오기도 한다. 이런 공통점은 우리가 다른 배경에서 자라고 생활해 왔지만 결국 사람 사는 건 거기서 거기라는, 먹고 사는 건 어쨌든 쉽지 않다는 공감을 서로에게 불러일으킨다. 우리는 다르지만 결국 같다. 그리고 같지만 결국 다르다. 함께 일하는 전 세계 동료들이 나에게 가르쳐 준 사소한 진리는 지금까지 아주 오래도록 마음에 남아 있다.

그대로 진행되는 계획은 없다

누구나 살면서 한 번쯤 계획이란 걸 세워본다. 새해 다짐을 하든, 공부 계획을 세우든, 다이어트 결심을 하든, 아니면 일을 하든 어떤 계획이든 세우기 마련이다. 그리고 그 계획이 처참히 무너지는 경험을 한다. 그리고 이 허무한 거 다시는 하지 않으리, 생각하며 과거의 삶으로 회귀하게 된다. 마이크 타이슨이 말했던가. "누구나 그럴 듯한 계획은 갖고 있다. 처맞기 전까지는."

나는 미디어 플래닝이라는 일을 한다. 쉽게 설명하면 브랜드에서 만든 광고를 어떤 매체에서 운영해야 하는지 계산하고 예산을 짜주는 일이다. 작게는 서너 달, 멀리는 일 년치 플랜을 짜준다. MBTI로 말하면 나는 born to be 'P' 성향을 가진 사람이다. 동생이 상하이 간다고 비행기표 사는 걸 보고 3일 뒤에 뒤따라간다거나, 당일에 비행기표 사서 일본가고 그런 식이었다. 충동적이고, 약속이 없다 생기면 좋아하고, 예상치 못한 이벤트가 생기면 즐거워 어쩔 줄 모르는 성격이었다. 이런 내가 어쩌다 '기획'하고 '계획'하는 일을 하게 되었으니 얼마나 심리적으로 부딪혔을지 짐작하고도 남을 것이다.

인생은 경험하는 대로 배우는 법이다. 어느 해, 나는 친한 동생 시영이와 연말에 뭐 재미난 일이 없을까 궁리하다 즉흥으로 12월 31일 여수로 떠나는 기차표를 예매했다. 여수 향일암에 가서 고즈넉이 떠오르는 일출을 보고자 함이었다. 기차에 탈 때만해도 둘 다 신이 나 기분이 들떴다. 그러나 밤샘 기차는 영 편하지 않았고, 편히 자지 못한 상태에서 새벽에 도착한 여수는 매우 추웠다. 향일암이 유명한 관광지라는 걸 깨달은 건 그 새벽 여수역 앞에 진을 친 택시들을 봤을 때였다. 우리는 택시 하나를 잡아타고 다시 곯아떨어졌다.

향일암에 도착했을 땐 아직 땅거미가 세상을 덮고 있을 무렵이었다. 암자에서 보는 해는 얼마나 멋질 지, 일출을 보고 여수 맛집에서 먹는 밥은 얼마나 맛있을지 기대하며 부푼 마음으로 한 발짝씩 산을 올랐다. 우리의 기대가 저문 건 향일암이 가까워질 무렵이었다. 사람들이 슬슬 많아지기 시작했다. 몇 발자국 움직이지 않아도 다 볼 수 있을 정도로 암자는 작았다. 한 바퀴 돌고 나니 어디로 가야 할 지 모를 정도로 인산인해가 되었다. 바다가 보이는 쪽엔 아예 설 자리가 없었다.

"언니, 이쪽으로 와."

시영이는 그 와중에 인파를 뚫고 맨 앞 쪽까지 진입했다. 수평선이 보였고, 해는 아직 바다에 잠겨 있었다. 사람이 많았지만 고요했다. 주위는 점점 더 밝아져 왔다. 여전히 오슬오슬한 날씨는 풀릴 기미가 안 보였다. 어느 정도 눈이 밝아졌을 무렵이 되자 우리는 더 이상 추위와 배고픔을 이기지 못하고 서로에게 말했다.

"이 정도면 이미 해가 떴는데 안보인 거 아닐까?"

"그런 것 같아. 해 이미 떴어."

사람이 춥고 배고프면 성질이 날카로워진다. 우리는 날카로운 성질이 눈으로든 입으로든 나오기 일보직전이었다. '해가 이미 떴다'는 이성적인 판단 아래 사실상 후퇴를 했다. 뒤로 차곡차곡 겹쳐져 있는 인파를 다시 뚫고 우리는 향일암을 빠져나왔다. 우리가 나온 자리를 사람들은 테트리스 하듯 다시 차곡차곡 겹쳐 섰다. 그러나, '살았다.'라는 생각을 하며 산을 내려오던 우리는 보고야 말았다. 저 멀리 허공 위로 떠오르는 붉고 힘찬 태양을. 태양은 "야 너희, 메롱!" 하며 고고히 하늘 위로위로 올라가고 있었다. 먼 걸음, 긴 기다림이 무색하게 어쩜 그리 해는 아름답던지. 향일암에서 바라본 바다 위로 저 해를 보았으면 얼마나 멋졌을지, 우리는 알았지만 차마 입으로 내뱉지 못했다.

근처 식당에서 아침을 먹고 배가 부르니 둘 다 다시 성질은 온순해졌다. 커피 한 잔씩 들고 이제야 여유롭게 바다 구경을 하며 사진도 찍었다. 이제 기분 좋게 시내로 가 구경하고 다시 기차를 타면 마무리라도 제대로 할 수 있다. 그러나 그때까지 우리는 알지 못했다. 망한 건 일출만이 아니라는 것을.

향일암은 여수의 끝에 있다. 시내에서도 아주 멀리 떨어져 있어서 택시 타고 한 번 들어가는 건 쉬웠지만 나오는 건 쉽지 않았다. 아무리 불러도 택시는 오지 않았고, 버스는 어쩌다 한 번씩 왔다. 가끔 오는 버스도 기다리는 사람들이 많아 만원으로 몇 대를 그냥 보내기 십상이었다. 버스정류장 근처 카페엔 기다리다 지쳐 테이블에 뻗어 잠드는 사람들이 족족 보였다. 그리고 곧 우리도 그 부류에 동참했다.

점심때가 다 되어 겨우 버스에 탔다. 시내로 가는 버스는 한참을 돌았고 자리에 앉은 나는 꾸벅꾸벅 졸다 가끔 눈을 떠 앞좌석에서 역시 졸고 있는 시영이를 바라보곤 다시 잠들었다. 여수에 오자고 내가 말했던가, 그런 즉흥 여행은 대개 내가 제안한다. 괜스레 미안한 마음이 들었다. 그 맛나다는 여수 10미며, 중앙시장 포장마차며, 이순신 광장이며, 여수밤바다는 무슨……. 시내에 도착해 여수 돌게장 정식을 먹고 기차에 쓰러지듯 올라탔다. 우리는 각자 집에 돌아가 시체같은 새해 첫 날을 보냈다.

열심히 짠다고 그대로 되는 계획은 없다. 일을 하면서도 매번 느낀다. 몇 개월, 일 년을 먼저 플랜을 만들더라도 항상 진행하면서 몇 번이고 변경이 된다. 상황은 늘 변하고, 그 변하는 상황의 중심엔 사람이 있다. 생각하면 아쉬운 향일암 여행이지만 미리 모든 걸 알았다한들, 뭐가 바뀌었을까. 버스는 오던 대로 오고, 해는 뜨던 대로 떴을 뿐이다. 손미나 작가는 『괜찮아, 그 길 끝에 행복이 기다릴 거야』에서 말했다. "원하지 않는 혹은 우리를 슬프게 하는 일들이 벌어졌을 때 끝없는 나락으로 곤두박질치는 대신 그런 일이 우리 삶에 존재하는 것이 당연하다는 사실을 겸허하게 받아들일 수 있어야 한다." 일출이 우리를 비껴가는 '슬픈' 일이 발생했지만 살면서 그런 일쯤은 생길 수 있지 않은가.

시영이와 난 여수의 여행에 굴복하지 않고 또 다시 여행을 계획한다. 사실 우리는 여러 번 '망한' 여행을 가봤다. 그러나 여행의 본질이자 특성상 늘 안 좋은 일만 있을 수 없다. 즐겁고 좋은 일도 많다. 일도 마찬가지다. 늘 바뀌지만 우리는 플랜을 짠다. 어쨌든 뭐가 있어야 추후에 바꾸든 뭐든 하기 때문이다. 이런 경험을 하면서 또 깨닫는다. 그대로 진행되는 계획은 없다. 이런 것도 인생의 한 부분이다. 예상치 못한 일도 껴안고 받아들일 때 나는 또 다른 계획을 세울 수 있다. 비록 그게 망할지라도.

뭘 해야 할지 모를 땐, 묵묵히 한 걸음

현실의 냉혹함에 지칠 때가 있다. 나름 열심히 해도 결국 노력보다 결과가 우선이고, 사람들은 앞에선 웃고 뒤에선 서늘하다. 어른이 되어 경험하는 혹독함은 어찌나 서슬퍼렇고 날카로운지 마음은 늘 얇은 종잇장처럼 갈기갈기 찢긴다.

자진해서 원하는 팀으로 옮긴 후, 몇 개월 동안 속앓이를 하며 지냈다. 업무는 생각했던 것보다 강도가 훨씬 셌고, 사람들은 눈치 없는 내가 느낄 정도로 수군거렸다. 겉으론 아무렇지 않은 척했지만 사실 속내는 썩어들어갔다. 무엇보다 내가 원해서 갔기에 포기하면 패배자가 될 것 같은 기분에 더욱 참담했다. 함께 일하게 된 동료가 얼마 안 있어 나에게 혹독한 말을 쏟아냈다.

"현영은 노력하는 모습이 보이지 않아."

자존심 상하는 말을 내내 듣고, 집에 와 샤워하며 썩은 속내도 함께 씻었다. 곰곰 생각해보니, 나에게 이런 말을 해주는 사람에게 오히려 고마워해야 한다는 생각이 들었다. 그래서 다음 날 그에게 다가가 말했다.

"나를 부하직원으로 생각하고 대해 줘. 시킬 일을 나에게 줘."

옮긴 팀 입장에선 기본조차 안 되어 있는 사람이 도움도 안 되는데 어느 날 갑자기 일을 한답시고 나타난 거나 다름없었다. 나는 그 날 이후 클라이언트에게 직접 나서는 일보단 뒤에서 보조하며 기본기를 익히는 업무를 처음부터 다시 시작했다. 기초적인 일을 하며 느낀 건, 내가 몇 년의 경력이 있고 어떤 직급이라는 걸 스스로 인지하고 있는 게 오히려 고통스럽다는 것이었다. 내가 만약 인턴 사원이었다면 이 모든 걸 자연스럽게 받아들였을 것이다. 그러나 모든 건 내가 자초한 일이었고, 그저 매일 해야 할 일을 묵묵히 해낼 수밖에 없었다.

지금 자신의 상황에 불만을 느낀다면, 가장 먼저 그 마음을 추슬러야 한다. 그리고 주어진 나의 임무에 성실한 태도로 임해야 한다. 새로운 희망의 문이 열릴 때까지 노력하며 기다리는 것이다. 경험한 바로는 신입사원이나 새로운 팀 혹은 회사, 낯선 환경 등의 처지에 있을수록 버티기가 힘들다. 적응해야 할 게 한두 가지가 아니기 때문이다. 그러나 시간이 약이라는 말은 진리다. 그 어떤 상황도 1년 이상 가지 않는다. 조직은 변하게 되어 있다. 비즈니스 상황은 계속 바뀌기 때문이다. 나는 그렇게 기본기를 다진 덕분에 몇 개월 뒤 맡은 브랜드에서 신뢰를 얻어 계속 함께 일할 수 있었다.

뭘 해야 할지 모르겠고 앞이 안보이던 때가 또 있었다. 아이들이 태어나서 1년 동안은 거의 집에만 박혀 쌍둥이 수유하고 분유, 이유식을 얼마나 몇 시간 간격으로 먹었는지 기록하는 게 나의 가장 큰 일이었다. 통잠은 거의 7개월 정도부터 잤으니, 그 이전엔 잠을 제대로 못 자 퀭한 상태로 하루 종일을 보냈다. 아이들은 물론 예쁘고 사랑스러웠으나 사람이 같은 일을 그 정도로 반복하다보면 미래가 보이지 않고 현실에만 매몰된다.

나는 아이들과 함께 커갔다. 아이들이 계속 누워 있으니 나도 집이라는 공간 안에만 있는 게 익숙해졌다. 아이들이 배밀이를 시작했을 때 그 반경만큼 나는 희열을 느꼈다. 한 아이가 걸음마를 시작하고, 또 다른 아이가 걸음마를 했을 때, 아이들이 걸은 걸음은 내가 지구를 한 바퀴 돈 것 같은 기쁨을 선사했다. 매일 같은 공원에 갔고, 같은 코스로 유모차를 끌고 걸었다. 아기 띠에 아이를 안고 노래를 흥얼거리며 조명이 비춘 아파트 단지를 걸을 때 내가 움직일 수 있는 거리가 그만큼 늘었다는 것에 다시 작은 즐거움을 느꼈다.

'내가 어릴 땐', '내가 일할 땐' 먼 나라 여행도 하고, 여러 나라 사람들과 출장 가 비즈니스 미팅도 했지만 내 반경과 세상이 오로지 집구석으로 줄어든 시점에선 아이들이 한 발짝 내딜 때마다 나의 세계도 그만큼 커져갔다. 그건 내가 어릴 때 세상을 알아 갔던 과정을 다시 밟는 것과도 같았다. 아이가 경이에 찬 눈으로 작은 꽃을 바라볼 때, 이제 막 뗀 걸음으로 자갈을 손에 쥘 때, 나는 어릴 적의 나로 돌아가 아이와 함께 네잎 클로버를 찾고 멋진 문양의 돌을 골랐다.

아이를 낳기 전에 운전을 익히지 않았더라면 좀 더 우울했을지도 모르겠다. 아이들이 돌이 좀 안되었을 때 카시트에 태워 집 앞 3분 거리의 음식점이나 카페에 가는 연습을 했다. 아이들을 함께 돌봐 주시는 친정 엄마나 시어머니도 집에 오시면 내내 집에만 계실 수밖에 없었기 때문이다. 아무리 짧은 거리여도 나가기 위해선 한참 준비가 필요했다. 옷을 입히고, 아이들을 안고 주차장까지 가고, 카시트에 태워 벨트를 채우고, 차를 타고 3분의 드라이브를 할 때면 어느 단계에서든 아이들은 반항을 하거나 울음을 터뜨렸다. 그리고 아이들의 울음에 약한 할머니들은 오히려 나를 달랬다.

지금 생각하면 3분의 여행은 엄마인 나의 욕심이자 살 궁리였다. 아기들은 아무 힘이나 욕구가 없다. 변명하자면 그때 집 앞의 음식점이나 카페에 가는 '여행'은 그 당시 내가 해결해야 할 작은 숙제였다. 무엇이든 성취를 해야 했던 나의 작은 숙제. 일로서 거창한 무언가를 기획하거나 실행하지 못한다면, 먼 거리 여행은 꿈도 꿀 수 없는 상황이라면, 지금 내가 할 수 있는 게 무엇인지 그때의 나는 악착같이 고민하고 생각했던 것이다.

이화여대 정신과 이근후 교수는 『나는 죽을 때까지 재미있게 살고 싶다』에서 "과거와 미래의 일들에 온갖 경우의 수를 애써 만들어 따지기보다 당장 지금, 오늘 이 순간 할 일에 집중하라."고 말했다. 나는 작은 숙제들을 하나씩 성취하며 성장했다. 아이들의 반경이 커지면서 나의 반경이 함께 넓어질 때 희열을 느꼈다. 내가 과거의 영광을 생각하고, 미래의 암담함을 바라보았으면 우울의 늪에 빠졌을 것이다. 그러나 '3분 여행'이라는 작은 숙제는 나를 우울보다는 기쁨의 빛에 몰아넣었다. 작은 동네의 음식점이나 카페에 앉아있노라면 아이들은 아기 특유의 호기심으로 이곳저곳을 바라보고 눈여겨보았다. 잠깐씩 지나가는 손님들이나 점원들이 아이들에게 사랑스러운 눈빛으로 말을 걸어주면 아이는 멍하니 낯선 사람을 응시했다. 그 모든 호흡과 공기와 순간들은 아이의 무의식에 저장되겠지만 나에겐 잊지 못할 순간으로 찰칵 뇌리에 박혔다.

아마 당신은 경쟁 사회 속에 생활하면서 힘들었을 수 있다. 아니면 현실의 냉정함에 상처받았을 수도 있다. 상황을 바꾸고 싶지만 당신 자신은 힘이 없다. 뭘 해야 할지 모르겠고 아무 것도 하지 않으면 불안하다. '신비의 작가'로 불리는 제임스 앨런은 『바라는 대로 이루어지는 삶의 법칙』에서 이렇게 말했다. "그 모든 경험은 올바로 살아가기 위해 꼭 필요했던 것이다."
그럴 땐 그저 묵묵히 내게 주어진 일을 열심히 하면 된다. 자고로 인생엔
'침묵의 시간'이 필요한 법이다. 자신은 동굴이라 생각하지만 그것이 빛으
로 향하는 지름길임을 그 길이 끝나고 나서야 깨닫는다. 모든 경험은 내 삶
을 올바로 살기 위해 꼭 필요하다.

아이들이 차를 타고 어린이집에 가는 게 익숙해진 어느 날, 희수가 말했
다. 희수는 희재보다 말이 늦게 트여 본인 나름대로 고생을 했다. 아직 발음
이 서툴고 어설프지만 이제 의사소통은 어느 정도 할 수 있게 되었다. 어린
이집에 가기 위해 신발을 신으며 그동안 나에게 정말 하고 싶었던 말인 것
처럼, 마치 자기는 이 말이 하고 싶어서 말하기를 배운 것처럼, 내뱉었다.

"엄마, 사랑해요."

나는 그제야 내가 빛에 도달했음을 깨달았다.

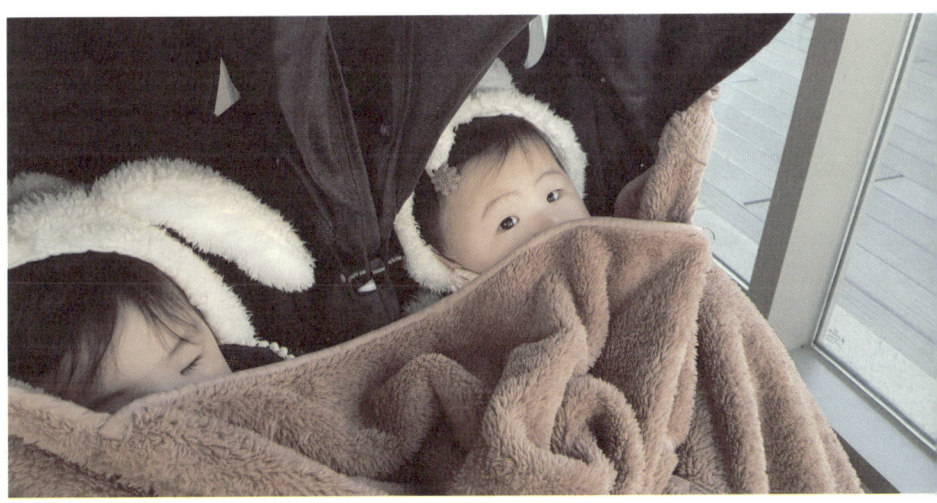

가끔은 도망치는 것도 도움이 된다

홍콩 맛집을 아시나요

가끔, 모든 게 너무 벅차 다 지긋지긋할 땐 36계 줄행랑을 친다. 에라 모르겠다. 어떻게든 되라지.

혼자 회사 골방에 박혀 일을 하던 어느 날, 늘 작업하던 PPT는 쳐다보기도 싫고 머릿속은 꽉 차 더 이상 아무 것도 생각하기 싫었을 때 항공권을 검색했다. 당장 가진 않더라도 가는 상상만 하더라도 좋은 게 여행 아닌가. 도쿄, 오사카, 상하이, 방콕, 발리, 홍콩, 마카오⋯⋯. 응? 마카오? 말도 안 되는 가격에 마카오 행 티켓이 있었다. '환불 불가, 일정 변경 불가.' 모든 조건을 차치하고라도 설날 연휴를 보낼 수 있는 티켓이 이렇게 싸다니. 질러!

비행기표를 사곤 엄마에게 이번 설은 마카오에서 보내겠다 통보했다. 엄마는 익숙한 일이라는 듯 "그래. 잘 다녀와." 한 마디만 하셨다. 마카오 여행을 계획하면서 짧게나마 홍콩도 가겠단 생각으로 홍콩 숙소까지 예약했다. 생각해보니 홍콩을 갈 생각을 한 번도 해본 적이 없었다. 〈중경삼림〉의 배경, 야경의 원조, 광둥 지방의 핵심, 온갖 맛집이 몰려 있는 미식의 도시. 왜 홍콩을 한 번도 갈 생각을 안 했을까?

대학교 때 1년 동안 휴학하며 친해진 사람들이 있었다. 그 중 한국계 독일인이 있었는데 맛집 찾아다니는 게 취미인 태홍 오빠였다. 태홍 오빠는 신상 맛집을 찾아다니는 게 아니라, 그 도시의 원조 맛집이나 이색적인 먹거리 위주로 음식점을 찾아다녔다. 덕분에 우리는 서울에 있는 브라질 음식점이라든가, 이태원 부대찌개의 원조인 '바다식당' 등을 다니며 미식의 감각을 키웠다. 어느 날, 태홍 오빠가 페이스북에서 우리를 냅다 한 모임에 초대했다. BBC. British Born Chinese Food Club. 영국에서 태어난 중국인들의 미식 모임이었다. 홍콩이 영국의 소속이었던 역사 때문에 가입한 사람들의 부모 세대는 홍콩에서 영국으로 이민 온 사람들이 꽤 있었다. 생뚱맞게 한국인인 우리가 가입한 것도 웃기지만 그들은 별다른 제지 없이 그저 먹는 걸 사랑하는 사람이라면 모두 환영하는 듯 했다. 매일같이 그 지역 음식들, 자기가 만든 음식의 사진이 피드에 올라왔다. 홍콩에 가기 전 BBC 모임이 생각났다. 난 당장 글을 올렸다.

'안녕하세요, 여러분! 저는 작년에 도리안 정의 추천으로 이 그룹에 가입했어요. BBC가 무슨 뜻인지도 몰랐지만 지금은 여러분의 음식 사진과 댓글 보는 게 정말 즐겁습니다. 서울에 오면 꼭 연락주세요! 사실 여기에 글을 쓰는 이유는 저는 지금 마카오에 있고 내일 홍콩으로 갈 예정이에요. 홍콩에서 먹을 만한 좋은 곳을 추천해 주시겠어요? 뭐든 괜찮습니다. 길거리 음식, 좋은 식당, 음식 기념품 등. 무엇이든 먹을 수 있고 중국 음식 좋아해요. 도와주시면 정말 감사하겠습니다!'

역시나, 해외에 살더라도 홍콩을 왔다 갔다 하는 사람들도 있었고 홍콩에 거주하는 사람들도 있었다. 하나같이 먹거리에 진심인데다, 게다가 한국에서 여행 왔다하니 내 글엔 빠르게 댓글이 달렸다.

'길거리 음식 여기 가봐. 문어가 맛있어.'

'홍콩 친구가 준 메시지야. 시티홀 근처 바는 가지 말래!'

'소호에 정말 많아. 시내에 점심 먹을 만한 곳 리스트 줄게.'

'흠… 중국 음식을 소개해줄 중국 친구를 사귀는 게 어때.'

'냄새나는 두부 어때? 내가 몽콕에 데려가 줄게. 음력 설이지만 열었으면 좋겠네.'

'길거리 음식 투어 하는 거야? 나도 일정 조정해 볼게.'

열정 넘치는 홍콩 친구들은 추천 리스트를 주다 못해 아예 직접 투어를 해주기로 했다. 그리고 내가 홍콩에 간 날 정말로 나와주었다! 지미와 에디는 나를 길거리 음식이 가득한 몽콕으로 데려갔다. 커다란 팬 가득 볶아져 있는 양념 고기, 꼬치구이, 구수한 완자가 우리나라 분식점처럼 가게 앞에 진을 치며 지나가는 사람들을 유혹하고 있었다. 몽콕 시장은 우리나라 남대문 시장 같았다. 야외 매대와 선반 가득히 옷, 물건, 기념품이 수북이 쌓여 없는 게 없었다.

"와플 먹을래?"

"와플?"

홍콩의 와플은 커다란 구슬을 엮은 파이처럼 생겼는데, 안은 텅텅 비어 있는 신기한 생김새였다. 잼이나 크림을 발라먹는 우리나라와는 달리 심심한 채로 먹었다. 따뜻하고 고소하고 안이 비어 있으니 바삭하기까지 했다. 우리는 꼬치구이도 몇 개 골라 먹었다. 시장엔 사람이 많고 북적거렸다. 홍콩 영화에서 보던 간판들과 시장 풍경을 배경으로 사람들이 흐르듯 지나갔다. 알아듣지 못하는 말들이 배경음악처럼 깔렸다.

　우리는 다시 걸었다. 끝없는 시장 가판을 지나고, 지나고 또 지났다. 중경삼림의 주제가 〈California dream〉이 머릿속으로 재생되었다. 봉지 가득 담긴 견과류, 마른 생선들, 천정에 대롱대롱 매달려 있는 소시지처럼 보이는 고기, 아기돼지 통구이를 광고하는 간판, 노랗고 커다란 자몽같은 과일, 곤약인지 여러 가지 색깔 별로 놓여 있는 말랑한 음식, 온갖 종류의 만두들,

강아지 유모차에 앉아 있는 검은 푸들과 갈색 푸들, 벽 하나 가득 붙여져 있는 알록달록 전화번호, 거리를 걷는 사람들, 사람들, 사람들……. 유기적으로 움직이는 인간사가 파노라마처럼 안구를 스쳐갔다. 아름다웠다.

드디어 지미와 에디가 걸음을 멈췄다.

"이거 먹어봤어?"

"뭔데?"

"파인애플 번이야. 먹어봐. 홍콩 음식이야."

과장되게 포장하거나 설명하지 않는 두 남자 덕에 받아들기 전까지 파인애플 번이 정확히 무엇인지 알지 못했다. 파인애플 번은 홍콩식 소보루 빵인데, 정말 파인애플이 들어간 것은 아니고 겉모양이 파인애플처럼 오돌도돌 생겼다고 해서 파인애플 번이다. 지미와 에디에게 파인애플 번을 받아한 입 베어 물었다. 나는 이전에도 맛있는 딤섬을 종류별로 먹었고 이후 소호에 가서 홍콩식 에그타르트도 먹었지만 홍콩에서 먹은 음식 중 가장 맛있었던 건 바로 이 파인애플 번이다. 한 입 베어 물었을 때 그 부드러움 식감과 고소한 풍미란! 아직까지도 그와 같은 맛의 빵은 먹어보지 못했다.

"이거 뭐야? 너무 맛있는데?"

하지만 우린 또 먹을 계획이 있었으므로 그 자리에서 파인애플 번을 다시 사진 않았다. 나중에 두고두고 후회할 줄 알았다면 아마 샀겠지만. 많이 걸은 탓에 조금 앉아 쉬기로 했다. 두 남자는 내가 한국 가면 많이 먹지 못할 것을 골똘히 의논했고, 그러나 식사 시간이 아닌 시간에 만난 우리는 고민 끝에 망고 전문점에 가기로 했다. 망고 전문점이라니. 카테고리가 요상하지만 우린 정말 가게에서 온갖 종류의 망고 디저트를 먹었다. 망고 주스는 물론이고, 망고 빙수, 망고 코코넛, 심지어 망고 밀푀유까지. 당연한 일이지만, 우리는 미식 모임의 멤버답게 다 먹어치웠다.

김영하 작가는 『여행의 이유』에서 "삶의 안정감이란 낯선 곳에서 거부당하지 않고 받아들여질 때 비로소 찾아온다"고 했다. 나는 일상의 불안정을 피해 도망쳤다. 그러나 홍콩은 두 팔 벌려 아이를 반기는 엄마처럼 나를 환영했다. 홍콩 친구들과 난 거창한 걸 하지 않았다. 그저 거리를 걷고, 소소한 음식을 함께 먹었을 뿐이다. 그 짧은 만남이 나에게 얼마나 큰 휴식과 즐거움이 되었는지 그들은 모를 것이다.

한국으로 돌아와 다시 일의 늪에 빠졌다. 하지만 잠깐의 일탈은 더 큰 에너지를 주었고, 다시 힘을 낼 수 있었다. 우리는 어떤 각오를 해야 할 때, 혹은 너무 힘들어 아무 것도 하고 싶지 않을 때 어딘가로 떠난다. 일상의 흔적이 있는 공간, 상황, 사람을 피해야 진정 휴식할 수 있기 때문이다. 일본 드라마 〈도망치는 건 부끄럽지만 도움이 된다〉를 좋아한다. 사실 이 말은 헝가리 속담이다. 두 주인공이 나누는 대사가 일품이다.

"도망쳐도 괜찮지 않습니까? 부끄럽게 도망치는 것이라도, 꿋꿋하게 살아가는 게 중요합니다."

- 일본 드라마 <도망치는 건 부끄럽지만 도움이 된다> 중에서

가끔은 도망치는 것도 괜찮다.

당신이 이룬 것이 결코 작지 않다 어머님과 능이버섯

" '숲'이라고 모국어로 발음하면 입안에서 맑고 서늘한 바람이 인다."

_ 김훈, 『자전거 여행』 중에서

숲은 나무가 기반을 다잡고 그 위로 온갖 생명체들이 어지럽고도 조화롭게 어우러진 또 다른 세상이다. 그곳은 맑고 서늘하다. 마치 '숲'이라는 단어처럼. 나무는 든든하고, 이끼와 흙은 포근하며, 꽃들은 수줍다. 숲에선 꽃이나 열매가 주인공이 아니다. 어느 무엇 하나만 도드라지지 않는 곳이 숲이다. 숲은 찾고자 하는 무엇이든 있는 곳이지만, 그것을 찾기 위해선 보이지 않는 어떤 힘이 필요하다.

나의 시어머님은 숲같은 분이다. 처음 남편을 따라 시댁에 갔을 때, 기차역에 내려 차를 타고도 한참을 들어가니 산골 한가운데 자그마한 목장이 있었다. 목줄을 매지 않은 커다란 개와 손님을 낯설어 하는 고양이들이 나를 반겼다. 나와 시어머니는 서로 수줍은 채로 1년 가까이를 보냈다. 갈 때마다 이제껏 먹어 보지 못한 고기 요리와 나물, 버섯 요리가 상에 올라왔다. 자라는 동안 내가 고기를 안 먹어본 게 아닌데, 시댁의 고기는 싱싱함이 달랐다. 어느 날은 버섯전골이 올라왔다. 표고버섯을 그다지 좋아하지 않던 나는 어머님의 버섯 요리를 먹고 이제껏 마트에서 산 표고버섯은 향이 제대로 나지 않았단 걸 알게 되었다.

남편은 소도 잘 돌보고, 개, 고양이 특히 아이도 잘 보는데, 어머님을 보고 남편의 다정함이 어디에서 비롯되었는지 알게 되었다. 무엇을 잘 키운다는 건 정성이 깃드는 일이다. 어머님이 손대는 작물마다 풍년을 이루었다. 배추, 무, 옥수수, 감자, 고구마, 깨, 호박 등은 물론이거니와 집밖 곳곳에 더덕, 칡, 마, 두릅, 냉이, 고사리 등 뿌리 식물과 나물이 포진해 있었다. 복숭아나무, 살구나무, 매실나무, 밤나무, 보리수나무 등 과일 나무들도 많았다. 다만 뭐가 뭔지 모를 뿐이다.

어머님의 진짜 능력은 산에서 드러난다. 어머님은 가을엔 늘 산에 가신다. 능이버섯 철이기 때문이다. 능이버섯은 인공재배가 불가능하다. 참나무 아래에서 주로 발견되는데, 찾기가 꽤나 어려워서 매우 귀하다. 능이버섯이 귀한 선물인 걸 명절에 알았다. 어머님이 친정 갖다 주라고 몇 개 챙겨주신 버섯을 친척들이 반색하며 받는 걸 봤기 때문이다. 가을에 산에 다녀온 어머님은 항상 태양같이 빛나는 얼굴로 돌아오신다. 버섯을 발견하든 아니든 산에 다녀오는 어머님은 늘 소녀같다.

결혼하고 2년이 지나 수줍음이 조금 가신 가을날, 나는 어머님을 따라 산에 올랐다. 목줄 없이 기르는 동자, 검둥이, 흰둥이도 함께였다. 말로만 듣던 능이버섯이 궁금하기도 했거니와, 어머님을 따라 한 번은 산에 가보고 싶었다. 어머님은 등산로로 산을 타지 않으신다. 흔히 우리가 보는 산등성이를 그대로 올라간다.

"위험하니까 조심해. 내가 가는 길 따라서 보고 와."

동이 트기 전에 출발한 우리는 산 초입의 냇가에서 준비해온 떡과 물을 아침거리로 먹었다. 이어 올라간 산등성이는 가팔랐고 나는 거의 내 머리 위에 있는 어머님 발자국을 따라가기 위해 앞만 바라봤다. 뒤돌아봤다간 좀 전에 아침 먹은 냇가로 곧장 떨어질 것 같았기 때문이다. 개들이 우리를 앞서거니 뒤서거니 하며 능숙한 등산 솜씨를 뽐냈다. 나는 결혼하고 어느 순간 이들에게 가족으로 받아들여졌는데, 어리숙한 내가 뒤처질까봐 다정한 '동자'(골든 리트리버의 이름이다)는 줄곧 나를 챙겼다.

"난 산이 있어서 살았어."

어머님은 결혼해서 살아온 세월이 쉽지 않으셨다 했다. 충청도에서 강원도로 시집 온 어린 숙녀는 친정도 잘 가지 못한 채 산골에서 남편과 매일 소를 돌봐야했다. 그 시절 쉽게 살아온 이가 어디 있겠냐마는, 일하랴 남편 보필하랴 아이들 챙기랴 살아온 세월은 어머님의 발재간에 녹아 있는 것 같았다. 어머님은 답답할 때마다 산에 올랐고, 그 세월동안 산은 어머님을 품어주고 위로해주었다.

"여기서부터 잘 찾아봐."

능이는 난 곳에 또 난다고 한다. 그러나 잘 보이지 않는다 했다. 쓰러진 나무 밑이나 쌓여 있는 나뭇잎도 잘 보라 했지만 숲에 널려 있는 게 쓰러진 나무요, 쌓여 있는 나뭇잎이다. 나는 숨은 그림 찾기 하듯 바닥을 헤집으며 돌아다녔다. 산에 와서 신이 난 흰둥이와 검둥이는 우리 곁을 발발 뛰며 달려가 사라졌다가 어느 순간 돌아왔다. 개들이 널뛰기할 때마다 나뭇잎들이 바스락 날리며 춤을 췄다.

"현영아, 현영아. 이리 와 봐."

어머님이 입가에 미소가 가득한 채로 날 부르셨다. 가까이 가자 어머님은 작은 소나무의 낮은 가지를 들어올렸다. 아기 소나무 아래로 짙은 갈색 점들이 콕콕 박힌 널찍한 버섯이 있었다. 능이였다. 능이버섯이 탐스럽게 피어오르면 아무 것도 올리지 않은 잘 익은 화덕 피자와 같은 모양새라는 걸 처음 알았다. 어머님은 조심스럽게 밑동을 따 내 얼굴에 내밀었다.

"향을 맡아봐."

숲이 품어온 능이의 향은 갓 구운 빵 냄새처럼 고소하고 향긋했다. 익혀서 먹은 능이와는 또 달랐다. 몇 번을 코에 대고 킁킁 냄새 맡은 후 신문지에 고이 싸서 가방에 넣었다. 능이가 어찌나 꼭꼭 숨어 있는지 눈이 자연히 밝은 사람 아니고서야 나같은 도시 촌것들은 찾으려야 찾을 수 없다. 어느 해 어머님은 홀로 산에 가셨다가 능이가 밭처럼 깔린 것도 보셨다 했다. 하나만 봐도 이렇게 기쁜데 밭처럼 많은 능이를 보는 기분은 어떨까?

"신나서 막 소리 지르고 싶더라."

하지만 어머님은 소리 없이 미소만 지으셨다. 퇴계 이황은 산행을 즐겼다고 했다. 그러나 산으로 도피하는 건 경계했다. 김훈 작가는『자전거 여행』에서 이렇게 말한다. "산이 인간의 마음을 정화시키고 그 정화된 마음으로 다시 현실을 정화시킬 수 있을 때 산은 아름답다." 어머님의 산행은 마음을 정화하기 위한 것이다. 산을 즐기지만 현실을 도피하진 않는다. 정화된 마음을 가지고 다시 인간사로 내려오기 위한 산행이다.

싱글 시절에 앞날에 대한 고민을 하던 어느 날, 친구들과 타로를 보러 갔다. 차분히 답해주던 타로 마스터는 내가 해외로 유학을 갈지, 일을 계속할지 진로상담을 하자 어느 쪽이든 잘해낼 거라고 말해주었다. 그리고 이렇게 덧붙였다.

"지금까지 해온 게 결코 작지 않아요."

그 말을 듣는 순간, 이런 말을 누군가에게 듣고 싶었다는 걸 깨달았다. 이름만 대면 알만한 대기업에 다니는 것도 아니고, 전문직으로 성공한 것도 아니고, 멋들어진 남자와 결혼한 것도 아닌 싱글의 삶이 마냥 초라하게 느껴질 때였다. 나는 지금까지도 가끔 그 말을 스스로에게 해준다.

어머님과 능이버섯을 캐고 잠시 자리에 앉아 커피를 마시며 위를 올려다보았다. 키 큰 나무들 사이로 이제 밝아진 하늘이 보였다. 어머님은 그동안의 세월동안 이 숲속에서 얼마나 자주 땅을 바라보고 하늘을 올려다보셨을까. 숲에서 이룬 어머님의 세월은 결코 작지 않았다. 오히려 그것은 위용에 가까웠다.

"성공이란, 자기가 태어나기 전보다 조금이라도 세상을 더 행복하고 살기 좋은 곳으로 만들어 놓고 떠나는 것이다."라고 랄프 왈도 에머슨은 말했다. 어머님은 능이버섯으로, 맛있는 요리로, 따뜻한 환대로 우리 가족을 행복하게 해주신다. 그런 면에서 성공한 삶이다. 나는 아직도 열심히 노력하고 있다. 이제껏 이룬 것이 많다고 스스로 토닥이면서. 당신도 마찬가지다. 당신이 지금까지 이룬 게 무엇이든, 결코 작지 않다.

아침을 맞으며

먹고 살기, 힘들지만 해야 하는 일

법륜 스님이 말씀하셨다. "다람쥐는 그냥 살지요. 토끼도 그냥 살지요. 이유가 없어요." 우리도 마찬가지다. 토끼가 풀을 뜯듯, 다람쥐가 열매를 모으듯, 그렇게 사는 것이다. 생사에 이유와 의미를 너무 깊이 고민하면 머리만 복잡해진다. 먹고 사는 건, 그냥 하는 거다.

위기

불안은 그저 삶의 일부분임을 알기

"어둠 속에서 별이 가장 밝게 빛난다."

_ 랄프 왈도 에머슨(*Ralph Waldo Emerson*)

인생이라는 길을 잃어버렸다면

내 인생이 길 잃은 여행이었다는 걸 깨달은 건 3년의 백수생활이 끝나고도 한참 후 였다. 대학을 졸업하자마자 어릴 때부터 꿈이었던 PD에 도전하기 위해 야심차게 언론고시를 시작했다. 말이 언론고시 준비지 백수나 다름없었다. 결과는 별 볼 일 없었다. 일반 기업에도 간간이 이력서를 넣었다. 잘 알지도 못하는 분야의 대기업 공채가 시작되면 불안한 마음을 달래기 위해 지원을 했다. 서류에서 탈락하면 '나는 언론고시를 준비하니까.'라는 명목으로 자기 위안을 삼았다. 방송사 시험에서 탈락하면 '아직 어리니까. 좀 더 공부하면 되겠지.'라는 막연한 위로로 자신을 달랬다.

난 취업이 무엇인지 잘 알지 못했다. 일을 한다는 것은 그 분야에 온전한 책임을 지는 것인데, 그 무렵의 나는 그걸 이해하지 못할 정도로 순진해 자기소개서에 감상적인 소설이나 패기만 잔뜩 버무려 놓았다. 솔직히 PD가 정말 내 꿈이었는지 모르겠다. 그저 무언가를 하고 있다는 걸 스스로에게, 혹은 남들에게 말할 명목이 필요했던 것 같다.

그 시기에 혼자 월미도에 간 적이 있다. KBS 공채 시험을 보려면 '한국어 능력시험'을 필히 봐야하는데, 한국인이면서도 한국말이 어찌나 어렵던지 80점 이상 받으면 엘리트에 속했다. '한국어 능력 시험'을 보고 망쳤다는 생각이 들자 자괴감이 몰려왔다. 난 한국어도 못하는 사람이란 말인가. 쓰린 속을 어떻게든 달래고 싶어 버스를 타고 바다를 볼 수 있는 월미도에 갔다.

주말이면 디스코 팡팡과 바이킹 타는 사람들의 비명소리가 가득 메우겠지만 평일 대낮의 월미도는 황량하리 만큼 조용했다. 그래도 바다는 여전해서, 끼룩끼룩 우는 갈매기가 보이는 벤치에 앉아 멍하니 누런 물을 바라보다 무라카미 류의 소설을 펼쳤다. 잠시 후 누군가 옆에 앉는 게 느껴졌다. 거리에 사람이 거의 없었고, 비어있는 벤치도 많은데 굳이 내 옆에 앉은 게 수상했다. 나는 살짝 긴장한 채 옆 사람을 애써 무시했다. 책에 집중하려고 하는 찰나, 그 사람이 나를 살포시 건드리며 말을 걸었다.

"저기요."

이어폰을 빼고 옆 사람을 바라봤다. 젊은 남자였다. 애써 웃고 있었지만 긴장한 표정이었다. 내가 마음에 들어서 말을 건 분위기는 아니었다. 의아한 눈으로 쳐다보자 남자가 말을 꺼냈다.

"저… 제 이야기 좀 들어주실 수 있으세요?"

남자는 자기 이야기를 시작했다. 그는 '이건 아니다.'라는 생각에 다니던 대학도 그만두고 자기 인생을 살기 위해 노력한다고 했다. 그리고 정말 자신 있는 사업을 구상했고, 그걸 시작하려고 한단다. 그가 나에게 뭔가를 제안하거나 팔려고 하는 건 아닌지 이야기를 듣는 내내 긴장했다. 난 그 비슷한 말이 나오면 바로 거절할 태세를 갖추었다. 그러나 놀랍게도 그가 마지막에 꺼낸 말은 영업이 아니었다.

"전 진짜 자신 있거든요. 정말로 잘 해내서 성공할 거예요. 그 다짐을 누군가에게 말하고 싶었어요."

그는 자신이 성공할거라 선언하고 있었다. 머리를 '띵' 하게 맞은 기분이었다. 나는 그때까지 주변 어느 누구도 '어떤 일을 할 거고 꼭 성공할 거야.'라고 다짐하는 걸 본 적이 없었다. 한탄과 호소는 할지언정, 스스로 해낼 것이라 자신 있게 말하는 건 꼭 겸손하지 못한 것처럼 느껴지곤 했다. 그런데 이 남자는 자기가 해낼 것이라고 말하면서 점점 얼굴 표정까지 밝아졌다. 당당하게 자신의 꿈을 낯선 이에게 말하는 그 사람이 정말로 멋져보였다. 응원해달라는 그의 말에 얼떨떨하게 응원을 해주자 그는 신이 나서 고맙단 인사를 하고 사라졌다. 그리고 잠시 뒤 다시 다가와 한 마디 더했다.

"제 이름은 ○○○이에요! 꼭 기억해주세요! 10년 뒤 전 성공해 있을 거예요!"

뒤돌아 가던 그의 밝은 염색머리가 기억난다. 그러나 기억해달라는 말이 무색하게 이름은 곧 잊어버렸다. 그의 다짐이 어찌나 인상 깊던지, 그 날 일기의 주인공은 내가 아니라 그였다.

이후에도 밝은 머리의 남자는 간간이 생각나곤 했다. 난 여전히 지원하고 시험보고 떨어졌다. 아무리 자기 위안을 해도 실패가 수차례 반복되면 자존감이 떨어질 수밖에 없다. 매일 내가 무엇을 하고 있나 고민했다. 백수

생활 2년 정도 되었을 무렵, 결단이 필요했다. 고상하게 '고시'라는 이름이 붙었을지언정 어차피 취업을 위한 시험에 불과했다. 박사 학위 딸 것도 아닌데 입사를 위한 시험에 그렇게 오랜 시간 목을 메는 건 아니라고, 이 정도 해서 안 되면 시험이든 PD든 내 적성이 아닌 거라고, 쓰디쓴 현실을 받아들여야만 했다. 그리고 그 현실을 받아들이는 데만 다시 1년의 시간이 더 필요했다. 떨어진 자존감은 운동으로, 여행으로 극복하고 백수 경력 3년을 꽉 채우고 연말에 한 중소기업에 취업했다.

『아무도 가르쳐주지 않는 여행의 기술』의 카트린 파시히는 "정확한 목적지가 있을 때 길을 잃는다. 만약 지도도, 길도 없는 곳에서 그냥 걷기만 한다면, 내가 내딛는 발자국을 따라 길이 만들어진다. 그러면 나는 길을 잃은 것이 아니다."라고 말했다. 나에겐 PD라는 목적지가 있었지만 그것이 내 삶의 목적지가 아님을 깨달았을 때, 난 아직 길을 잃은 게 아니었다.

지금에야 말할 수 있지만 그 시절을 기억하는 사람은 주변에 나 자신밖에 없다. 다 지나고 나서 보니 인생이라는 여행에서 처음으로 길을 잃었던 때가 그 시기였다. 역설적이지만 백수 경험이 없었다면 회사 생활을 버티지 못했을 것이다. 일이 힘들어 '때려 칠까?' 생각할 때마다 그 시절이 떠올랐다. 그러면 마음이 누그러지면서 '놀면 뭐하나.'라는 말이 절로 나왔다. 이제야 깨닫는다. 3년 동안 아무 것도 안한 게 아니었다는 걸. 길을 가기 위한 에너지를 스스로 비축하고 있었다는 걸. 길을 잃었지만, 그것이 진정한 나만의 여정을 찾는 과정이었음을 지나고서야 알게 된 것이다.

『여행은 최고의 공부다』 저자 안시준 '갭이어 코리아' 대표는 꿈을 찾는 청년들에게 이렇게 말했다. "누군가 꿈이 뭐냐고 묻는다면 거짓으로 꾸며 대거나 말하지 마세요. 그냥 사실대로 말하세요. 잘 모르겠다고, 그래서 찾고 있는 중이라고." 그건 상대방을 위한 것이 아니라 나 자신을 위한 말이다. 길잃음을 받아들여야 다시 길을 잘 찾아갈 수 있다.

자신을 세상에 증명하기 위해 고군분투를 해야 하는 시기가 누구에게나 있다. 그런 시기를 겪으며 사람은 성장한다. 암울하고 나락으로 떨어졌던 그 시절은 나 스스로에 대해, 인생에 대해, 내가 추구하는 것에 대해 진지하게 고민하고 생각할 수 있었던 유일한 기간이었다.

쓰디쓴 현실을 마주할 때마다 월미도의 그 남자도 자신의 꿈을 이루기 위해 얼마나 힘든 시간을 보냈을까 하는 생각을 했다. 자신이 선택한 길을 가며 얼마나 좌절하고 쓰러졌을까. 혹은 이 길이 정말 맞는 걸까, 내 선택이 옳았을까 수천 번 고민하면서. 그러나 난 그가 어떤 일로든 정말로 성공했으리라 믿는다. 매일의 같은 일상을 매번 힘내고 즐기며. 때론 햇빛을 받고 때론 비바람을 맞으며 서서히 자라는 과일처럼 조금씩 익어가면서. 누군가에게 자신의 꿈을 선언하는 사람치고 이루지 못한 사람은 없으니 말이다. 삶에 목적지가 없다면 아직 길을 잃은 것이 아니다. 혹은 목적지가 있는데 길을 잃었어도 괜찮다. 길은 내 발자국을 따라 나는 법이다.

지금 할 수 있는 일에 집중한다

메테오라 오르는 길

델피로 가는 일정이 메테오라로 바뀐 건 순전히 버스 창구의 잘생긴 청년 때문이었다. 새벽같이 나왔지만 처음 가보는 버스터미널을 찾는 건 쉽지 않았다. 우여곡절 끝에 결국 터미널을 찾긴 했지만 10분 정도 늦어 델피 가는 버스를 놓쳤다. 이미 짐을 다 싸고 떠날 차림으로 나왔는데 일정이 변경되니 곤란해졌다. 난감해하는 내 표정을 보더니 창구에 있던 잘생기고 친절한 청년이 싱긋 웃으며 권했다.

"메테오라는 어때요?"

그 웃음을 보고 난 버스표를 구매해 버렸다. 그래. 어차피 가려고 했던 곳이니까.

메테오라는 그리스 중부 테살리아 지방에 있다. 바위 산 꼭대기에 수도원이 여러 채 지어져 있는 곳으로 메테오라(Meteora)라는 단어가 그리스어로 '공중에 떠 있다'는 뜻이다. 11세기부터 수도사들이 은둔해 살다가 14세기부터 수도원이 지어졌다고 하는데, 커다란 바위 위에 수도원만 덩그러니 놓여 있는 모습을 보고 너무 궁금해서 꼭 가보고 싶었던 곳이다. 평소라면 아테네에서 5~6시간 정도면 갈 수 있지만 가는 날이 장날이라고, 눈보라가 어찌나 치던지 시간이 지체되어 7시간이나 걸렸다. 졸다 깨다 반복하며 창밖의 풍경을 보노라니 낮은 구릉에 점점이 올리브 나무만 간간이 눈에 띄었다. 그러다 어느 순간 저 멀리 거대한 돌산이 보였다. 그동안 높은 산 하나 보이지 않던 풍경에 거대한 돌산이 눈에 들어오니 정신이 번쩍 들었다. 평지에 거인이 돌덩이 하나를 놓은 것 마냥 메테오라가 있는 돌산은 꽤나 눈에 띄었고, 웅장했다.

다음 날 아침, 날씨가 화창했다. 창문을 열자 골목길을 중심으로 마을에 장이 서 있었다. 시골의 풍성한 장을 보니 절로 기분이 활기차졌다. 아테네에선 1유로에 오렌지를 6개밖에 안 줬는데 여기는 한 바가지 가득 담아 줬다. 모두가 친절하고 웃음을 얼굴에 머금고 있었다. 메테오라에 등반해 올라갈 예정이라 먹을 것과 물을 사고 어디로 올라가면 되는지 사람들에게 물어봤다. 친절한 시골 사람이 길을 알려주었다.

"저기 저 길로 올라가면 돼요."

그가 가리킨 곳은 동네 교회였다. 정확히는 교회 뒤쪽으로 산으로 오르는 작은 오솔길이 보였다.

내가 상상했던 등반을 먼저 고백해야겠다. 메테오라에 대한 정보를 찾아보면 가장 먼저 눈에 띄는 건 커다란 돌 위에 덩그러니 있는 수도원이다. 수도원이 '덩그러니' 놓여 있다는 표현이 어색하긴 하지만 그보다 더 적절한 표현도 없다. 암벽등반을 해야 올라갈 정도의 거대한 바위산, 그리고 매끈한 돌산 위의 수도원. 아마도 길을 따라가다 보면 어느 순간부터 절벽을 옆에 끼고 걸어야 할지도 모른다. 잘못 발을 디디면 낭떠러지로 떨어질 수도 있다. 그리고 적절한 공간에 도착하면 저 위 수도원에서 내려주는 도르래와 밧줄에 의지한 바구니를 타고 위로 올라갈 지도 모른다. 수도사들은 바닥까지 끌리는 커다란 로브로 얼굴을 가린 채 다니겠지? 나는 구름 위에 숨겨진 라퓨타 성을 찾아가는 들뜬 마음으로 길을 나섰다.

길은 흔한 등산의 초입로와 다르지 않았다. 나무가 우거졌고, 숲길은 아담하고 조용했다. 천천히 등산하듯 길을 걸었다. 지금은 평범한 산처럼 보이지만 곧 도르래와 바구니가 어딘가에서 나타나리라. 겨울이지만 잎들이 떨어지지 않아 숲이 무성했다. 고요하고 적막한 숲속에 오렌지와 물이 든 비닐봉지가 옷에 부딪히는 소리만 버스럭버스럭 울렸다. 시골의 후한 인심 덕에 오렌지 무더기가 1kg나 되어서 비닐봉지는 산에 들고 가는 것 치고 부피가 꽤 컸다. 추운 날씨에 장갑은 꼈지만 때론 손이 시려 봉지를 손목에 걸고 손을 주머니에 넣고 걸었다. 버스럭버스럭. 버스럭버스럭. 아무리 공중의 수도원이라지만 세계적으로 유명한 이곳에 가는 사람이 나 혼자

밖에 없다는 게 의아했다. 겨울이라 사람들이 없는 거겠지, 생각하며 나는 더욱 신실한 순례자가 된 듯 열심히 걸었다.

장 폴 사르트르가 말했던가. "인생은 B birth와 D death 사이의 C choice."라고. 언제라도 뒤돌아 숙소로 갈 수 있는 선택지가 있었지만 나는 오로지 앞만 보고 갔다. 어떻게든 수도원을 찾고자 하는 열망이 강했다. 그러나 이상했다. 고개를 들면 깎아지르듯 높은 절벽 위에 수도원이 있어야 하는데 가면 갈수록 울창한 숲만 나오고 돌산 같은 건 보이지도 않았다. 게다가 산세는 점점 험해져 나중엔 사람이 다닌 길의 흔적 자체가 없었다. 주머니에서 손을 뺀 지는 이미 오래였다. 경사가 어찌나 심한 지, 손을 사용해서 네 발 기 듯 산을 올랐다. 험악한 돌이 불친절하게 솟아오른 지면에 울창한 나무들이 겹쳐진 산길은 등산로가 아니라 이미 능선 어딘가인 것 같았다. 망했다는 생각이 불쑥불쑥 솟아올랐다. 갈 길이 잘 보이지 않는 건 둘째 치고 돌아갈 길도 이젠 보이지 않았다. 아직 해가 한창인 게 그나마 다행이었다.

쓰윽 탁. 쓰윽 탁. 네 발로 산을 오르며 손을 다음 위치로 옮기면 비닐봉지가 바스락 움직이며 지면에 탁탁 부딪혔다. 오른손 올리고 왼손을 올리면 오렌지가 든 비닐봉지가 탁. 탁탁. 바스락바스락. 다음에 살 땐 반만 달라고 부탁해야겠다. 내 사정에 이렇게 많은 오렌지를 받은 거 자체가 욕심이었다. 땅바닥이 얼어 살얼음이 껴 있는 흙은 그 자체로 미끄러웠다. 발이 몇 번이나 미끄러졌는데 그 때마다 손이 중심을 잡기 위해 다시 애써 땅을 짚었고 그 때마다 오렌지와 물통들은 비닐봉지 안을 신나게 굴러다녔다. 아이고 내 신세야.

방향을 잡으려고 고개를 들었다. 저 위쪽에 편평한 길 같은 게 있는 것 같았다. 딱 봐도 올라가면 방향을 잡을 수 있을 것 같아서 무조건 위로 올라가자 마음먹었다. 산에서 길을 잃으면 아래로 가는 게 아니라 위로 올라가야 한다지 않은가. 그런 상식이 기억날 정도로 정신이 깨끗한 상태는 아니었지만 살고자 하는 생존본능은 절로 옳은 방향으로 나를 이끌었다. 방향이 정해지자 오렌지와 물통들은 더욱 바빠졌다. 쓰윽 탁탁 버스럭버스럭 헉헉. 쓰윽 탁탁 버스럭버스럭 헉헉. 숨이 가빠왔다. 메테오라고 뭐고 우선 길을 찾고 봐야했다. 이런 환경에선 종교 탄압이니 뭐니 잡으러 왔던 사람들도 그냥 돌아가기 바빴을 것이다. 현명한 수도사들이여, 왜 공중에 수도원을 지었는지 그 의중을 알겠습니다. 이제 저에게 길을 알려주소서. 아니면 도르래에 매달린 바구니라도!

고지에 거의 다다랐다. 가고자 했던 편평한 길이 마치 찬란히 빛나는 빛처럼 눈앞에 들어왔다. 오렌지들이 마지막 힘을 내어 탁탁 소리를 내고, 산을 오르느라 내내 구부정했던 허리를 펴자 내 눈 앞에 들어온 것은 어마어마하게 넓은 아스팔트 도로였다. 예상치 못한 장면에 어안이 벙벙해 길을 따라 시선을 보내자 그 끝에 수도원이 있었다. 그렇다. 21세기의 수도사들은 도르래가 아니라 차를 타고 수도원에 들어갔던 것이다. 그제야 왜 진작에 차를 타고 올라갈 방법이 있는지 알아보지 않은 자신을 한탄했다. 아무리 수도원이라도 어쨌든 관광지 아닌가. 수많은 관광객들이 한꺼번에 올라갈 방법은 당연히 도르래가 아닐 것이다. 숙소의 할아버지에게도, 친절한 상인들에게도 물어볼 기회는 얼마든지 있었는데도 걸어가는 것만 생각했던 건 비밀의 문을 여는 것 같은 경험을 하고 싶단 내 작은 소망 때문이었다. 도로엔 차가 한 대도 없었다. 휘잉 빈 바람만 부는 아스팔트 도로를 따라 수도원에 갔다. 문은 굳게 닫혀 열리지 않았다. 가는 날이 장날이라고, 수도원을 개방하지 않는 날이었다. 문 열어주세요. 오렌지들이 울고 있었다.

햇빛이 찬란했다. 걷기에 딱 좋은 날이었다. 저 멀리 메테오라에서 가장 큰 수도원인 '그레이트 메테오라'가 보였다. 그냥 보기에도 멀었지만 나는 걸어서 여기까지 올라온 사람이었다. 저 정도 거리의 평지를 못 걸을 이유가 없었다. 발걸음을 옮겼다. 몇 미터 내려가고 있으니 차 한 대가 올라왔다. 차는 경쾌한 소리를 내며 수도원에서 적당한 거리에 정차를 했다. 아시아인 가족으로 보이는 사람들이 시끌시끌 떠들면서 차에서 내렸다. 즐거워 보이는 그들을 지나치며 내 갈 길을 가려는데, 말하는 소리가 들렸다. 순간 귀를 의심하지 않을 수 없었다. 그건 한국말이었다! 어…어…어… 하며 멈춰선 채 그들이 수도원 쪽으로 가는 걸 보다 정신이 번뜩 들어 입을 열었다.

"거기 문 닫혔어요!"

나는 한국인 가족에게 차를 얻어 타고 그레이트 메테오라로 향했다. 내가 가려는 목적지를 듣자 호들갑 떨며 걸어서 가기에 너무 멀다고 나를 태운 것이다. 그들은 이미 지나 온 방향이지만 선뜻 날 데려다 준 호의가 고마웠다. 한국인 가족과 헤어지고 수도원을 구경했다. 그리고 칼람바카로 내려갈 때 나는 다른 사람의 차를 한 번 더 얻어 탔다. 수도원을 구경하며 만난 스페인 가족들이 내가 걸어서 길을 가는 걸 보자 또 친절하게 칼람바카까지 태워다 준 것이다. 아무래도 이 메테오라에 걸어 올라온 건 나 혼자뿐인 것 같다. 차를 타고 마을로 내려가는 길은 아주 넓고 쾌적했다.

인생을 살아가며 메테오라 같은 험지를 만날 때가 또 있을까 생각한다. 지금이야 웃으며 말하지만 산속에서 길을 잃었을 때의 심정은 절박했다.

혹시라도 그와 같은 상황에 다시 처한다면, 나는 찻길을 먼저 알아볼 정도로 현명해져 있길 바라기도 하지만 예전의 나처럼 한 걸음 한 걸음 내딛을 투박함도 있길 바란다. 어찌되었든 다시 길을 찾을 수 있었던 건, 넘어져도 다시 일어나 앞을 향해 나아갔기 때문이다. 앞뒤가 안보일 때 지금 할 수 있는 일에 집중하는 것만큼 중요한 건 없다. 산티아고 길을 걸었던 손미나 작가는 『괜찮아, 그 길 끝에 행복이 기다릴 거야』에서 말했다. "순례자에겐 비를 맞으며 걷는 것 외에 다른 선택지란 없다. 전진하기 위해서는 그것이 무엇이든 그저 버텨내야만 하는 것이다."

그레이트 메테오라에 섰을 때 그 어마어마한 규모에 압도되어 한동안 멍하니 바라보고만 있었다. 거대한 돌산 위 거대한 수도원을 곧바로 볼 수 있는 가장 큰 이유는 그레이트 메테오라가 살짝 동떨어진 돌산 위에 있기 때문이다. 사람들은 차를 타고 내린 곳에서 정면으로 수도원을 감상하고, 아래쪽으로 연결된 계단을 통해 올라갈 수 있다. 난 위대한 수도원을 바라보다 무언가 발견했다. 내가 서 있는 이곳과 그레이트 메테오라를 잇는 몇 개의 선, 그리고 그 선에 연결되어 공중을 오르내리는 커다란 바구니. 그 안에 타고 있는 사람. 바로, 도르래였다!

마음껏
슬퍼하라

리쉬를 만나고 나서

사람이 슬플 때 눈물을 흘리지 못하는 건 더 큰 슬픔이다. 매일의 '할 일' 때문에 내 감정을 추스르지 못하는 것은 그 자체로 비극이다. 한 티베트 승려는 말했다. '부정적인 감정은 전혀 잘못된 것이 아니다.' 내 감정에 항상 귀를 기울이고 있어야 한다.

이제 막 팀을 옮겼던 대리 시절, 난 새로운 업무에 적응하느라 진을 빼고 있었다. 엉거주춤 일을 배우고 팀원들과도 천천히 가까워지고 있던 어느 날이었다. 신입사원이 출근 시간이 한참 늦었는데도 보이지 않았다. J는 꽤 오랜 기간 우리 팀에서 인턴을 하다 이제 막 사원이 되었다. 내 자리에서 뒤를 돌면 바로 보이는 책상 끝에 앉아 있었다. 출근하며 "안녕하세요!"라고 인사했고 나도 뒤돌아 같이 "안녕!" 하고 인사했다. 내가 본 중에 가장 맑은 사람이었다. 웃으면 눈이 반달이 되었다.

J는 사람을 좋아했다. 회사의 거의 모든 사람들과 친했고, 매일 돌아가며 회사 근처의 술자리에 참석해 허허허 웃으며 즐거운 시간을 보냈다. 한 번은 내가 자취하던 논현역 근처에서 회식이 있었는데, 늦은 밤거리를 걸어서 집에 가야한다는 사실을 알고 굳이굳이 나를 데려다 준 적이 있었다. 또 다른 직원 한 명과 J와 나는 노란 전봇대 밑을 알딸딸한 정신으로 허허

허 웃으며 걸었다. 집 바로 앞에서 "조심히 들어가세요, 대리님!" 하며 예의 그 반달눈을 내 앞에서 빛냈다. 그는 술을 좋아했지만 지각하지 않으려고 회사 근처 헬스장에서 매일 아침 운동을 하고 출근했다. 그런 J가, 지각을 한 것이다.

회사가 분주해졌다. 나는 항상 하던 데이터 정리를 하며 리포트를 준비 중이었으나 정신없는 분위기 정도는 간파할 수 있었다. 간부 미팅이 열렸다. 상무님과 부장님, 옆 팀의 팀장님까지도 급하게 회의실로 들어갔다. 조금 있다 부장님들과 J가 속한 팀 직원 몇 명이 사라졌다. 병원에 간다는 이야기가 얼핏 들려왔다. 뭐가 어찌 돌아가는 건지 알 수 없었지만 차마 상황을 물어볼 수 없었다.

"언니 도대체 무슨 일일까 이게?"

친한 동생이 내 옆자리로 왔다. 어수선한 분위기에 일을 할 수 없었다. 병원에 간 또 다른 직원에게 전화를 걸었다. 왠지 모르겠지만 우리는 그 순간 손을 잡았다. 그래야만 할 것 같았다. 핸드폰을 귀에 대고 있던 동생은 차마 전할 수 없는 단어를 입에 올리는 게 불경한 듯 말을 잇지 못했다. 나는 무슨 일이냐고 재차 물었다. 동생은 그때부터 흐느껴 울기 시작했다. 헬스장에 쓰러져 있었다고 했다. 사인은 정확하지 않지만 심장마비였던 것 같다. 한 사람의 죽음은 한 세상이 무너진 것과 같다는 걸 난 그때 알았다.

리쉬는 그 다음 날 한국에 왔다. 리쉬는 당시 아시아 지역을 총괄하는 직책을 맡고 있었다. 사고 소식을 듣자마자 한 걸음에 달려온 것이다. 사원 한 명이 사망한 사고에 대륙의 총괄 책임자가 움직인 사례를 이후에도 들은 바 없다. 그러나 당시의 나는 그런 걸 생각할 겨를조차 없었다. 다만 외국에서 온 손님이니 챙기라는 말에 부장님을 비롯한 다른 직원 몇몇과 점심을 먹으러 갔다.

도산공원이 보이는 레스토랑에서 파스타를 돌돌 말며 우린 별 이야기 하지 않았다. 서로에 대해 아는 게 많이 없을 뿐더러 그 상황에서 무슨 말을 하겠는가. 시답잖은 대화가 오갔다. 모든 게 마음에 들지 않았다. 그 때 였던 것 같다. 내 말문이 트였던 것. 나는 내 옆에 앉은 리쉬에게 하소연을 하기 시작했다. 일에 대한 하소연이 아니었다. 삶의 허무함에 대한 하소연이었다. 사실 내가 가장 힘들고 이해가지 않았던 것은 J는 그렇게 가야할 사람이 아니었다는 것이다. 어떤 사람도 갑작스런 죽음을 맞이할 당위성이 있다고 할 수 없지만, 누군가 그렇게 가야한다면 J는 아니었다. J는 티끌만큼의 죄도 짓지 않은 순수결정체 같은 사람이었다. 기쁘고 즐거운 일만 창창히 즐겨야 할 나이에 왜 그가 그렇게 간단 말인가. 내가 리쉬에게 한 말이 전부 기억나진 않지만 이 한마디는 기억난다.

"왜 이런 일이 벌어져야 하는지 이해가지 않아요."

내가 말을 하는 내내 리쉬는 아무 말도 하지 않고 그저 묵묵히 고개를 끄덕이며 내 말을 들어주었다. 그가 온 정신과 마음을 다해 내 이야기를 들어주고 있다는 걸 느낄 수 있었다.

발인엔 가지 못했다. 미팅 날이었기 때문이다. 새벽에 장례식장에 갈까 고민하다 미팅에 지각할까봐 가지 않기로 결심하고선 화장실 주저앉아 엉엉 울었다. 가장 화가 나는 건 그렇게 '중요한' 미팅에 갔는데 생각보다 그 미팅이 중요하지 않았다는 데 있다. 브랜드 담당자는 "아니 어떻게 오셨어요."라고 첫 말문을 열었다. 아무리 일이 중요하다한들, 사람의 죽음만큼 중요하진 않다. 마음이 무너진 건 미팅에 참석해서 그걸 깨달았을 때였다. 이까짓걸 오려고 J의 마지막을 못 봤다니.

나는 그 후로 굳게 닫힌 쇠사슬이 심장을 감싼 것 같은 기분을 오랫동안 느껴야했다. 인생을 살다가 비극적인 상황을 맞닥들이면 사람들은 절망에 빠지고 삶은 엉망이 된다. 독일의 심리학자이자 트라우마 전문가인 게오르크 피퍼는 이런 사람들의 마음을 '쏟아진 옷장'에 비유한다. 옷장 안에 온갖 종류의 감정들이 꽉꽉 들어차있어 이러지도 저러지도 못하는 것이다. 힘들더라도 옷장 문을 활짝 열고 물건을 모조리 꺼내야 한다. 그래야 다시 정리할 수 있다.

시간이 한참 흐르고 나서야 우리는 아주 가끔 J에 대한 이야기를 나눌 수 있게 되었다. 그럴 때마다 리쉬 생각이 났다. 리쉬는 우리 회사를 떠나 다른 계열사로 옮겼다는 소식을 끝으로 더 이상 만나지 못했다. 한 마디의 조언이나 첨언없이 그저 묵묵히 들어준 리쉬의 태도는 생각보다 오래도록 마음에 남았다. 그의 경청이 나에게 치유였다는 걸 나중에서야 알게되었다. 내가 옷장 문을 열 수 있게 도와준 게 리쉬였던 것이다.

6년 후, 싱가포르로 출장을 갔다. 이전에 방문했을 때도 리쉬가 있는지 물었지만 그때 그는 자리를 비우고 없었다. 나는 호텔에서 이루어지는 교육을 받느라 사무실에 갈 일이 없었다. 공교롭게도 출장의 마지막 날 싱가포르 오피스에서 일하시는 분과 약속이 생겨 근처에 가게 되었다. 오피스는 차이나타운에 있어서 퇴근 시간이 되면 낮고 오래된 건물 사이로 직장인들이 우르르 길을 건너는 장면을 볼 수 있었다.

해가 어스름하게 내려 앉으려는 시간이었다. 내가 탄 택시가 건물 입구로 향하는 순간, 익숙한 얼굴이 건널목에서 신호를 기다리고 있는 걸 보았다. 리쉬였다! 나는 택시 기사에게 얼른 세워달라고 말하고는 서둘러 계산하고 헐레벌떡 택시에서 내려 뛰었다.

"리쉬!"

다행히 신호가 바뀌지 않았고 나는 리쉬의 팔을 뒤쪽에서 엉거주춤 잡으며 그를 불렀다. 리쉬는 나를 보더니 놀라며 아주 반갑게 인사했다. 싱가포르에 어쩐 일이냐, 퇴근 하는 중이냐, 누구 만나러 왔냐 등등 안부 인사를 간단히 건네고 그는 길을 건너갔다. 짧은 만남이었지만 오랜만에 그와 안부를 주고 받을 수 있어서 좋았다. 그가 나에 대해 기억하고 있는 건 거의 없을 것이다. 하지만 사람이 사람에게 남긴 감동에 비하면 그런 것쯤은 아주 사소하다.

내가 놀란 건 한국에 도착해서였다. 리쉬에게 메시지가 와 있었다. 그는 내가 아는 척을 한 게 꽤나 놀랍고 반가웠던 모양이었다.

"니콜, 어제 만나서 반가웠어. 다음에 싱가포르 오게되면 미리 연락줘. 우리 꼭 만나자!"

다음에 만나면 꼭 내가 그에게 받은 치유에 대해 말하리라. 마음은 통한다. 고민 있는 사람보다 더 말을 많이 하는 건 소용이 없다. 들어주는 것이 치유다. 일본의 정신과 의사 시미즈 켄은 『당신 마음 가는 대로 살아도 됩니다』에서 마음껏 우는 것의 치유 효과에 대해 소개했다. 그리고 국립 정신 신경의료 연구센터의 호리코시 마사루의 말을 인용했다. "이 세상에 천국이 있다고 한다면 안심하고 눈물을 보일 수 있는 장소다." 힘든 순간에 내 슬픔에 깊이 공감할 수 있는 이가 있다면 그 자체로 치유가 된다. 치유가 필요한 사람에겐 그저 그가 내 안에 잠시 쉬어갈 수 있게 자리를 비워주라. 그리고 항상 내 마음 속 이야기를 나 스스로도 듣고 있어야 나를 치유할 수 있다. 공허한 말보다 침묵이 낫다. 그러나 침묵 속 마음은 열려 있어야 한다.

외로움 끝엔
늘 사랑이 있고

어릴 적 동네 만화방이 폐점한다는 소식을 듣고 그곳에서 처분하던 만화 책을 몇 권 사왔는데 그 중 박희정 작가의 『호텔 아프리카』가 있었다. 그 시 절 순정만화 주인공들은 모두 외롭고 자기사연이 있는 사람들이었지만 유 독 이 만화 속 등장인물들의 고민과 감정은 현실적이었다. 혼혈아, 유색 인 종, 동성 연애 등 당시로선 파격적인 소재였지만 다양한 이유로 등장인물 들은 외로웠다. 모든 에피소드의 공통점이라면 그들의 외로움이 절정이된 후, 사랑이 모든 것을 해결했다.

튀르키예 안탈야에서 하루 머물고 홀로 파묵칼레 가는 길이었다. 여행 중 계속 동행이 있었는데 오랜만에 혼자가 되어 낯설기도 하고 익숙하기도 한 기분으로 데니즐리 가는 버스에 올랐다.

내 옆자리엔 허리 꼬부라진 튀르키예 할머니가 앉으셨다. 할머니는 나를 보자마자 태양이 뜨는 것처럼 환한 미소를 지으면서 말을 걸었다. 당연히 튀르키예어로. 당연히 못 알아듣는 나는 무슨 말인진 모르지만 듣는 시늉 이라도 해야 할 것 같아 연신 미소를 지으며 꿀 먹은 벙어리처럼 쳐다만 보 았는데, 옆에 지나가던 차장이 웃으며 통역을 해주었다.

"어느 나라에서 왔어요?"

"한국이요."

차장이 몇 마디 통역 해주고 지나가자 할머니는 또 연신 지중해 햇빛 같은 웃음을 지으며 열심히 말을 했다. 나에게 조언을 해주는 건지, 한국에 대해 물어보는 건지, 아니면 본인이 시장에서 뭘 사왔다는 이야길 하는 건지 도통 알 수 없었지만 내가 할 수 있는 최대한 호의의 미소를 지어 보이며 할머니를 실망시키지 않으려 애썼다. 어찌되었든 그 할머니도 타국에 온 외국인 여행자에게 최대의 호의를 베푸는 중이니까. 내 모습이 재미있었는지 할머니는 말을 하며 계속 헤헤헤 웃었다.

어느 나라 할머니들이나 '없는 것 없는' 보따리가 있나 보다. 할머니는 자신의 보따리를 뒤지더니 치즈 넣은 바게뜨 빵 큰 덩어리를 두 개 꺼내 나에게 먹으라고 건네주었다. 그 태양 같은 웃음을 지으면서. 버스에서 카스텔라 빵을 나눠주자 당신 것을 아예 나에게 건네 주셨다. 할머니들이 먹을 걸 권유할 때 거절하는 건 예의가 아니므로 난 예의 바르게 그 모든 걸 받고 감사하다 말했다. 할머니와 나란히 앉아 치즈빵을 먹노라니 나도 모르게 태양 같은 미소가 절로 지어졌다.

정겨운 할머니와 헤어져 데니즐리에서 내리니 시골 동네 호객꾼들이 먹잇감을 물은 양 나에게 덤벼들었다.

"Lady! Madam!"

"Excuse me!"

협상을 할 필요가 없던 여행을 하다 오랜만에 이런 제안을 정신없이 받으니 그제야 내가 다시 혼자라는 게 실감이 났다. 애써 무뚝뚝한 표정을 지은 채 그들을 비껴 파묵칼레 행 '돌무쉬(튀르키예식 버스)'에 탑승했다. 파묵칼레에 도착했다는 말에 돌무쉬에서 내리니 흔하디 흔한 모텔 촌만 눈에 보였다. 도대체 어디에 파묵칼레가 있다는 건지, 잘못 온 게 아닌지 걱정이 되었다. 지나가는 행인을 붙잡고 파묵칼레가 어디에 있는지 물어봤다. 그 사람은 어이없다는 말투로 자신이 온 뒤쪽을 가리켰다.

"저기요. 저기 있잖아요. 건물 뒤로 가보세요."

행인이 알려준대로 조금 더 걸어서 모텔에 가려진 뒤쪽으로 가보았다. 건물 하나를 돌아서자 세상에! 산 하나 전체가 흰 머랭에 뒤덮인듯한 파묵칼레가 눈앞에 있었다. 파묵칼레는 유네스코 세계문화유산 및 자연유산으로 등재된 눈처럼 흰 석회층이자 히에라폴리스라는 고대 도시가 함께 있는 튀르키예의 유명한 관광지다. 튀르키예 중부에 있지만 어느 곳에서 가더라도 거리가 좀 있어서 갈까말까 마지막까지 고민했더랬다. 그러나 흰 석회층에 파란 온천수가 고여있는 아름다운 풍경은 호기심을 일으키기에 충분했다. 막상 마주하니 그저 몇 계단 정도의 크기일 거라 생각한 석회층이 산하나 전체를 다 덮은 걸 보고 입이 떡 벌어질 수밖에 없었다.

처음에 길을 잘못 들어 가장자리 능선을 거의 기다시피 올랐다. 그러자 저 멀리서 경비원들이 나를 향해 삑삑 호루라기를 부르며 내려가라 지시했다. 다시 입구로 돌아오니 신발을 벗으라고 한다. 1월 한 겨울에 운동화와 양말을 벗고 물에 발을 넣었다. 어라? 물이 따뜻했다. 기분 좋은 온기가 발을 감싸고 돌아 하나도 춥지 않았다. 흰 석회암에 고여있는 온천수는 신비로운 파란 빛을 띄고 있었다. 그 옛날 처음 이 멋진 온천을 발견한 사람들은 이곳이 얼마나 신비롭고 자랑스러웠을까?

한 계단 한 계단 올라 정상까지 다다랐다. 물 위를 산책하는 기분으로 여유롭게 오르니 그다지 힘들지도 않았다. 도착해서 뒤돌아 아래를 내려다보았다. 생각보다 꽤 높았다. 잠시 그대로 걸터앉아 아래를 내려다보았다. 지금까지의 내 여행 중 이렇게 여유롭고 혼자였던 적이 있던가. 이스탄불에선 숙소에서 만나는 사람마다 친구가 되었고, 카파도키아에선 함께 투어하는 사람들이 있었다. 안탈야에서도 한국인 언니를 만나 동행을 했었다. 오로지 나만 홀로 이 멋진 풍경을 보노라니 외로워졌다. 해가 지고 있었다.

가족들 생각이 났다. 며칠 전 가족이 꿈에 나왔다. 집에 전화 해야겠다는 생각이 들었다. 다행히 파묵칼레 정상 근처에 국제 전화를 걸 수 있는 공중전화가 있었다. 국제전화카드를 밀어 넣고 집에 전화했다. 생각해보니 난 혼자일 때만 가족에게 전화를 했다. 근 보름 만에 해외 나간 딸이 전화하니 집에선 난리가 났다. 엄마는 거의 죽어가는 목소리로 "아이고…"를 연발했고, 그 소리를 듣자마자 아차 싶었다. 그동안의 내 여정을 말하고 지금 파묵칼레라고 간단히 안부를 전했다.

『내가 혼자 여행하는 이유』의 저자 카트린 지타는 이렇게 말한다. "인생을 행복하게 만드는 건 혼자 있는 시간을 어떻게 보내느냐에 달려 있다." 『호텔 아프리카』의 등장인물 중 혼자만의 시간을 가장 잘 보내는 사람은 주인공 엘비스의 엄마 아델라이드일 것이다. 아델라이드는 남편을 잃고 친정엄마와 사막 한가운데의 '호텔 아프리카'를 운영하며 씩씩하고 굳건하게 지낸다. 물론 때때로 사람들에게 받는 멸시와 밀려오는 그리움에 눈물 나게

'04年 2月 5日

외롭다. 그러나 그녀는 투정부리거나 외로움에 사무치지 않는다. 굳건히 그 외로움와 마주한다. 그리고 결국 새로운 사랑을 맞이한다.

외로움이 친구가 될 수 있단 생각을 가끔 한다. 그리고 외로움이 밀려들 때, 그 순간이야말로 내게 진정 필요한 게 무엇인지 알 수 있다는 생각도 한다. 내가 친구를 만나 시시덕거리는 여행만 계속 했다면 가족에게 전화할 생각을 했을까? 철없던 20대의 나에게 잠깐의 외로움은 꼭 필요했던 것이리라.

외롭기 위해 굳이 혼자 있으려 하진 않는다. 하지만 혼자 맞이하는 고독의 순간은 외로움을 동반한다. 가끔 외로움을 느껴도 괜찮다. 아이러니하지만, 외로움은 사랑을 동반하기 때문이다. 외로움과 잘 마주하면 그 끝엔 늘 사랑이 있다.

방황은 새로운 세계와의 만남

독일의 저널리스트 카트린 파시히는 『아무도 가르쳐주지 않는 여행의 기술』에서 '의도적인 길 잃기'를 제안한다.

> "지도를 던져버리고 '길을 잃는 것'이다. 구체적인 여행 계획은 세울 필요가 없다... 그저 아무 계획 없이, 지도 없이, 그곳에 도착하기만 하면 그동안 한 번도 느끼지 못했던 자유를 느끼게 된다."
>
> -카트린 파시히, 『아무도 가르쳐주지 않는 여행의 기술』 중에서

나는 이게 삶에 대한 조언처럼 들린다. '구체적인 삶의 계획은 세울 필요가 없다. 삶에서 길을 잃으면 그동안 한 번도 느끼지 못했던 자유를 느끼게 된다.' 도쿄의 철로길을 따라 걷던 어느 여름날, 난 이 가르침을 얻었다.

나의 30대 초반은 겉으로 보기엔 그 어느 때보다 안정적이지만 속에선 폭풍이 휘는 것처럼 방황하던 시기였다. 아침 7시에 나와 밤 11시에 퇴근하는 일상이 계속되었다. 자아실현을 위해 일을 하는지, 일을 위해 나를 갈아 넣는 건지 알 수 없는 삶이었다(물론 우선은 돈이다). 그만둘 수도 없고 뭘 위해 사는 지도 모르는 삶. 달리고는 있지만 이 방향으로 가는 게 맞는지 확신이

안 서는 기분을 매일 느껴야 했다.

지겹게 일을 하느라 휴가 준비도 못한 여름날, 가깝고 익숙한 도쿄로 행선지를 정해 떠났다. 많은 걸 하고 싶지 않아 여행의 콘셉트를 '산책'으로 정했다. 유명 관광지나 번화가는 가지 않기로 했다. 대신 숨겨져 있는 골목을 탐색하고 걸으며 담백한 주택가를 산책하고 싶었다. 나카메구로에 갔다 지유가오카를 들렀다 오기로 하고 길을 나섰다.

전철에 올라 음악을 틀었다. 플라시보*(Placebo)*를 켜자 이상하게 귀에 걸리지 않았다. 잠깐 고민하다 선곡을 다시 했다. Free Tempo 〈Memories〉 첫 소절, 드럼 소리가 울려 퍼졌다. 가슴이 두근거렸다. 역시 장소에 어울리는 선곡이 있다. 어떤 문화에서 나고 자란 사람이 만든 곡을 그 나라에서 들으면 음악이 한껏 부풀어지며 나를 감싼다. 런던에선 Coldplay의 〈Viva La Vida〉를 들으며 거리를 걸었다. 노래에 피카디리 서커스, 리젠트 스트리트를 걸었던 감정과 기억이 녹음되었다. 일본에 처음 갔을 땐 아라시의 〈冬のニオイ*(후유노이노이: 겨울 냄새)*〉를 들었다. 지금도 그 노래를 들으면 처음 일본에 갔을 때의 기분이 떠오른다. 일본에 오면 일본 음악을 들어야 한다. Free Tempo, 우타다 히카루를 들으니 나를 둘러싼 도쿄의 공기가 조금 더 친숙해지는 기분이 들었다.

작은 동네지만 서점, 음식점, 옷가게, 펍, 카페 등등 갖출 건 다 갖춘 나카메구로는 어느 한 군데 촌스러운 구석이 없었다. 나는 골목 구석의 작은 식당에 들어가 아이스티 한 잔을 시키고 점심을 먹었다. 그냥 지나치면 식당인 줄도 모르는 이곳은 동네 사람이나 아는 사람만 알음알음 갈 수 있게 숨겨져 있었다. 길거리에 작은 등처럼 세워져 있는 간판만 하나 있고, 입구부터 '식당'이라는 표식은 아무 것도 없었다. 작은 풀숲 사이사이 놓인 받침 돌을 따라 가게 안으로 들어가면 일반 가정집 같은 내부는 기대 이상으로 정갈하고 세련됐다. 몇몇 손님들이 있긴 했지만 가게는 매우 조용했다. 맥주 한 잔을 더 시켰다. 다시 귀에 이어폰을 꽂고 음악을 틀었다. 시원한 맥주 한 모금과 청량한 음악으로 온몸이 시원해졌다.

나카메구로의 분위기에 취해 바로 지유가오카로 떠나고 싶지 않았다. 한참 동네를 머물다 역에 가서 노선을 보자 지유가오카는 나카메구로에서 한 정거장 밖에 차이가 안 났다. 산책하러 도쿄까지 왔겠다. 잔잔한 이 기분을 계속 유지하고 싶었다. 천천히 지유가오카까지 걸어가기로 마음먹었다. 사실 두 역 사이에 몇 정거장이 더 있지만 노선엔 대표 정거장만 표시 되어 있던 걸 난 몰랐다. 제대로 알아보지 않은 실수가 어떤 결과를 초래할지 그 땐 차마 알지 못했다.

철도길 옆으로만 계속 걷다 보면 15~20분 이내로 지유가오카가 나올 것이라 믿고 걸었다. 종각에서 걸으면 시청역이 나오고, 강남역에서 걸으면 신논현역이 나오니까, 단순 계산으로 한 정거장은 그 정도일 거라 예상한 것이다. 역에서 조금 걸어가자 나카메구로와는 다르게 서민적인 느낌의 동네가 나왔다. 방금 전 나카메구로에서 본 것과는 비교도 안 되게 촌스러운 옷가게와 마치 8~90년대 지어졌을 것 같은 세탁소, 옛날 금은방 가게 등이 골목에 자리 잡고 있었다. 게다가 한참을 걸어 새로 나온 역은 지유가오카가 아니었다.

'이건 아닌데.'라는 생각이 스멀스멀 기어올랐다. 그러나 나의 이상한 인내심과 끈기 역시 이 타이밍에 발동되었다. '이왕 시작한 거, 멈출 순 없다'는 고집이 자리를 잡고 비키질 않았다. 새로운 정거장이 나오자, 난 '지유가오카'역이 나올 때까지 걸을 작정을 하는 내 자신을 눈치 채고 기함했다.

오늘도 고달프겠구나. 어차피 나카메구로에서 지유가오카는 한 노선이므로 '언젠간' 나올 것이 분명하다. 언젠간!

다행히 철로를 따라 걷는 길은 지루하지 않았다. 골목골목 집들이 모여 있다가 흩어지고, 길이 연결되었다 끊어지기도 했다. 공원이 나왔고, 동네 서점이 나왔다. 작은 연못을 앞에 두고 쉬는 사람들이 나왔고, 슈퍼카 정비소, 골프 연습장이 나왔다. 정치가들의 강연 포스터가 나왔고, 자판기가 나왔다. 주차에 도움을 주는 볼록렌즈가 나왔고 육교가 나왔다. 그 중 나에게 가장 인상 깊었던 건 철로를 따라 그려진 그래피티였다.

처음 걷기 시작했을 때, 높은 철로 기둥에 눈에 띄는 그림이 보였다. 가까이 다가가서 보니 스텐실로 작업한 양복을 입은 해골이었다. 그림을 보는 순간 소름이 돋았다. 누가 저런 그림을 저 높은 곳에 그릴 생각을 했을까. 겉으론 번지르르한 옷을 입고 있지만 사실 살이 썩어가고 있는 해골바가지. 저것이야말로 진정한 현대인의 모습 아닌가. 이곳 도쿄에도 치열하게 삶을 사는 사람들이 있다는 표식이었다. 해골을 보고 나서 이 길을 계속 가야겠단 생각을 더 하게 되었다. 무언가에 이끌린 듯 난 다시 길을 걸었다.

그래피티는 계속 나왔다. 도시 정화를 위해 공들여 그린 그래피티가 아니었다. 누군가 몰래 말 그대로 '낙서'한 자국들이었다. 그림인지 글씨인지 모를 뭉개진 그래피티도 있었고, 이집트 상형문자처럼 알 수 없는 기호들이 나열된 그래피티도 있었다. 수많은 사람들이 골프 연습을 하는 큰 골프 연습장 앞 철로엔 벽 한 가득 알록달록 알파벳을 낙서해놓기도 했다. 골프하는 사람들은 평생 알지 못하는 그림이었다. 항상 번쩍번쩍 빛나는 도쿄의 큰 건물만 보다 동네 구석의 그래피티를 보자 도쿄와 좀 더 친해진 기분이 들었다. 하루를 충실히 보낸 친구들과 퇴근하고 맥주 한 잔 하며 털어놓

는 삶의 이야기를 본 듯한 느낌이랄까. 정해진 노선대로 갔다면 절대 못 보았을 풍경이었다.

발바닥에 불이 나기 시작했다. 다리가 빠질 것 같이 아팠다. 이미 돌이킬 수 없는 길 위에 내가 있다는 걸 깨달았다. 멈출 수 없었다. 그저 가고 또 갈 뿐이었다. 오르막길이 나왔다. 헉헉대고 오르막길을 오르다 갑자기 내가 동화 속 주인공처럼 느껴졌다. 제목은 〈새끼 오리의 여행이야기〉. '길 떠난 새끼 오리는 육교도 만나고 대로도 만나고 여러 험난한 길을 마주쳤어요. 어떤 땐 올라가야 하고 길을 건너기도 하고 돌아가야 하기도 했어요.' 땀이 주룩주룩 흘렀다. 그리고 난 땀만 흘리고 있지 않았다. 왜 눈물이 났는진 모르겠다. 그동안의 감정이 휘몰아치듯 몰려오며 눈물이 주룩주룩 났다. 얼룩지는 얼굴을 누가 볼까 선글라스를 꼈다. 귀엔 여전히 FreeTempo 〈Life〉 앨범의 노래들이 들렸다. 겨우 오르막길을 다 올랐다. 그러자 길이 끊겨 있었다. 새끼 오리는 이제 찻길도 건너야 했다. 맙소사.

내가 사는 현실과 이 길은 너무 닮아 있다. 지난하고 한치 앞을 모르지만 계속 걸어야 하는 길. 이런 과정을 견디는 건 지루하고 힘들다. 그러나 어느 순간 깨달았다. 나는 방황하고 있지만, 나의 미래를 알 수 없어 답답하지만, 그래서 동시에 나에겐 무궁무진한 기회가, 새로운 미래가 열려 있다고. 앞날을 알 수 없기에 내 미래를 꿈꿀 수 있는 거라고. 그렇게 걷다가 해골바가지 같은 풍경도 보고, 아름다운 꽃잎도 만나는 거라고.

레베카 솔닛의 『어떻게 길을 잃을까』엔 이런 구절이 있다. "길을 한 번도 잃어버리지 않은 사람은 살아 있는 것이 아니며, 길 잃기를 제어하지 못하는 사람은 불행에 빠진다." 내가 알지 못하는 미래는 '발견'하면 되고, 길을 잃으면 다시 돌아오면 된다. 내가 아무것도 하지 않으면 그저 출발선에 있을 뿐이지만, 방황하면 새로운 세계를 발견할 수 있다.

난 찻길을 한참 돌아 반대편 길로 건너갔다. 길을 건너 한숨 돌리니 그제야 내가 올라온 길 아래 쪽 철로에 그려진 그래피티가 보였다. 그래피티를 보자마자 눈물이 멈췄다. 난 웃음을 터뜨렸다.

SEE YOU NEXT PLACE.

신은 가끔 이렇게 장난을 친다. 장난꾸러기 지니 같은 캐릭터가 개구진 표정으로 웃고 있었다. '이렇게 많이 걸었지만 넌 좀 더 걸어야 해. 우리 다음 장소에서 만나자.' 지니가 그렇게 말을 하는 듯 했다. 힘든데도 웃음이 나는 건 모험은 가끔 이렇게 생각지도 못한 기적을 선물하기 때문이다. 나는 계속 걸었다. 나카메구로를 출발한 지 2시간 만에 난 드디어 지유가오카에 도착했다. 지유가오카의 찻집 다다미방에 앉아 꿀같은 휴식을 맛보며 생각했다. 결국은 해피엔딩!

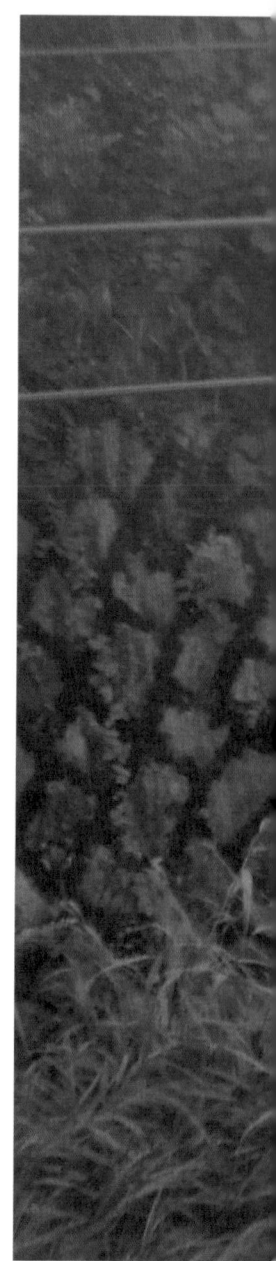

아침을 맞으며

길을 잃어야 새로운 세계를 만난다

끝이 보이지 않는 굴속에 있는 것 같다면 일기를 써보라. 지금 나의 고민, 감정, 문젯거리 등을 글로 남기는 것이다. 쓰는 자체로도 마음이 조금 안정될 것이다. 그리고 1년, 길게는 3년 후 다시 한 번 일기를 살펴보라. 놀랍게도 대부분의 문제가 해결되어 있음을 알게 될 것이다. 지금의 고민은 내가 산을 넘기 위해 필요한 능선이다. 고비는 조금만 버티면 된다.

다섯 번째 아침

쉼

내 몸과 영혼의 신호에 귀 기울이기

"가장 생산적인 일은 때때로 아무것도 하지 않는 것이다."

_ 빌 게이츠(Bill Gates)

완벽하지 않아도 된다

『고전이 답했다. 마땅히 살아야 할 삶에 대하여』를 쓴 고명환 작가는 "부족함을 자랑으로 여겨라."고 말했다. 조금 모자란 상태, 즉 결핍은 인간이 삶에 의지력을 갖는데 중요하며, 결핍을 채우려고 노력하며 인간은 성장한다는 것이다. 사람은 완벽하길 바란다. 특히 우리나라처럼 경쟁이 심한 사회에서는 남들 눈치까지 보느라 더욱 외적, 지적, 물적으로도 완벽하게 채워져 있어야 만족감을 느낀다. 하지만 사실 이렇게 채워진 상태는 오히려 비워짐만 못하다. 나의 삶에 비워진 2%가 있어야 우연이 와서 채워질 수 있기 때문이다.

상하이 여행을 갔을 때였다. 예원 앞에서 구수한 만두 찌는 냄새가 코를 찔렀다. 큰 솥 하나 만두가 쪄질 때마다 가게 밖으로 연기가 폴폴 나며 달큰한 냄새가 골목을 휘감았다. 맛있기로 소문난 이 만두집은 식당도 있었지만 1층에 포장해서 사갈 수 있는 테이크아웃 장소도 따로 있었다. 점심 때가 다 되어 가는 시간이라 이미 줄은 길게 늘어져 있었다. 나도 줄 꼬리에 자리를 잡았다. 여기저기 걸어 다니느라 배에선 이미 꼬르륵 소리가 난동을 부린 지 오래였다. 아주 천천히 줄이 줄어들고 드디어 내 차례가 되어 만두가 손에 들어오자마자 어디 갈 새도 없이 포장을 뜯어 바로 한 개를 입에 털어 넣었다.

한 입 꽉 깨문 순간 미간은 찌푸려지고 입은 멈추었다. 맛이 이상했다. 채 익지 않은 밀가루 냄새와 설익은 고기 비린내가 함께 입안에서 맴돌았다. 내가 만두 맛을 잘 몰라서 이런가 의아해하며 한 개를 억지로 먹은 채 다른 한 개를 더 입에 넣었다. 역시 이상했다. 세 번째 만두를 입에 넣고 씹으니 구역질이 나오려고 했다. 도저히 먹을 수 없는 음식이었다. 사람이 많다보니 아무래도 설익은 걸 급하게 판 모양이었다. 남은 만두를 모두 쓰레기통에 버렸다. 입맛이 까다롭지 않은 편이라 그동안 다녔던 여행지에서 먹을 것 때문에 고생한 적은 없었다. 게다가 중국은 미식의 나라 아닌가! 맛있는 음식을 많이 먹으리란 기대를 했는데 이렇게 되어 버리니 기다린 시간도 허무했지만 채워지지 않은 허기 때문에 더욱 쓸쓸해졌다. 아, 이런 무망지화 같은 만두여!

음식에 크게 쓴 맛을 보니 함부로 무언가 시도하기 무서워졌다. 현지 음식이 도무지 엄두가 안 났다. 하염없이 거리를 걸어도 내가 갈 만한 식당이 보이지 않았다. 무엇보다 배가 너무 고팠다. 한참 걷다보니 옛 거리와는 정반대인 화려한 번화가가 나왔다. 젊은 사람들이 활개를 치는 모습을 보며, 그동안 여행 다니며 절대 하지 않았던 행동을 하기로 결심했다.

'패스트푸드점에 가자. 이름을 아는 식당에 가면 그나마 내가 먹을 수 있는 게 있겠지.'

눈앞에 보이는 파파이스에 들어갔다. 햄버거 세트 하나를 시켜 자리를 잡고 앉았다. 젊은 사람들은 다 이 거리에 오는 건지 매장에 사람이 많았다. 바글바글한 식당에 테이블이 꽉 찼지만 내가 앉은 4인용 테이블만 주인 없이 조용했다. 여행 책자를 보며 햄버거를 먹고 있으려니 누군가 나를 톡톡 쳤다. 3명의 일행이 여기 앉아도 되겠냐는 제스처를 취하며 묻고 있었다. 그렇게 하라는 제스처를 취해주었다. 여자 한 명과 남자 두 명이었다.

나는 책을 읽다 문득 몇 시쯤 되었는지 궁금해져 맞은편에 있는 사람들에게 시간을 물어봤다. 그들은 내가 외국인인 걸 알게 되자 나에게 호기심을 보였다. 나는, 사실 며칠 전 동생이 황산을 간다고 상하이행 비행기표를 사러 갈 때 같이 갔다가 충동적으로 따라 사서 오게 되었다고, 동생은 황산 여행 중이고, 난 상하이에 며칠 있다 동생이 오면 만날 거라는 이야기를 주저리주저리 늘어놓았다. 나에게 말을 건 여자는 웬디고 그 옆에 앉은 사람은 웬디의 남자친구인 쑨위였다. 웬디와 쑨위는 먼 지방 출신인데, 일하러 상하이에 왔다 만났다고 했다. 웬디는 커다란 눈이 아름답고 선해 보였고 쑨위는 투박하지만 듬직한 인상이었다. 줄곧 영어로 대화를 하던 웬디는 갑자기 쑨위와 중국어로 이야기를 하기 시작했다. 몇 마디 주고 받은 후, 웬디가 아주 정중하게 말을 했다.

"우리, 너와 친구하고 싶어. 우리랑 친구할래요?"

낯선 곳에서 만난 친절한 사람들이 친구하자니 그렇게 반가울 수 없었다. 난 신나서 흔쾌히 대답했다.

"그럼요! 좋아요! 친구하자!"

우리는 그렇게 친구가 되었다. 웬디가 나의 여행 일정을 물어봤다.

"내일은 뭐 할 거야?"
"내일…… 항저우나 갈까 생각 중이야."

'항저우나 갈까 생각 중'이라는 문장에서 가장 진지한 단어는 '생각 중'이었다. 정말로 아무 준비와 계획 없이 떠나온 여행이라 항저우에 어떻게 가는지도 몰랐지만, 내가 누군가. 수년 간 다져온 경험으로 즉흥 여행 쯤은 아무렇지 않은 나였다. 당일치기로 가볍게 다녀와야지 했던 터여서 사실 크게 생각하고 있지 않았다. 그러나 내가 준비를 하나도 하지 않은 걸 눈치 챈 웬디와 쑨위는 또 자기들끼리 대화를 했다. 웬디가 입을 열었다.

"내일 쑨위가 회사에 휴가내고 너랑 같이 항저우에 갈 거야. 나는 일 때문에 못 가."

세상에! 오늘 만난 외국 친구를 에스코트하기 위해 내일 휴가를 내다니. 나는 너무 놀랐지만 쑨위와 웬디는 사람 좋은 미소를 지을 뿐이었다. 우리는 연락처를 주고받고, 기차역에서 만나기로 약속을 하고 헤어졌다. 숙소로 돌아가는 내내 얼떨떨하면서도 설렜다. 설익은 만두 하나가 만들어 준 인연이라니!

다음날, 우리는 오만 사람들로 가득 찬 상하이 기차역 앞에서 만났다. 기차표를 먼저 사야하지 않나 묻는 내게 쑨위가 말했다.

"기차표 사놨어."

"정말?"

쑨위는 내가 오기 전에 미리 항저우행 기차표까지 구매한 뒤였다. 웬디가 잘 해주라고 신신당부한 모양이었다. 그러나 그것은 앞으로 이어질 친절의 시작에 불과했다.

항저우는 대도시 상하이에 비하면 정적이었다. 겉으론 깔끔했지만 속속들이 시골같은 구석이 없지 않았다. 기차역에서 내리자 전통시장이 보였다. 재래시장 구경을 좋아하는 나는 눈이 휘둥그레졌다. 우리는 시장에서 점심을 먹기로 했다. 시장엔 먹거리 천지였다. 예원 만두집에서 한 번 실패한 나는 뭐든 시도하기가 조심스러웠지만 나에겐 든든한 현지인 친구가 있었다. 온갖 꼬치들이 쌓여 있는 포장마차에서 전갈처럼 생긴 튀김 꼬치를 하나 집어 들었다. 쑨위도 몇 가지 먹거리를 골라 집었다. 기차도 얻어 탔겠다, 점심 정도는 내가 사려고 했는데 쑨위는 도무지 틈을 주지 않았다. 내가 내겠다고 말을 하자 쑨위가 말했다.

"넌 손님이잖아. 하나도 안 내도 돼. 기념품만 네 돈으로 사."

쑨위의 태도가 완강해 더 이상 고집을 부릴 수가 없었다. 시장 곳곳에 테이블이 있었다. 우린 구매한 먹거리를 들고 자리 잡았다. 쑨위가 잎에 쌓여 있는 무언가를 조심스레 열었다.

"그게 뭐야?"

"이거, 거지닭."

"거지닭?"

"응. 옛날에 어떤 거지가 우연히 만든 음식이라 이름이 거지닭이야. 한 번 먹어봐."

거지닭은 항저우의 유명한 음식 중 하나다. 옛날에 조리도구가 없던 가난한 거지들이 연잎에 닭을 싸서 통째로 진흙에 구웠는데, 그 맛이 기가 막히게 맛있어 유명해진 음식이라 한다. 이름과는 다르게 거지닭은 입에서 살살 녹았다.

"우와, 맛있다!"

내가 고른 전갈 꼬치도 짭조름한 게 의외로 입맛에 맞았다. 시장에서의 점심은 눈도 입도 즐거웠다.

항저우는 모든 것이 컸다. 점심을 먹고 가장 먼저 간 곳은 서호였다. 서호는 무려 6km에 달하는 인공호수다. 마르코폴로가 『동방견문록』에서 항저우를 '세상에서 가장 아름다운 도시'라는 극찬을 한 바 있는데, 항저우 아름다움의 반 정도는 이 서호가 담당하고 있다. 자연의 호수같은 모습을 기대했지만 생각보다 주변 정리가 잘 되어 있어 깔끔한 공원같은 느낌이 더 났다. 혹여나 그 시절 마르코폴로의 기분을 낼 수 있을까 싶어 서호 위에서 유유자적하는 놀잇배를 탔다. 뱃사공이 노를 저어 물 한가운데로 나아가니 그제야 커다란 호수 위를 비추는 햇살이 눈에 보였다. 찰랑찰랑 물소리. 따스한 햇살. 신선놀음이 따로 없었다. 인상 좋은 뱃사공 아저씨는 넉넉한 웃음을 짓고, 쑨위와 나는 말없이 호수를 바라보고 있었다. 불과 어제만 해도 배고픔에 굶주린 채 상하이 구 시가지를 다리 빠지게 걸어 다녔는데, 오늘은 세상에서 가장 아름답다는 도시의 호수 위에서 풍광을 구경하고 있다니. 인생 참, 재밌다.

여기저기 구경을 하니 벌써 저녁 시간이 다 되었다. 상하이로 돌아가는 기차를 타기 전까지도 쑨위는 날 배려해주었다.

"뭐 먹어보고 싶은 거 있어?"
"동파육, 서호초어!"

난 얼굴 두껍게 여행 책자에서 본 메뉴들을 읊었다. 우리는 기차역 근처 식당에 들어갔다. 우리나라의 기사식당 같은 분위기였다. 현지인들이 먹는 항저우식 메뉴가 많은 모양이었다. 식당 주인은 물 대신 차를 내어주었다. 자스민 차를 한 입 마신 뒤, 쑨위는 내가 말한 메뉴를 포함해 여러 음식들을 시켜주었다. 상다리 휘청이게 많은 요리가 나왔다. 동파육은 부드러운 돼지고기가 소스와 어우러져 깊은 맛이 났고, 서호초어는 조금 기름졌다.

쑨위는 정말로 기념품을 제외한 모든 교통비, 입장료, 음식 등의 비용을 다 지불했다. 무망지복. 정말로 예기치 못한 복을 하루 종일 받은 느낌이었다. 귀빈 대접을 받고 있으려니, 한국 가기 전에 꼭 보답해야겠다는 생각이 들었다.

"내일 동생이 황산에서 오거든. 시간되면 웬디랑 같이 저녁 먹자. 저녁은 꼭 내가 살게."

"알았어."

"내가 여기 식당을 모르니까 괜찮은 데 아무데나 잡아줘. 돈은 진짜 내가 낼 거니까 넌 내면 안 돼!"

"알았어. 알았어."

나는 하루의 시간을 통째로 내어준 것도 모자라 모든 비용까지 낸 쑨위에게 고마워 밥을 사기로 했다. 하루 가이드를 한 보답이니 내일은 절대로 비용을 내면 안 된다고 몇 번을 다짐시키고 나서 우린 다시 상하이 기차에 올랐다. 기차엔 사람이 많고 복작거렸다. 기분 좋은 나른함이 몰려왔다.

황산 등산을 하고 온 동생은 내가 그 사이 현지인 친구를 사귀고, 같이 항저우까지 다녀왔다는 사실에 깜짝 놀랐다. 나는 쑨위가 알려준 식당으로 동생을 데리고 향했다. 사람들이 북적이는 큰 식당 가운데 자리 잡은 웬디와 쑨위가 반가운 얼굴로 날 맞이했다. 테이블엔 알 수 없는 국물 요리가 있었다. 메뉴판은 온통 중국어여서 주문도 그들이 알아서 했다. 야채를 비롯해 거위 내장, 닭선지, 양고기, 오뎅 완자 등 여러 재료가 나오자, 웬디와 쑨위는 국물에 재료들을 넣기 시작했다. 지금은 한국에서도 유명한 중국식 샤브샤브 '훠궈'였다. 난생 처음 보는 요리에 넋을 잃고 바라보다 한 입 먹자 감칠맛이 확 도는 게 입맛에 맞았다. 알고 있는 중국어가 몇 마디 안 되지만, 이 순간 해야 할 말은 알고 있었다.

"하오츠!*(맛있어!)*"

내가 사는 저녁식사였지만 내가 가장 맛있게 먹었다. 우리는 저녁을 먹고 길거리 노점에서 딸기 탕후루(과일에 설탕, 물엿을 발라 얼려 만든 중국 전통 과자)를 사서 한 입씩 입에 물며 거리를 걸었다. 축구를 좋아하는 동생과 쑨위는 공통 관심사를 찾은 게 반가웠는지 걷는 내내 축구 이야기로 꽃을 피웠다. 강가에 도착하니 와이탄에 불이 들어와 밤거리가 아름답게 반짝반짝 빛이 났다. 고즈넉한 옛 거리의 정취는 그저 걷는 것만으로도 분위기에 취하게 만들었다. 강 건너 푸동 지구의 동방명주와 마천루들도 도시적인 오색찬란한 빛을 발하고 있었다.

만약 내가 예원에서 먹은 만두에 실망하고 상하이와 중국인들에 편견을 가지고 한국에 돌아왔다면 내 여행은 그저 그런 에피소드에 불과했을 것이다. 나는 여행가서 현지 음식을 먹어야 한다는 나름의 소신을 가지고 있었지만 때론 그런 규칙마저 깨도 괜찮다는 걸 이 여행에서 깨달았다. 결국 패스트푸드도 그 나라 사람들이 먹는 음식이므로. 스스로 틀 안에서 나와 '완벽한 여행'이라는 환상을 깨부셨을 때, 도리어 운명은 나를 환상적인 여행으로 이끌었다.

유명한 유튜버이자 밀라노에서 최초로 유학한 한국인인 밀라논나 선생님의 『오롯이 내 인생이잖아요』 책에는 이런 구절이 있다. "완벽한 선택이 있을까요? 우리는 그 '완벽한'이라는 단어가 주는 환상에서 벗어나야 합니다." 완벽한 결정은 없다. 잘못된 결정도 없다. 항상 다음은 있기 마련이다.

한참 걷던 우리는 적당한 곳에 자리를 잡고 나란히 서서 푸동 지구를 바라보았다. 조용하고 차분한 내 친구들을 바라보자니 그들이 이번 내 여행의 무망지인임을 깨달았다. 이번 여행은 망했어. 설익은 만두를 먹었을 때만 해도 그렇게 생각했다. 그러나 예기치 못한 화를 당하면 예기치 못한 복도 사람도 얻는 법. 여행이 계속되는 한 실패만으로 끝나는 여행은 없다.

강바람이 불었지만 춥지 않았다. 만두로 시작된 우리의 우정이 반짝반짝
빛을 발하고 있었다.

일도 취미도
여행도 여유롭게

지금의 내 남편을 만나기 전까지 난 저돌적인 성격이었다. 겉으론 느긋해 보이지만 결정도 빠르고 실행도 빠르며 심지어 뒤끝도 없다. 항상 열정적이고, 무엇이든 집중할 것을 찾고, 어떤 시기든 단체 활동이나 취미 생활은 반드시 했다. 일을 할 때도 회사 안을 거의 뛰어다니다시피 해서 어느 날인가 동료 직원이 "왜 그렇게 뛰어다녀?"라고 물어본 후에야 내가 그런다는 걸 알았을 정도다. 그러니 여행을 가면 어떻겠는가. 새로운 곳에 도착하면 가야할 곳, 봐야할 곳 투성이니 욕심이 나지 않을 리 없었다. 나는 여행 계획을 무척이나 빽빽하게 짜는 스타일이었고, 도착해서도 무진장 돌아다녔다.

남편과 내가 결혼 준비 하면서 중요하게 준비한 것 중 하나는 여행이었다. 결혼 전 신혼여행일 수도 있는 이 여행의 목적은 루마니아에 가서 동생 가족을 만나는 것이었다. 남편과의 첫 장기 여행에 설레기도 했지만 곧이어 난관에 빠지고 말았다. 유럽 여행이 처음이라는 사람이 앞에 있으니 오히려 행선지부터 아무 것도 결정하지 못하겠는 거다. 남들 많이 가는 영국, 프랑스, 이탈리아 큰 도시들을 찍어야 하나, 가까운 나라들 위주로 동선을 짜야 하나 등등 생각할 게 너무 많았다. 그 고민을 끊어준 건 남편이었다.

"2주밖에 안 되는데 너무 많은 곳을 돌아다니고 싶지 않아. 한 곳에 되도록 오래 머무는 걸로 하고 세 나라만 가자. 페드라 만나야 하니까 독일 가고, 그 다음 루마니아 가서 동생 만나고, 그리고 가까운 헝가리 어때?"

그리하여 우리는 독일에 오게 되었다. 우린 프랑크푸르트 시내 외곽에 있는 숙소에 짐을 풀었다. 사실 독일은 프랑스나 영국에 비해 담백한 이미지가 강해서 별다른 기대를 하지 않았다. 루마니아 가기 전 친구를 볼 겸 가벼운 마음으로 들른 나라였는데, 도착해 한잠 자고 일어나니 여명이 시작된 마을의 모습이 꽤나 아름다웠다. 프랑크프루트 외곽의 주택가는 짙은 밤색 세모난 지붕의 낮은 집들이 모여 있는 귀여운 마을이었다. 남편은 그새 마을 한 바퀴를 조깅하고 돌아왔다. 조깅을 마친 남편은 기분 좋은 듯 말했다.

"여기 할머니들 엄청 귀여워. 조깅하는데 집집마다 할머니들이 있더라. 눈 마주치면 인사하면서 웃어."

조깅하며 할머니들과 인사했다던 남편의 모습이 상상이 됐다.

"그랬어? 그래서?"
"나도 같이 인사했지. 헬로우~!"

아마 그때는 할머니의 시간이었나 보다. 집집마다 엄마아빠는 일하러, 아이들은 학교에 가고 할머니들이 홀로 집에 남아 차 한 잔의 여유를 즐기는 시간. 상상만해도 귀여운 모습이다.

우린 브런치를 먹기 위해 전날 봐두었던 빵집을 찾아갔다. 빵 냄새가 고소하게 코에 스며들었다. 몇 개의 빵을 고르고 아침 식사 메뉴도 함께 주문했다. 단언컨대, 나와 남편은 이곳에서 인생 최고의 빵을 맛보았다. 우린 아직도 이 베이커리의 빵에 대해 가끔 이야기하곤 한다. 밀가루, 물, 소금 적은 재료로 기본에 충실한 맛을 낸 바게트는 한입 베어 물면 입 안에 고소한 향이 가득 퍼져나갔다. 동네의 유일한 빵집인 듯한 이곳엔 자그마하고 우아한 식당이 함께 있었다. 우린 자리를 잡고 아침 식사 메뉴를 기다렸다. 옆 테이블에도 손님들이 식사를 하거나 신문을 읽으며 자기들의 시간을 보내고 있었다. 우리가 주문한 음식을 기다리는 동안 옆 테이블 손님이 식사를 하며 말을 걸었다. 역시나, 할머니다.

"어느 나라에서 왔어요? 차이나?"
"아뇨, 우린 한국에서 왔어요."
"오~ 한국!"

재밌다는 표정을 지으며 할머니는 궁금한 걸 죄다 물어보았다. '헬로우'는 한국어로 뭐냐, 여행하느냐, 어디로 가느냐, 어디 머무느냐 등등……. 어느 나라든, 할머니가 되면 궁금한 것도 많고 낯선 사람에게 말 거는 것도 거침이 없나 보다. 우린 루마니아에 사는 동생네 방문하러 왔고, 잠시 여행하러 독일에 들른 거라 이야기했다. 여기 사시냐 여쭤보니 할머니는 역시 재밌다는 표정으로 답했다.

"아뇨. 난 이 동네 안 살아요. 좀 떨어져 있는 동네 사는데 일요일마다 여기 수영하러 오지. 여기서 저쪽으로 쭈욱 걸어가면 스포츠 센터가 있어요. 거기서 주말마다 수영을 해. 이 친구랑. 그리고 여기서 밥을 먹고요."

"와— 우리도 수영 좋아해요! 우리 수영하다 만났거든요."

수영을 좋아하는 우리는 함께 즐겁게 수다 떨었다. 친구와 주말마다 수영 다니는 할머니. 이 얼마나 건강한 취미인지!

"그럼 즐겁게 놀고 좋은 하루 보내요!"

할머니는 60이 넘어 보였지만 허리와 자세가 꼿꼿했다. 건강미를 풍기며 할머니와 친구는 즐거운 표정을 하고 가게를 나갔다. 삶의 여유가 느껴지는 자세였다. 감탄이 절로 나왔다.

솔직히 나 혼자 여행을 했으면 꼭두새벽부터 일어나 준비하고 아침 대충 숙소에서 때우고 어느 유명 관광지부터 시작하는 일정이었을 것이다. 남편과 이 동네에 도착해 처음 한 일은 숙소에 짐을 풀고 산책하는 일이었다.

"이 동네 보고 싶어."

그게 남편이 원하는 여행이었다. 온전히 그곳에 사는 사람들의 정취를 보고 느끼는 것. 그곳에 사는 것처럼 여행하는 것. 한 곳에 느긋하게 머무르며 그 장소만이 주는 에너지를 받는 것. 둘이 함께 손을 잡고 마을을 돌며 동네 슈퍼마켓에서 장을 봐 숙소에 돌아오고, 아침부터 동네 할머니들과 수다 떠는 일상으로 여행을 시작하다니. 이렇게 여행해도 되는구나. 잠깐 쉬어도 되는구나. 전엔 뭐가 그리 급해서 서둘렀던 걸까.

작가이자 컨설턴트인 스티브 도나휴는 『사막을 건너는 여섯 가지 방법』에서 이렇게 말했다. "모래에 갇혔을 때는 타이어에서 공기를 빼고 차의 높이를 낮춰라. 그러면 차가 모래 위로 올라설 수 있다. 인생도 그렇다. 정체된 상황은 우리의 자신만만한 자아에서 공기를 조금 빼내야 다시 움직일 수 있음을 의미하는 것일 수도 있다." 나는 빵빵하게 공기를 넣은 타이어였다. 너무 빵빵해서 앞으로 뒤로 갈 여유조차 없는 타이어. 일도 취미도 여행도 빽빽하고 촘촘하게 해내는 게 잘하는 거라 자만했지만 오히려 '자신만만한 자아'를 보지 못하는 '에고(Ego)'덩어리였던 것이다.

식사를 마치고 시내로 가기 위해 전철역까지 천천히 걸었다. 독일 마을답게 조용하고 쓰레기 하나 없이 깔끔하고 정갈한 모습이었다. 가을이 시작되어 낙엽이 길가에 하나 둘 떨어지고 있었다. 맑은 하늘 아래 저 멀리 전철역의 모습이 보였다. 전철역에 가니 그 흔한 역무원의 모습조차 보이지 않았다. 개찰구도 보이지 않는 것이 알아서 표를 사서 타는 시스템인 것 같았다. 한참을 표 사는 자판기에서 씨름을 했다. 원래 어딜 가나 처음 표 살 땐 애를 먹는 법이지만 매번 당혹스럽긴 마찬가지다. 차분히 다시 시도해보려고 하니 지나가던 흰 머리에 정장을 깔끔하게 차려 입은 할머니가 우리에게 도움을 주신다. 어떻게 하는지 알려주곤 눈을 찡긋하고 웃으며 떠나는 할머니. 아, 이 동네 할머니들은 어쩜 이렇게 다들 귀엽고 센스 있을까?

인생에 전환기는 누구나 필요하다

나이 앞자리 숫자가 바뀔 때의 인간은 생각이 많아진다. 내가 굉장히 오래 살았다고 느껴지기 때문이다. 스무 살이 됐을 때도 '아, 나이 진짜 많이 먹었네.'라고 생각했고, 서른이 되었을 때도 '이제 여자로서 꺾이는 건가.'라고 생각했다. 아홉수는 사실 이런 심리적 기저에서 비롯되어 나 스스로 변화를 주기 때문에 오는 게 아닐까 라고 여겨질 정도다. 마흔을 목전에 앞둔 때 역시 마찬가지였다. 불혹. '세상일에 정신을 빼앗겨 판단을 흐리는 일이 없는 나이.'라지만 불혹은커녕, 정신을 빼앗겨 심신이 온전치 않을 것 같았다.

나는 "그만두겠다."는 말을 입에 달고 살았다. 늘 중심을 잃지 않는 남편은 항상 웃으며 "그만 둘 때가 되면 스스로 알게 될 거예요."라고 답했다. 남편은 결혼 전까지 부모님의 목장을 물려받아 운영하고 있었다. 모임에서 만나 다 같이 여행을 갔을 때 "영서 오빠, 목장 한대."라는 말을 듣자마자 내 앞에 이 사람이 환하게 웃으며 걸어오는데 후광이 비쳤다. 내 주변엔 늘 직장인, 직장인, 직장인뿐이었는데 어떻게 남들 다 가는 길을 안 가고 독특한 길을 갈까. 순간 '이 사람은 자기만의 주관이 있겠다'는 생각이 들었다. 내 생각은 맞았고, 우린 곧 연애를 시작해 1년 후 결혼했다.

남편은 오래도록 착실히 운영하던 목장을 정리하고 목수가 되었다. 어떻게 그런 결정을 내렸냐고 물었을 때 같은 답을 해줬다.

"어느 날 눈을 떴을 때 그냥 그런 마음이 들었어요. 이제 그만해야겠다고."

그리고 덧붙였다.

"당신도 그만 둘 때가 오면 알게 될 거예요. 그건 그냥 알아져요."

커리어로는 12년차, 결혼하고 햇수로 4년, 마흔이 몇 개월 안 남았던 2019년의 가을. 난 그만두기로 결심했다. 여러 이유가 있지만 그런 복합적인 것들이 맞물려 우선 지금의 커리어는 중단하는 것이 맞다고 판단했다. 이성적으로만 보면 현명한 판단은 아니지만 인생이 어찌 이성적인 판단에만 의존할 수 있단 말인가. 그때의 난 '우선멈춤'이 필요한 시기였다.

코로나가 시작되었다. 여행을 갈 수도 없고 집에만 박혀 지냈다. 나만 집에 있는 건 아니었으니 다행인지 불행인지 모르겠다. 일을 그만두면서 가장 먼저 한 일이 중고차를 산 거였다. 20대 초반에 면허는 땄지만 도통 차를 몰 일이 없어 무용지물이었다. 임시 준비를 할 때였는데, 아무래도 아이가 생기면 차가 있는 게 좋을 것 같단 생각이었다. "운전을 하겠다."는 결심을 주변에 말했을 때 친한 아나운서 손문선 언니가 조심스럽게 이렇게 말했다. "음주운전보다 위험한 게 장롱면허인데……."

주변의 우려를 만류하고 어쨌든 난 차를 사러 갔다. '중고차 고르는 법'을 유튜브로 공부하고 몇 개의 후보군을 중고차 매물 플랫폼에서 골라놓은 후였다. 몇몇 설레는 외제차를 보고 있을 때 내 운전 실력을 우려한 또 한 사람, 남편이 조용히 귀에 대고 말했다. "그냥 아반떼 사." 어차피 범퍼카가 될 운명을 예지한 거였다. 그래서 아반떼 중 가장 괜찮아 보이는 매물을 골랐다. 사고도 없고 멀쩡한데 왜 이 매물이 아직 남아 있을지 궁금했다. 그리고 직접 보고 깨달았다. 짙은 회색의 쥐 같은 차가 내 앞에 조신하게 서 있었다. 이 차는 못생겼다. 나는 남편에게 속삭였다. "너무 못생겨서 안 데려갔나 봐……." 그다지 외양을 보지 않는 남편도 동의했다.

한 번 타보라는 딜러의 제안에 운전석에 앉았다. 그리고 또 깨달았다. 차의 외관은 나에게 보이는 게 아니라는 것을. 나는 그 차가 마음에 들었다. 연식에 비해 유독 주행거리가 적었던 이 차는 어느 집 사모님이 아이들을 가끔 데려다주는 용도로 사용했을 것이라고, 나 혼자 추측했다. 잠깐의 고민 끝에 난 덜컥 계약해버렸다. 그리하여 '앵쥐 씨'는 우리집 식구가 되었다. 우리가 또 한 번 놀란 건 고속도로를 탈 때였는데, 속도를 올리려 액셀을 밟으면 차는 "애애애앵!" 소리를 내며 힘을 냈다. '앵앵 대는 쥐'여서 '앵쥐'라고 이름을 붙이고 연식이 좀 있으니 대우를 해주기 위해 '씨'를 붙였다.

앵쥐 씨는 내 친구가 되었다. 나는 운전연수를 받았고, 운전에 익숙해지기 위해 짧은 거리의 스포츠센터에 가는 것부터 연습했다. 우리가 살던 모란역 사거리는 언제나 차가 많았다. 나는 좁은 골목을 지나가는 것부터 긴장해야했다. 골목을 빠져나오면 모란역에서 신호를 받고 고속도로를 타기 위해 쌩쌩 거리며 달려오는 자동차들을 피해 큰 도로에 들어서야했다. 나는 초보였으므로, 그저 차가 오지 않을 때까지 하염없이 기다렸다. 그건 남편의 조언이기도 했다.

큰 도로에 들어서면 바로 유턴을 위해 차선을 바꿔야했다. 한 차선 들어가고, 또 한 차선 들어가고, 그 사이 도로가 합쳐지는 구간이 있어 또 달려오는 차가 있진 않을까 조심하며 한 차선 들어가고, 쭈욱 가다 유턴 구간이 나오면 다시 차선을 바꾼 후 신호가 바뀌었을 때 유턴을 한다. 여기까지 성공하면 우선 한 시름 놓은 채 시원하게 고가를 건넌다. 그러나 고가가 끝나자마자 다시 우회전을 위해 차선을 바꿔야 하므로 난 앵쥐 씨의 오른쪽 귀를 눈여겨보며 핸들을 살포시 돌린다. 우회전을 하자마자 사거리가 나온다. 신호가 바뀌든 안 바뀌든 한 번은 또 옆 차선으로 이동하고, 또 여러 번의 차선 변경 끝에 유턴 후, 스포츠센터로 진입한다.

태평하게 넓은 신도시의 도로와는 비교도 안 되게 모란역 주변은 늘 복잡하고 바빴다. 짧은 거리였지만 초보인 나로선 대단히 난코스였다. 10분 정도의 주행 시간은 출발하기 전부터 매번 긴장의 연속이었다. 한 달 정도 했을 때 쥐며느리만큼 익숙해졌고, 조금씩 주변 반경을 넓혀 마트, 백화점 등도 도전했다. 가끔 글쓰기 수업을 들으러 수원에 가거나 산부인과를 가기 위해 서울에 다녀올 때도 꾸준히 앵쥐 씨를 끌고 나갔다. 나의 운전 실력은 나날이 늘었다. 물론 고속도로를 타거나 새로운 길을 가는 건 매번 도전이었고, 다녀온 후엔 한동안 침대에 누워 고생한 내 심신을 안정시켜야 했다.

인생의 전환기라면 전환기였던 그 시절, 여행을 좋아하던 나는 코로나로 발목이 붙잡혀 아무 곳도 가지 못했다. 모두에게 힘들었던 시기에 사실 앵쥐 씨와의 수도권 도로 모험이 아니었다면 삶이 마냥 심심했을 것이다. 헤르만 헤세의 시 「생의 계단」에는 이런 구절이 있다.

모든 시작에는 신비한 힘이 깃들어 있어

우리를 지켜주고 살아가게 한다.

_ 헤르만 헤세, 「생의 계단」 중에서

아마도 나는 마흔이 되기 전 무엇인가 새로이 '시작'하고 싶었던 것이리라. 매일 쳇바퀴처럼 굴러가는 생활 속에선 무엇을 새롭게 해도 삶 자체가 전환되지 않으니 말이다. 여행기를 써야겠다고 마음먹은 것도 그 무렵이었다. 지난 여행을 돌이키고 회상하며 난 여행을 하지 않아도 충분히 즐거웠다. 인생의 한 챕터를 정리하는 기분.

'갭이어 코리아' 안시준 대표는 "멈춤은 포기나 실패가 아니다. 또 다른 선택일 뿐이다."라고 그의 저서『여행은 최고의 공부다』에서 말했다. 시간을 내 것으로 만들어놔야 꿈을 꾸든, 휴식이든 제대로 할 수 있다. 회사를 그만두겠다고 결심을 한 건, 내 24시간을 온전히 내 것으로 만들어놓기 위함이었다.

'무사고 운전'의 목표가 무색하게도 내 첫 교통사고는 사원증을 반납하기 위해 회사에 방문하러 가는 날 일어났다. 속도가 아주 느린 상태에서 벌어진 접촉사고라 난 괜찮았지만 앵쥐 씨는 끌려가 수리를 받아야 했다. *(남편의 선견지명이란!)* 인생의 새로운 챕터가 제대로 시작됨을 알리는 하루였다. 새로운 삶을 시작하고, 시작의 에너지로 열심히 나아가지만 좋은 일도 나쁜 일도 있는 게 또 인생이다. 누구나 살면서 한번쯤은 이런 전환기가 필요하지 않을까? 오로지 나 자신만을 생각하고, 24시간을 나에게만 할애하는 기간. 이것만큼 럭셔리한 건 없으니까.

내 몸 항상 아껴주기

아이를 낳기 전 나는 바쁘거나 컨디션이 안 좋아지면 몸 곳곳에 번갈아 가며 염증이 잘 생겼다. 얼굴에 뾰루지가 생기는 건 기본이고, 인후염이 심하게 나 목소리가 아예 안 나온 적도 몇 번 있었다. 방광염도 잘 생겼고 부인과 염증으로 산부인과도 여러 번 갔었다. 예측할 수 없는 염증은 시도 때도 없이 날 괴롭혔고 삶의 질은 많이 떨어졌다. 그 절정은 한국도 아닌 루마니아에서였다.

시기쇼아라에 갔을 때였다. 시기쇼아라는 루마니아 중부 지방에 있는데, 수도인 부쿠레슈티와는 꽤 떨어져 있어서 차를 타고 5~6시간 정도 가야했다. 가끔 마을이 나타나기도 했는데 재미있는 건 한 방향으로 뚫려있는 길을 따라 양쪽으로 집이 나란히 늘어져 있는 매우 단순한 형태로 마을이 형성되어 있다는 점이었다. 슈퍼나 편의점 같은 시설은 거의 찾아볼 수 없고, 가끔 교회가 나오긴 했지만 대체적으로 교회마저 길 옆, 집들 사이에 퍼즐의 한 조각처럼 자리매김 할 뿐이었다. 나라의 한가운데로 가는데도 주변 풍경은 머나먼 외곽으로 가는 듯한 기분이 들었다. 가끔 넓은 잔디밭에 위로 솟은 듯한 나무들이 열 지어 자라있는 풍경은 이탈리아 토스카나 지방을 떠올리게 했고, 이 아름다운 곳이 왜 유명해지지 않았나 의구심이 들기도 했다.

한참을 달리니 제법 큰 시내가 나오고, 우리는 곧 오래된 돌담길을 따라 둥글게 벽을 치고 있는 성벽 가까이 오게 되었다. 이곳이 바로 시기쇼아라 시타델 혹은 시기쇼아라 역사 지구라 불리는 곳이었다. 시타델(Citadel)이라고 하면 한국어로 흔히 '성', '성채'로 번역을 한다. 서양에서 성(城)은 두 가지가 있다. 캐슬(Castle)과 시타델(Citadel). '캐슬'은 우리가 흔히 아는 성 건물 자체를 말한다. 반면 '시타델'은 외부 침입을 막기 위한 큰 장벽 안에 작은 마을이 형성되어 있는 걸 말한다. 우리가 흔히 중세 시대 영화를 보게 되면 큰 장벽 밖에 수로가 경계처럼 둘려져 있고 성벽 안에 사람들이 모여 사는 풍경을 본 적이 있을 것이다. 그걸 '시타델'이라고 하고 한국어론 이것도 '성'이라 한다. 시기쇼아라가 역사적으로 그 의미를 인정받은 이유는 전 세계에 남아 있는 '시타델' 중 유일하게 아직까지 사람들이 실제 살고 있는 곳이기 때문이다. 그리고 '드라큘라'의 모델로 유명한 블라드 체페쉬의 생가가 남아 있는 곳이기도 하다.

시기쇼아라는 13세기에 독일의 장인들과 상인들이 모여들어 만든 도시다. 그래서인지 알록달록하지만 고풍스런 건물들이 많이 있었다. 우리는 마치 놀이동산 같은 마을에 들어서서 알록달록한 집 중 한 곳에 들어갔다. 사람이 머물 수 있도록 깔끔하게 정리해 빌려 주는 곳이었다. 우리나라로 치면 한옥 게스트하우스 같은 개념이지만 집 한 채를 통째로 빌려주니 규모는 꽤 컸다. 집은 루마니아 스타일의 목조 가구와 패브릭으로 꾸며져 있었고 방도 여러 개 있었다. 한 방에는 작은 다락까지 붙어 있어 조카가 아주 좋아했다. 꽤나 먼 길을 온 우리는 근사한 방을 보자 다시금 기운이 났다. 근처 분위기 있는 식당에서 저녁을 먹고 달빛 아래 마부가 끄는 마차로 동네 한 바퀴를 돌고 나서야 잠을 청했다.

　다음 날, 오전부터 우린 분주했다. 우리의 웨딩촬영을 바로 이 곳, 시기쇼아라에서 하기로 했기 때문이다. 신랑 친구에게 빌려온 카메라로 한 때 사진이 취미였던 동생이 촬영을 해주기로 했다. 난 한국에서 챙겨온 흰 원피스를 챙겨 입고, 남편은 동생이 빌려준 와이셔츠에 보타이를 맸다. 전문 메이크업 아티스트도, 헤어 디자이너도 없었지만 여행하며 자연스러운 우리의 모습을 사진으로 담고 싶었다. 사실 한국에서 미리 옷을 챙겨가긴 했지만 어디에서 사진을 찍을지는 결정하지 못했었다. 스냅사진을 전문적으로 촬영하고 싶었지만 그런 업체를 찾기도 힘들었다. 결국 우리는 우리 식대로 가기로 했다. 느낌대로 찍는 것. 동생, 올케와 시기쇼아라 여행 계획을 세우다 '이곳'이라는 느낌이 왔다.

　운 좋게도 날씨는 매우 좋았다. 부케 꽃을 구하기 위해 근처 꽃가게를 방문했다. 예쁜 꽃 몇 개를 엮어 직접 부케를 만들려던 나는 막상 꽃가게에 들어가니 이미 만들어진 꽃다발을 보곤 홀리듯 집어 들었다. 꽃의 크기가 하나같이 매우 크고 향기가 없었다. 큰 꽃 세 송이를 엮어 다발로 엮은 하얗고 붉은 꽃다발은 부케로 쓰기에 안성맞춤이었다. 우리는 발길 닿는 대로 골목에 들어가 사진을 찍었다. 드레스에 맞는 신발을 구하지 못해 신은 운동화마저 미리 계획한 듯 잘 어울렸고, 전형적인 루마니아의 골목은 로맨틱한 기분을 느끼기에 제격이었다.

행복한 하루가 지났다. 동생 가족은 일 때문에 먼저 부쿠레슈티로 돌아가야 했다. 우린 하루 더 남아 천천히 중부지방 여행을 하고 돌아가기로 했다. 그런데 그날 오후부터 부인과 염증이 나는 느낌이 들었다. 약국에서 소염제를 사다 먹긴 했지만 긴장이 풀리니 급작스럽게 몰려오는 피곤을 막을 순 없었다. 그리고 동생 가족이 떠나자 이상하게도 시기쇼아라 한복판에서 향수병이 몰려왔다. 아프면 모든 게 서러워지는 법인가보다. 집에서 완전히 떠나온 것도 아니고 며칠 여행 온 것뿐인데도 향수병이 날 수 있다는 걸 그 때 처음 알았다.

몸은 계속 안 좋아졌다. 하지만 여행을 포기하고 싶진 않았다. 다음 날 오후, 우리는 시기쇼아라를 떠나 길을 나서 루페아 시타델(Rupea Citadel)을 들러 폐허처럼 남아 있는 성곽에 올랐고, 더 아래쪽으로 내려와 알프스만큼 큰 산이 있는 마을, 부스테니에 오게 되었다. 중부 지방의 또 하나 볼거리, 펠레슈 성이 이 마을 근처에 있었다. 산을 구불구불 올라가 기어코 성까지 보고 저녁 시간이 다 되어 우린 마을에서 숙소를 잡았다. 아는 곳이 따로 없는데다 찾아볼 정신도 없어 지나가다 숙소라고 써 있는 곳에 무작정 들어갔다. 나이든 루마니아 아줌마가 주인으로 있는 이 숙소엔 머무는 사람이 우리밖에 없는 것 같았다. 우리는 저녁을 먹고 숙소에 들어와 휴식을 취했다. 그 사이 내 몸은 점점 더 안 좋아졌고, 밤엔 잠을 거의 설칠 만큼 통증은 심해졌다.

다음 날 아침 일어나자, 여행을 더 하는 건 무리라는 확신이 들었다. 나는 남편에게 부쿠레슈티로 가자고 했다. 아무래도 병원에 가야 할 것 같았다. 출발하며 동생에게 연락하고, 올케인 메간에게 병원이나 의사를 소개해 달라고 했다. 부인과를 가야 하니 아무래도 메간이 잘 알 것 같았다. 이런 응급 상황에서 의외로 내 가족들은 매우 침착했다. 메간은 선아 낳을 때 주치의였던 의사 선생님에게 바로 연락했다며, 병원을 알려주었다. 이 와중에 그나마 루마니아에서 아픈 게 얼마나 다행인지, 감사한 마음이 들었다. 부쿠레슈티의 병원에 도착하자 메간은 미리 나와 우리를 기다리고 있었다.

"연락 받고 선생님한테 바로 연락했어. 어떤 상황인지 대충 설명했으니 너무 걱정 마. 나 이 선생님 정말 좋아해. 이집트계 이란 사람인데 아주 미인이고 프로페셔널해. 선아 제왕절개 수술할 때 이른 아침이었는데도 그 새벽에 메이크업까지 완벽하게 하고 나왔더라고. 난 그 선생님의 그런 점이 좋아."

메간은 선생님에 대한 폭풍 칭찬을 하며 날 안심시켰다. 난 몸이 불편해져 자세가 계속 기우뚱해졌다. 그렇다고 앉아 있으면 더욱 통증이 느껴져 앉아 있지도 못했다. 오랜 시간을 기다리진 않았지만 연락을 받을 때까지 시간이 한참 흐른 듯한 기분이었다.

우리는 선생님이 있는 층으로 내려가 조금 더 대기했고, 얼마 안 있어 난 진료실로 안내 받았다. 내가 들어간 곳은 의사와 상담하는 일반 진료실이라기보다 응급실처럼 보이는 곳이었다. 한쪽엔 침대, 의료 시설이 몇 개 있고 간호사들이 분주하게 움직이고 있었다. 다른 한 편엔 의사들이 진료를 보는 책상과 의자가 있었고 난 그쪽으로 안내를 받았다. 메간 말대로 정말 대단한 미인이 서서 날 보며 웃고 있었다. 난 엉거주춤한 자세로 절뚝거리며 그녀에게 다가갔다. 선생님은 환하게 웃으며 나에게 악수를 청했다. 나는 애써 웃었지만 만약 그 때의 내 표정을 봤다면 얼굴을 일그러뜨리는 거에 더욱 가까웠을 터였다. 그만큼 통증은 극에 달하고 있었다.

"안녕하세요. 메간에게 미리 연락 받았어요. 난 닥터 디나 모함메드예요."
"안녕하세요. 반갑습니다. 저는 니콜이라고 해요."

악수를 하고 앉으라는 선생님의 손짓에 허리를 구부려 의자에 앉으려는 순간, 내 몸에서 염증이 팍 터지며 고름이 나오는 느낌이 들었다. 그와 동시에 통증은 거짓말처럼 사라졌다. 순간 일어난 사태에 놀란 나는 앉지도 서지도 않은 엉거주춤한 자세로 선생님에게 말했다.

"염증이 터진 것 같아요!"
"저 옆에 화장실이 있어요. 정리하고 나오세요. 상태를 보지요."

화장실에서 옷을 벗자 고름에서 나온 지독한 악취가 풍겼다. 이 녀석이 나를 그렇게 괴롭혔구나……. 내 몸이 병균과 싸우느라 얼마나 고생을 했을지 안쓰럽고 기특하기도 했다. 선생님은 상처 주위를 꼼꼼히 살펴보며 주변 의료진들과 논의했다. 상처부위를 닦고 소독한 후, 혹시 모를 상황에 대비해 항생 주사도 놔주었다. 나를 안심시키기 위해 중간중간 설명을 해주기도 했다.

"다 됐어요. 상처 부위는 이제 아주 깨끗해요. 혹시 또 염증이 생길 수도 있어 주사를 놨으니 일시적으론 괜찮을 거예요. 하지만 한국에 돌아가서 병원에 꼭 가보세요. 균이 아직 남아 있을 수도 있으니까요. 약을 처방해줄 테니 챙겨 드세요."

선생님은 나를 따라 나와 메간에게도 같은 설명을 해주었다. 마침 메간은 선아를 안고 있어 선생님은 반가운 표정을 지었다. 아기가 세상에 나오는 데에 지대한 영향을 끼친 사람으로서 선생님은 너무나 사랑스럽고 따뜻한 눈길로 선아에게 인사를 했다. 외모뿐 아니라 마음도 아름다운 사람이었다. 나는 무엇으로도 감사한 마음을 전할 수 없어 그저 최대한 마음을 담아 인사했다.

"정말 고맙습니다. 이제 하나도 안 아파요. 얼마나 걱정했는지 몰라요. 정말 고맙습니다."
"아니에요. 그만하길 천만 다행이에요. 이제 괜찮으니 너무 걱정 말아요. 한국에서 병원 꼭 가보고요."

내 팔을 쓰다듬으며 선생님은 끝까지 날 안심시켰다. 통증이 가시자 순식간에 세상이 밝고 행복해 보였다. 우리를 데리러 온 동생은 그동안 긴장하고 있었는지 안도의 한숨을 내쉬었다.

"아휴……. 여기서 그러길 천만 다행이지. 어휴."
"그러게. 너희 덕분에 살았어. 고마워."

몸의 중요함을 깨닫는다. 몸은 내 심리, 정서, 긴장상태가 드러나는 거울이라고 한다. 염증으로 고생했던 지난 날 나는 얼마나 많은 스트레스와 긴장을 안고 살았던 건지, 짐작조차 할 수 없다.

세계 최대의 아이스크림 기업인 베스킨라빈스의 상속자였지만 환경운동가로 변모한 존 로빈스는 『100세 혁명』이라는 책에서 '몸과 마음의 관계'에 대한 흥미로운 연구를 소개한다. 1993년 〈영국 의학 저널〉에 소개된 연구의 연구자들은 7년간 일반인들의 스트레스와 건강의 상관관계를 추적 검사했다. 결과는, '심각한 정서적 스트레스를 받고 있는 사람들은 검사하는 7년 동안 사망할 위험이 세 배나 더 높았다'고 한다.

로빈스는 건강에 대한 조사를 위해 전 세계 장수하는 지역의 노인들에 대해 분석했으며, 여러 연구 결과와 음식, 운동 등의 상관관계를 파헤쳤다. 그리고 결국 가장 중요한 것은 '사랑'이었다고 전한다. 몸에 좋은 음식을 먹고, 기쁘고 즐겁게 운동하며 정신이 건강해지는 습관을 만들고, 사랑하는 관계를 쌓으면 인간은 건강해진다는 것이다.

쌍둥이를 출산하면서 몸이 얼마나 대단한 역할을 하는지, 나는 또 한 번 깨달았다. 그리고 죽을 때까지 내 영혼을 감싸고 있는 든든한 갑옷인 육체를 소중히 보살피리라 다짐했다. 몸은 한 번에 망가지지 않는다. 그리고 한 번에 좋아지지도 않는다. 그저 매일 아끼고 소중하게 다뤄야 한다. 지금도 시기쇼아라에서 아팠던 걸 생각하면 아찔하다. 운동이 귀찮아질 때마다 그때를 떠올린다. 그리고 다시 다짐한다. 내 몸을 아끼고 보살펴주자고.

나에게 다정한 시간을 선물하라

에딘버러에서의 티타임

첫 회사를 그만두고 이직하며 일주일의 시간이 있었다. 잠깐의 틈마저 소홀히 할 수 없어 난 떠났다. 빛의 구멍 같은 태양이 어스름한 온기를 전하는 곳. 오래된 돌의 도시. 에딘버러로.

겨울이었다. 한밤중에 에딘버러 공항에 도착했다. 공항에서 시내까진 얼마 걸리지 않았다. 버스에서 내려 호텔까지 걸어가야 했는데, 아무리 여행을 자주 다녔어도 낯선 곳에 밤에 도착하는 건 언제나 무섭다. 운전기사에게 길을 물어보니 나이 지긋한 아저씨는 억센 스코틀랜드 억양으로 아주 친절하게 "발모어를 따라가요." 했다. 발모어? 무슨 말인지 모른 채 아저씨가 지도에 표시해 준 길을 따라 툴툴 걸었다. 도시의 흔한 네온사인 하나 없는 컴컴한 밤길이었다. 캐리어 바퀴가 바닥에서 구르는 소리가 도르락도르락 요란하게 거리에 울려퍼졌다.

아담한 호텔 문을 열고 들어서자 따뜻하고 고풍스러운 로비가 눈에 들어왔다. 전체적으로 따뜻한 조명에 나무로 만든 오래된 가구들과 카펫이 잘 어우러졌고, 벽에는 어느 귀족의 초상화가 크게 걸려 있었다. 작지만 중세 귀족의 저택에 초대받은 것 같은 고급스러운 호텔이었다. 배정받은 방은 맨 위층에 있었다. 그렇게 작은 방은 도쿄의 비즈니스 호텔 이후로 처음이었다. 빨강머리 앤의 방처럼 한쪽 벽이 지붕의 경사진 면이었는데, 비탈진 지붕에 창문이 있고 그 아래 책상이 놓여 있었다. 작은 책상 옆엔 TV도 함께 있었다. 침대에 누우면 창문과 TV를 함께 볼 수 있었다. 작아서 답답하기보다 아늑했다. 짐을 풀고 씻자마자 쓰러지듯 잠을 잤다.

꿈을 꿨다. 회사의 온갖 요청에 시달리는 꿈이었다. 퇴사를 했지만 여전히 전화는 걸려오고 있었다. 소스라치며 눈을 떴다. 여기가 영국이고, 호텔에 누워있는 걸 깨닫자마자 안도의 한숨을 내쉬었다. 분명 일어날 시간이 된 것 같은데 아직 밖이 컴컴했다. 시계는 9시를 가리키고 있었다. 잠을 그렇게 많이 잔 건가? 벌써 밤이라니? 아니, 아침인가? 도대체 시간을 알 수 없어 침대에서 빈둥거리다 밖을 보니 날이 밝고 있었다. 지붕에 달린 창문을 열고 고개를 밖으로 내밀었다. 도시 저편으로 얼핏 바다가 보이고 여명이 밝아왔다. 오전 10시였다. 기가 막혔다. 10시에 해가 뜨는 도시라니.

주섬주섬 옷을 입고 아침을 먹으러 내려갔다. 식당은 타이타닉 영화에서 보던 티타임 장면 같았다. 사람이 이미 많았지만 번잡하지 않고 우아했다. 드레스를 입지 않아도 모두가 예의 있게 음식을 즐기고 있었다. 직원이 자리를 안내해주고 "Coffee? Or tea?" 물어봤다. 영국에 왔으니 차를 마셔야지. "Tea, please." 주문하고 음식이 있는 곳으로 가보니 정갈하고 깔끔한 영국식 아침식사, '잉글리쉬 브랙퍼스트'가 준비되어 있었다. 달걀 프라이, 토스트, 소시지, 베이크드 빈 등등을 조금씩 퍼 담았다. 이미 알고 있는 메뉴인데도 하나같이 깔끔하고 맛있었다. 특히 베이크드 빈은 충격적일 정도로 맛있었다. 부대찌개에 들어가는 그 통조림이 이렇게 신선하고 맛있다니. 차를 한 모금 마셨다. 꽃같은 향기가 입안에서 맴돌았다. 아, 영국이라는 나라가 좋아지려고 했다.

198

에딘버러 성을 보기 위해 길을 나섰다. 호텔 문밖을 나서자 눈에 가장 먼저 들어온 것은 길바닥의 돌이었다. 몽돌몽돌 자갈돌이 길에 깔려 있었다. 틈 하나 없이 정교하게 돌로 포장된 길거리는 그 자체로 하나의 볼거리였다. 어젯밤 캐리어 끄는 소리가 유독 크게 들렸던 이유가 바로 이것이었다.

돌을 따라 걸었다. 프린스 스트리트를 지나 본격적인 구시가지에 들어서자 기다란 곡선 형태의 중세풍 거리가 내 앞에 펼쳐졌다. 도시 자체가 색바랜 오래된 돌들의 향연이었다. 노란 태양 빛을 받아 거리는 갈색으로 빛났다. 오전 11시가 마치 우리나라 겨울의 아침 8시 같았다. 이제 막 뜨는 해는 애처롭게 간신히 빛을 보내주고 있었다. 해가 아주 멀리 있었다. 고개를 들어 하늘을 바라봤다. 무대 위 스포트라이트 같은 태양이 나를 바라보고 있었다. 태양빛은 아주 좁고 어두웠다. 동남아에 갔을 때는 해가 보이지 않을 정도로 눈이 부셔서 선글라스를 내내 끼고 있었다. 얼마나 빛이 강한지, 선글라스를 껴도 눈이 부실 정도였다. 그 때 태양은 온힘을 다해 세상을 데우고 있었다. 동남아의 태양이 전자레인지 열기 같았다면, 에딘버러의 태양은 마치 손전등 불빛 같았다.

로열 마일 거리에 서서 한줄기 빛을 하늘에서 받고 있으니, 마치 내가 연극무대 주인공이 된 것 같았다. 300년 전 사람들의 온기가 묻어 있는 돌, 그 위를 스포트라이트처럼 비추는 해. 세상이 나에게 '네 대사가 나올 차례야.'라고 말하는 것 같았다. 나에게 좀 더 정제된 언어가 있었다면 채 정리되지 않은 감정들이 시가 되어 나왔을 것이다. 어떤 장소는 존재만으로도 예술적 영감을 불러일으킨다. 어디선가 백파이프 소리가 울려 퍼졌다. 겨울이라 사람 없는 거리에 구슬픈 멜로디가 오래된 돌 위를 굴러다녔다.

다음 날 거리에 나오자 너무 일찍 떨어지는 해 때문에 낮 시간을 어떻게 보내야 할 지 고민이 되었다. 그 때 시계탑이 멋진 웅장한 건물 하나가 눈에 들어왔다. 에딘버러의 랜드마크, 발모럴 호텔이었다. 버스 기사가 '발모어를 따라 가라.'라고 했던 게 이 호텔을 중심으로 길을 찾으란 말이었다. 오전 시간 노랑 빛이 호텔을 비추면 건물 전체가 황금색으로 빛이 났다. 이 호텔의 에프터눈 티 세트가 유명하다. 영국에 있겠다, 낮 시간을 알차게 보내려면 티 타임을 한 번 제대로 즐기고 싶었다. 따로 예약은 하지 않았지만 혹시나 싶어 호텔로 들어갔다. 럭셔리한 로비를 지나니 카페 입구가 보였다. 각 잡은 수트를 입은 신사가 카페 입구에서 사람들을 안내하고 있었다. 내부는 보이지 않았다. 잠시 내 옷차림을 내려다보았다. 두툼한 털이 달린 롱부츠에 펑퍼짐한 사파리 점퍼. 거기에 뚤뚤 둘러맨 커다란 니트 목도리와 모자. 너무 캐주얼해서 퇴짜 맞으면 어쩌지? 에라 모르겠다. 시도는 해보자.

용기 내어 입구에 다가서자 신사는 다행히 따뜻한 미소로 반겨줬다. 좌석을 확인한 후, 젊은 여성 웨이터가 비교적 넓은 가운데 자리로 날 안내했다. 내가 자리에 그냥 앉으려고 하자, 웨이터가 영국식 악센트로 코트를 받아주겠다고 한다. 티 타임을 즐기는 데 외투를 벗는 것이 예의인 것 같았다. 내 사파리 점퍼를 벗어 건네주니 "Perfect." 하며 미소 짓고 가져간다. 영국에선 "Perfect.", "Lovely." 같은 말들을 자주 들었다. 영국 사람들이 자주 하는 감탄사였다. 으레 하는 말인데도 내가 정말 완벽해진 기분이 들었다.

에프터눈 티 세트를 시켰다. 웨이터가 3단 트레이에 담긴 티 세트를 서빙해주고 간단히 설명을 해줬다. 아주 예의 있고 친절한 서빙이었다. 샌드위치, 스콘 등 간단히 요기할 수 있는 음식들과 차가 예쁜 다기에 담겨 있는 걸 보니 눈마저 달달해졌다. 차향을 음미하고 한입 마신 후 케이크도 먹었다. 몸이 따뜻해졌다. 주변엔 나이 지긋한 유럽인들이 느긋하게 티 타임을 즐기고, 입구 위쪽 난간에선 하프 연주자가 연주를 하고 있었다. 60년대 〈007〉 영화 속에 들어온 것 같았다. 모든 것이 품격 있고 여유로웠다.

그제야 마음이 편안해졌다. 에딘버러는 고독한 아름다움이 있는 도시여서, 밖에 있으면 해가 그리워 어쩔 줄 몰랐다. 오히려 밝고 아늑한 실내에 있으니 여유가 생겼다. 머릿속 생각은 과거와 현재, 미래를 오가고, 상상은 허공과 지금 내가 있는 자리를 맴돌았다. 이제 지금껏 해온 지긋지긋한 일은 더 이상 안 해도 된다. 나는 새로운 출발을 할 것이다. 잠시 일기를 쓰며 몽롱하게 잠이 오려는 나른함을 즐겼다.

『무정형의 삶』을 쓴 김민철 작가는 "잠깐 지나가는 기쁨을 운명이라 믿어버리면, 별거 아닌 일에도 의미를 부여하게 되고, 대단한 무언가가 내게 일어난 것 같은 착각이 든다."고 했다. 여행하며 맞닥뜨리는 기쁨을 운명이라 받아들인다. 아마도 에딘버러에 온 이유는 이 나른함을 되찾기 위해서였을 것이라고, 오돌토돌 1700년대 깔린 포장 자갈 도로를 걷고 스포트라이트 같은 태양을 받으며 '세상의 주인공은 나'라는 걸 다시금 되새기기 위함이라고, 나에게 다정한 순간을 선물하기 위해서였을 것이라고, 다 먹지도 못한 에프터눈 티 세트를 앞에 두고 생각했다.

몽롱한 기분으로 고개를 드니 검정 수트를 입은 매우 잘생긴 금발 남성이 입구에서 들어오고 있었다. 남성은 내 쪽으로 다가왔다. 정신이 바짝 들었다. 남성은 내 앞으로 오더니 허리를 숙이며 말을 걸었다.

"Do you enjoy your tea?*(차를 즐기고 계신가요?)*"

어떻게 즐기지 않는다고 하겠는가. 퍼펙트하다고 답하니 미소를 지으며 사라졌다. 아직 오후 4시 정도였지만 밖은 어스름하게 벌써 해가 저물 준비를 하고 있을 것이다. 그러나 난 오늘 하루 즐거움의 최대치를 이미 다 즐긴 것 같았다.

『내가 혼자 여행하는 이유』의 저자 카트린 지타는 "당신이 원한다면, 그리고 스스로 그럴 가치가 있다면 몇 푼을 아끼기 위해 원하는 것을 포기하지 마라."라고 했다. 나에게 다정한 시간을 선물하라. 하루는 24시간이지만 충만함은 고작 1시간의 티타임으로 채워지므로.

아침을 맞으며

하루에 10분, 내 안의 고요와 마주하기

쉴 시간도 없이 바쁘다면 하루에 10분이라도 눈을 감고 나의 호흡에 집중해보자. 처음에 10분은 아주 길게 느껴지지만, 익숙해지면 내 머릿속을 떠도는 상념을 접하게 될 것이다. 생각을 마주하다보면 하나하나씩 사라지고, 어느 순간 편안하게 고요와 마주하게 된다. 중요한 건 나에게 내가 관심을 가져주는 것이다. 잠깐의 휴식이 삶에 여유를 준다.

여섯 번째 아침

성장

딱 한 발짝만 더 내딛기

"배움은 끝이 없다. 당신이 살아있는 한, 당신은 배울 것이다."

_크리슈나무르티(Jiddu Krishnamurti)

모든 처음을 위하여

나의 첫 총알택시

　내 첫 사랑은 나보다 13살 많은 사람이었다. 키는 170cm밖에 되지 않았고, 게다가 락 밴드의 리드보컬이었다. 현실적으로 보기에 누가 이런 사람을 사랑하냐고 하겠냐마는, 나에겐 열렬하고도 깊은 숭배에 가까운 사랑이었다. 그는 늘 옳은 말을 했으나 상대의 말을 경청했고, 때론 쓴소리도 마다하지 않았다. 그가 나에게 준 가장 큰 가르침은 '미쳐라.'라는 것이었다. 미쳐라. 그게 무엇이든 온 마음과 정신을 다해 정성을 쏟아부으라는 것. 나는 그렇게 중 3 이후 내가 미칠 것이 무엇인지 늘 고대하며 삶을 살았다. 물론 그 첫 번째는 나의 우상, 신해철이었다.

　주변에 넥스트의 음악을 듣는 사람은 거의 없었다. 그나마 남자친구들은 조금 들었던 것 같으나, 여고생들은 당시 H.O.T와 젝스키스가 이루는 양대산맥에 대부분 동참하고 있었다. 우리 반은 젝키 팬임을 자랑스러워하는 3명을 제외하고 나머지는 모두 H.O.T 파였는데, 나도 시류에 동참하며 강타의 춤사위에 자지러지곤 하였다. 그러나 내가 넥스트의 팬, 특히 '해철마누라'라는 건 내 친구들 모두가 알고 있었으며, 이런 와중에 다행히도 같은 반에 나처럼 신해철의 팬이 딱 한 명 더 있어 그 친구와 가끔 음악 이야기를 즐기고, 함께 넥스트 콘서트에 가기도 했다.

넥스트 음악은 매일 들었다. 그리고 매일 새벽에 하는 신해철의 〈음악도시〉를 듣고 잠을 청하고, 가끔 편지로 사연을 보내기도 했다. 어느 날은 내가 보낸 이야기가 라디오에 흘러나오는 걸 듣고 깜짝 놀라 급하게 녹음하기도 하였다(녹음본은 이사하며 다 없어졌다). 친구가 빌려준 넥스트 콘서트 방송 녹화본을 일주일 내내 여러 번 돌려보았으며, 넥스트 노래 가사 한 구절 한 구절을 여러 번 음미하고 되새겼다. 그가 하는 말, 조언, 시시껄렁한 농담, 대화 모두 나에게 피가 되고 살이 되었다.

그러던 그가 어느 날 떠나겠다고 했다. 넥스트를 해체하고 공부하러 떠난다는 것이다. 지금 생각하면 모든 영광과 인기, 안위를 버리고 더 발전하기 위해 유학을 선택한 그가 정말 대단하다. 그러나 고등학교 1학년 소녀의 입장에선 나의 '스타'가 갑자기 없어진다는 건 하늘이 무너지는 것과도 같았다. 넥스트는 마지막 콘서트를 하기로 했다. 엎친 데 덮친 격으로 같은 반 신해철 팬 친구는 사정상 같이 못 갈 것 같다며 미안해했다. 나는 괜찮다고, 혼자라도 가겠다고 했다. 넥스트의 마지막 콘서트는 꼭 가야 했다.

1997년 12월 31일. 인천에서 올림픽 공원 가는 길은 멀었다. 1호선을 타고 다시 5호선의 서쪽 끝자락에서 동쪽 마지막까지 가는 여정. 도착하자 이미 공연장 앞은 인산인해였다. 친구 없이 혼자 온 나는 콘서트장 앞에서 여러 번 놀랐다. 혼자 온 사람이 나 뿐만이 아닌 것이다. 나는 그곳에서 혼자 온 언니 두 명과 친해져 줄을 같이 서게 되었다.

신해철과 팬들의 관계는 끈끈했지만 독특하기도 했다. 나는 이렇게 이상한 팬들을 본 적이 없었다. 콘서트 장 앞에서 시작하길 기다리는 동안 나는 여러 번 토론하는 목소리를 들었다. 토론이라기보다 신해철을 '비판'하는 말인데, 마냥 욕하는 게 아니고 간결하고 단순하게 자기 생각을 말하는 것에 가까웠다. 곧이곧이 따박따박 조목조목. 좋은 건 좋다, 아닌 건 아니다라고 말하는 팬들. 어쩜 말투가 다 신해철 같은지. 나와 함께 서 있는 언니도 신해철에 대해 맘에 안 드는 건 안 든다고 정확하게 말했다. 그러나 이 언니는 신해철이 마지막 멘트를 할 때 내 옆에서 조용히 눈물을 흘렸다.

신해철도 이상하긴 마찬가지였다. 락 음악을 목청껏 부를 땐 팬이고 밴드고 거의 열광에 가까이 몸부림을 쳤으나, 음악이 끝나면 팬들에게 잔소리를 했다.

"여러분이 즐기러 오셨으면 그만큼 책임을 지셔야 합니다. 옆에 쓰레기 주우세요."

그러면 또 사람들은 열심히 허리를 구부려 주변의 쓰레기를 줍고 정리했다. 키가 작은 그는 항상 공연을 하며 키높이 구두를 신었는데, 서로 세션을 바꿔가며 연주할 땐 굽 높은 신발 덕에 베이스 드럼의 페달이 잘 밟아지는지 모르겠다며 불평 아닌 불평을 해댔다.

우리는 즐거웠다. 마지막을 멋지게 즐겼다. 끝이라는 아쉬움에 슬퍼하는 것보다, 지금 이 순간을 즐기는 것이 훨씬 더 소중하다는 것을 우리는 알았다. 노래하고, 춤추고, 머리를 흔들고, 쓰레기를 줍고, 소리 지르고, 열광하며 시간이 흘렀다. 그리고 그가 드디어 마지막 멘트를 했다. 사람들은 울었고, 내 옆의 언니들도 조용히 눈물을 흘렸지만 나는 울지 않았다. 이게 끝이 아니기 때문이다. 나는 집에 돌아가야 했다.

공연이 끝나고 5호선 막차를 탔다. 다시 동쪽 끝에서 서쪽 끝까지 여정이 이어졌다. 밤은 계속 늦어지고, 인천행 1호선 막차가 과연 있을지 장담할 수 없었다. 올림픽 공원에서 탔던 사람들 중 나처럼 끝까지 남아 있는 사람들이 몇 있었다. 신길에서 내려 마지막 1호선을 타기 위해 모두가 달렸다. 겨우 탄 1호선은 구로행 막차였다. 이미 인천 가는 열차는 끊겨있었다.

부연의 설명을 하자면, 90년대는 지금처럼 열차가 시간 맞춰 딱딱 오지 않았다. 스마트폰이 없는 것은 물론이거니와 교통을 포함한 모든 시스템이 지금만큼 정교하지 않았으니, 일찍 가고 싶으면 일찍 나오고 누굴 기다려야 하면 하염없이 허공만 바라봐야 하던 시절이었다. 섬세한 플랜을 짤 수 없던, 그야말로 MBTI의 'J'의 시대가 아니었던 것이다. 나 역시, 콘서트를 가긴 갔으나 전철 말고는 집에 돌아오는 플랜이 없었다. 뭐 어떻게든 집에 돌아가겠지란 깡이 유일한 플랜 B였달까.

사람들은 구로역에서 밖으로 나왔다. 어찌할 바 모르고 나도 나왔다. 역 바깥으로 나가자, 우리의 구원자들이 어벤져스처럼 기다리고 있었다. 긴 행렬의 택시들. 열차가 끊긴 시간에 맞춰 택시들이 서 있다는 걸 그때 처음 알았다. 올림픽 공원에서부터 서로 암묵적으로 알았던 사람들은 같은 행선지끼리 모였다. 인천으로 갈 사람 몇몇이 행선지를 정하고, 택시기사와 흥정을 했다. 인천 연수동에 도착해 내가 가장 먼저 내리는 코스였다.

총알택시는 달렸다. 내 생애 가장 빨리 도로 위를 달렸다면 바로 그 순간일 것이다. 어찌나 체감 속도가 빠르던지 뒷좌석 안전벨트가 의무가 아닌 때였음에도 불구하고 난 옆의 손잡이를 꼭 잡았다. 그 사이, 0시가 되어 새해를 알리는 삐삐 진동이 여러 번 울렸다. 친구들의 메시지는 주머니 속에서 날 세차게 불렀다. 차는 계속 달렸다. 자세는 계속 뒤로 기울고, 차가 살짝 옆으로 움직일 때마다 몸은 이리 휘청 저리 휘청거렸다. 삐삐는 계속 울려댔다. 828282. 택시도 빨리 빨리 빨리.

정확히 원하는 장소에 도착하자 난 토해지듯 내려졌다. 택시는 다시 쌩하고 제 갈 길을 갔다. 집에 도착해 현관문을 열고 후들거리는 다리로 문에 기대니 그때까지 안 자고 있던 동생이 물었다.

"어땠어?"

난 신발을 벗지도 않고 박장대소를 했다. 세상에. 구로에서 우리 집까지 20분밖에 안 걸린다니! 그제야 내 모험담은 주저리주저리 입을 통해 나왔다. 막차가 없었는데, 구로에서 내리니 말이야, 총알택시들이 줄을 서 있더라고. 그래서 어쩌구저쩌구. 새해 카운트다운을 다 같이 했는지 온 식구가 깨어 있었다. 엄마가 자연스레 "밥은?" 물어봤고, 그때까지 제대로 된 식사를 하지 못한 나는 새벽 1시가 다 되어서야 반찬통을 식탁에 차렸다.

알랭 드 보통은 『여행의 기술』에서 J.K. 위스망스의 소설 〈거꾸로〉의 주인공 데제생트 백작을 소개한다. 데제생트는 세계여행을 꿈꿨으나 실제 여행에서의 실패를 상상하곤 오히려 여행에 질려버린 엉뚱한 사내다. 그는 "상상력은 실제 경험이라는 천박한 현실보다 훨씬 나은 대체물을 제공할 수 있다"고 결론 내렸다. 동반자가 없으므로, 집에 못 돌아올까 봐 등등 상상의 나래를 펼친 후 콘서트에 가지 않겠다고 결론 내렸다면, 나는 이 유쾌한 첫 여행을 하지 못했을 것이다.

처음은 항상 어설프다. 그래서 처음은 모험이 될 수밖에 없다. 아무 것도 모르기에, 아무 것도 해보지 않았기에 낯선 경험들. 『세상이 학교다, 여행이 공부다』의 저자 박임순 작가는 가족들과 남미 여행을 할 때 혼자 자전거 여행하는 청년을 만났다. 그의 아들들과 청년이 함께 자전거로 여행하는 걸 보고 그는 청춘의 아름다움에 대해 이렇게 말했다. "이유가 무엇이든지 모험을 두려워하지 않고 즐길 수 있다는 것은 오로지 청춘만이 누릴 수 있는 특권일 것이다."

나는 대찬 여고생이었음에 틀림없다. 아니, 여고생들은 대부분 대차다. 나는 죽을 때까지 이 모험을 잊지 못할 것이다. 홀로 콘서트에 간 것도, 특이한 팬들을 만난 것도, 멋진 슈퍼스타의 공연을 본 것도, 어마무시한 총알 택시를 탄 것도 모두 특별한 경험이니까. 돌이켜보면 나에게 이 콘서트는 신해철과의 마지막 인사이자 나 홀로 첫 여행이었다. 청춘은 돌아오지 않는다. 그때 반짝이던 것들이 얼마나 많았던지. 어릴 때 하는 경험은 모두 소중하고 아름답다. 일생의 처음을 수놓는 모든 발걸음들이 눈부시게 빛나길.

참, 828282를 계속 보내던 메시지는 성당 회장 오빠의 사귀자는 메시지였다. 난생 처음 고백을 받은 것이다! 여러모로 잊지 못할 밤이다.

나의 재능은 엉뚱한 곳에

카이로의 수세미 할아버지

사람은 평생 자신이 뭘 잘하는지 궁금해하며 산다. 도대체 뭘 하며 먹고 살아야 한단 말인가? 그러나 때론 딱히 이게 날 먹여 살릴 것 같지 않아도 내가 잘한다는 자체로 자기효능감을 불러오는 삶의 '기술'들이 있다. 여행하며 '난 앞으로 살면서 결코 나약하게 쓰러지진 않겠구나.' 확신을 갖게 된 여행지가 있다. 그곳은 신비롭고 아름다운 이집트였다. 이집트는 내가 모르던 나의 재능을 발견하고 키워준 여행지였다.

이집트가 키워준 나의 첫 번째 재능은 이집트 숫자 읽기다. 읽을 수 없는 문구로 쓰여 있는 버스를 보았는가? 우리가 흔히 쓰는 아라비아 숫자를 쓰지 않는 이 사회는 이상하리만치 낯설다. 시내 한가운데 서서 360도 빙 돌아도 알아볼 수 있는 '기호'가 하나도 없는 세계. 버스의 숫자, 과자의 가격조차 알아보지 못하는 곳에 떡 하니 떨어져 있다고 상상해보라. 언어 문자가 낯선 상황은 오히려 이해가 간다. 이집트 여행가는 사람들이 제일 먼저 하는 것은 진짜 아랍 숫자를 공부하는 것이다.

١٢٣٤٥٦٧٨٩٠

순서대로 1 2 3 4 5 6 7 8 9 0이다. 서양 문화권과 우리나라에서 사용하는 아라비아 숫자는 사실 인도 숫자라고 한다. 정작 아라비아 문화권에서 사용하는 숫자는 다르다는 게 재밌다. 이집트 혹은 아랍 문화권에 갈 사람들은 이 숫자를 포스트잇에 그려서 쉽게 꺼낼 수 있는 지갑, 수첩 등에 꼭 넣어 놓으시라. 수시로 꺼내보게 될 것이다.

나와 나의 이집트 여행메이트 윤화 언니는 그 유명한 쿠푸왕의 피라미드를 보러 기자로 가기 위해 버스 정류장에 서 있었다. 그리고 긴장하며 오가는 버스의 번호판들을 노려보았다. 버스에 탄다는 것이 이렇게나 떨리는 일이다. 진짜 아라비아 숫자가 이리저리 혼재된 버스들이 도착하고 떠났다. 여러 번 타려는 버스의 숫자를 확인했다. 그리고 드디어 대망의 ٣٧٠(370) 버스가 보이자, 우린 달렸다. 놓치지 않기 위해. 혹여나 어리바리한 두 명의 아시아 여성 관광객을 놓고 홀연히 떠날까 봐. 다행히 버스는 우리를 태워주었다. 버스에 타자 '너희 기자 가는구나.'라는 표정으로 사람들이 우릴 보며 미소 짓고 있었다. 그렇다. 이 나라에 온 모든 관광객들은 기자에 간다. 가지 않을 리 없지 않은가. 이 나라에 온 목적인데. 버스 기사가 우리를 두고 홀연히 떠날 이유가 없음에도 괜한 걱정을 한 건 다 숫자 때문이다.

두 번째 기술은 실생활에도 매우 유용하다. 무단횡단. 여행자들은 대부분 카이로 공항에 도착한 후 타히르 광장으로 간다. 그곳이 가장 번화한 데다 여행자들의 숙소가 몰려있기 때문이다. 우리도 공항에서 택시타고 바로 광장으로 향했다. 큰 광장을 가운데 두고 6차선의 넓은 도로가 시원하게 뚫려있었다. 이집트에 도착했다는 설렘을 안고 길을 건너려는 순간, 이상하게 보행자 신호에서 차들이 움직이기 시작했다. 밀려드는 자동차들 때문에 "어어." 하며 발 한 짝 떼지 못하고 결국 광장을 건너가지 못했다. 이윽고 보행자 신호등에 빨간 불이 들어오자, 차들이 멈춰 섰다. 이곳은 교통 신호 체계도 다른 것인가. 당황한 우리는 어쩔 줄 몰라하며 신호가 여러 번 바뀔 때까지 그 자리에 서 있었다.

그러나 마냥 붙박이처럼 계속 그러고 있을 순 없었다. 주변을 둘러보았다. 어떤 사람들이 길을 건너는지 벤치마킹이 필요했다. 몇몇 사람들이 길을 자연스레 건넜으나 그들의 패턴엔 일정함이 없었다. 게다가 차들이 오고가는 신호에도 규칙이 있어 보이지 않았다. 망했다. 건널 방법이 없다. 큰 맘 먹고 길을 건너기 시작하는 현지인 뒤를 바짝 쫓아갔다. 차들이 오다 서고, 서다 가고, 우린 이쪽을 피했다 저쪽을 피했다 요리조리 몸을 피하느라 바빴다. 어찌나 무섭던지 길을 다 건너자 '이제 살았다'는 안도의 한숨이 절로 나왔다.

카이로에 며칠 있어보니, 무단횡단은 선택이 아니라 필수였다. 나는 점차 무단횡단 하는 요령을 파악하게 되었다. 무단횡단의 묘미는 나 혼자 잘났다고 가는데 있지 않다. 오는 차들의 흐름을 파악하고 자신감 있게 앞으로 나아가는 것! 그러면 차들은 알아서 나에게 길을 내어준다. 마치 바닷속 물고기들이 헤엄치는 것 같달까. 이집트에서 길을 건너노라면 이렇게 보행자와 운전자가 합이 잘 맞는데 교통체계가 왜 필요한가, 라는 근본적인 물음이 들기도 한다. 한 번은 우리가 아주 자연스레 무단횡단으로 길을 건너 지하철 역을 들어갔는데 맞은편에서 웬 이집트 남자가 한글로 '우선멈춤'이라고 크게 써 있는 티셔츠를 입고 걸어오는 게 아닌가. 자기 티셔츠에 써 있는 단어가 어느 나라 말인지 무슨 뜻인지 전혀 모르는 남자를 보내고 소위 현타가 왔다. 아, 가라는 건지 말라는 건지 알쏭달쏭한 이집트 세계여.

세 번째 기술은 살면서 아주 유용한 것이다. 흥정하기. 이집트 숫자로 써 있는 가격을 읽을 줄 아는데도 매번 값을 높게 부르는 상인들 때문에 소위 '외지인 물가'에 당할 수밖에 없었다. 그렇다면, 내가 강해질 수밖에! 나는 나중에 흥정하는데 도가 터서 50% 이상 깎지 않으면 값을 지불하지 않았다. 제안한 가격에 거래하기 싫으면 당당히 뒤돌아 가면 그만이다. 그럼 잡을 사람은 잡고 욕할 사람은 아랍어로 내 뒤에 욕을 퍼부었다. *(신기하게 그게 욕이란 건 그 나라 언어를 몰라도 저절로 알아지는 법이다.)* 자잘한 물건을 사거나 식당, 숙소, 투어 등 지불이 필요한 모든 상황에 흥정했고, 나중엔 호객꾼에게 당하는 일은 거의 없었다. 우리의 흥정 노하우는 수세미 할아버지를 만났을 때 절정에 다다랐다.

윤화 언니와 카이로 숙소 근처를 배회하고 있을 때였다. 맞은편에서 밝은 표정을 한 사람이 걸어오고 있었다. 익숙한 얼굴이었다.

"어이."

산토리니에서 만났던 민주 언니였다. 언니는 방금 전 헤어진 사람을 부르는 것처럼 나를 불렀다. 지중해 한가운데 있는 섬에서 만나고 다시 카이로의 시내에서 만나다니, 이런 우연이 있나. 산토리니에서도 능숙한 여행자처럼 보였지만 그새 이집트를 오래 여행한 언니에게선 베테랑 여행자의 기운이 물씬 풍겼다. 그간의 안부를 주고받으며 서로의 여정을 물었다. 이제 막 이집트에 온 우리와 달리 민주 언니는 여행을 다 끝내고 내일 새벽 튀르키예로 넘어간다고 했다. 기막힌 타이밍이었다. 언니는 중요한 정보를 우리에게 알려주었다.

"꼭 수세미 할아버지에게 환전해."
"누구요?"

수세미 할아버지. 알고 보니 그는 이집트 여행자들에게 매우 유명한 사람이었다. 타히르 광장 뒤편에 큰 재래시장이 있는데 그곳에서 여행자를 대상으로 환전을 해준다는 것이다. 마침 우리가 머물고 있는 숙소도 타히르 광장 근처였다. 환전소보다도 좋은 환율이라니 믿을 수 없었다. 게다가 정보가 확실하지 않았다. 시장 어디에 있다는 건지 알 수 없었다. 언니는 웃으며 말했다.

"시장에 있어. 가서 찾아봐. 보면 누군지 알거야."

알짜배기 정보를 받았지만 우린 금세 수세미 할아버지를 잊었다. 신화 같은 그의 명성도 그렇지만 어떻게 찾아야 할지도 모르는 사람을 찾으러 나서기가 부담되었기 때문이다. 그가 다시 생각난 건 룩소르, 아스완을 모두 돌아보고 바가지에 진절머리가 날 때쯤이었다. 카이로로 돌아온 윤화 언니와 나는 환전을 해야 했다. 그 때 민주 언니의 말이 생각났다. 또 바가지 씌우면 어떡하나 걱정은 되었지만 민주 언니의 추천이니 왠지 믿음직스러웠다. 마음에 안 들면 환전을 안 하면 그만이니 믿져야 본전이란 생각으로 그를 찾기로 했다.

우린 바로 다음 날 수세미 할아버지를 찾기 위해 시장으로 나섰다. 타히르 광장 뒤쪽으로 걸어가니 어마어마하게 큰 재래시장이 보였다. 온갖 걸 파는 장사꾼들이 빽빽이 자리를 잡아 장사를 하고 있었지만 상점마다 간판이나 번호표가 있는 것도 아니었다. 이 넓은 시장 한가운데에서 어떻게 수세미 할아버지를 찾을 수 있을지 감이 잡히지 않았다. 어떻게 생겼는지, 왜 '수세미'라는 별명이 붙었는지도 알 수 없었다.

"왜 수세미 할아버지일까?"

"수세미를 앞에 놓고 판다 그랬어."

"진짜 수세미를 팔고 있을까?"

"글쎄……."

수세미가 정말 수세미인지, 아니면 다른 어떤 물건을 지칭하는 것인지도 몰랐다. 암호와도 같은 '수세미 할아버지'라는 단서 하나만 가지고 우리는 시장 초입에 멍하니 서 있었다. 시장을 대충 훑어보니 몇 개의 열로 되어 있었다. 한 개의 열을 진입해 끝까지 보는 데엔 그다지 오랜 시간이 걸리지 않았다. 시장 자체는 컸지만 한 열 한 열 씩 보는 건 어렵지 않을 것 같았다. 우리는 각자 한 열 씩 나눠 보고, 뭔가 발견하면 서로에게 알려주기로 하고 흩어졌다.

한 열을 다 돌아보고 있으니 윤화 언니가 나에게 달려오는 모습이 보였다.

"현영아! 찾았어, 찾았어!"

언니가 내 팔짱을 끼고 방금 둘러본 골목으로 들어갔다. 좀 걸어가니 한 건물 앞에 터번을 쓴 건장한 나이든 남자가 팔짱을 끼고 서 있었다. 그의 앞엔 수세미가 가득 들어있는 바구니가 놓여 있었다. 누가 봐도 수세미를 파는 것 같지 않아 보이는 남자는 우리와 눈이 마주치자 눈동자에서 팍 불이 켜졌다. 감이 왔다. 저 사람이구나. 환전에 대해 어떻게 이야기를 꺼내 볼지 생각하기도 전에 입에서 한국말이 튀어 나왔다.

"수세미?"

놀랍게도 그가 고개를 끄덕였다! 그는 우리를 건물 안으로 안내했다.

어두컴컴한 건물 1층 복도에서 우린 환전 논의를 시작했다. 수세미 할아버지가 나름의 유창한 영어로 환율을 제안했다. 일반 환전소보다 훨씬 좋은 금액이었다. 그러나 이 나라의 가격은 무조건 협상을 하는 법. 그것보다 우리에게 유리한 금액을 다시 제안했다. 그러자 할아버지는 망설임 없이 또 다시 금액을 제안했다. 오호라. 비즈니스 할 줄 아는 사람이구나. 괜히 여행자들이 이 사람을 찾는 게 아니었다. 금액이 나쁘지 않았다. 딜! 내가 달러를 내밀자 할아버지가 품안에서 돌돌 만 지폐 덩어리를 꺼내 내가 건넨 달러에 맞는 이집션 파운드를 셌다. 복도 끝에선 시장의 분주함이 느껴지고, 어둡고 습기 어린 건물 안에서 나와 터번을 쓴 할아버지는 밀거래를 하는 중이었다. 아, 이건 마치 느와르 영화에서나 보던 장면이다.

'아랍의 한 시골 마을. 국제 테러범들을 수사하던 주인공은 허름한 마을로 들어가 단서가 될 만한 것들을 찾는다. 습기 어린 복도, 터번을 쓴 사내들, 말없이 주고받는 눈짓. 돌돌만 지폐를 던지고 단서를 받아 주머니에 챙기는 주인공. 건물 밖으로 나와 담배를 하나 입에 물고 잔뜩 느끼한 눈빛으로 허공을 바라본다. 그리고 어디선가 들리는 총소리. 탕탕탕. 추격이 시작되었다.'

홀로 상상의 나래를 펼치며 할아버지에게 받은 이집션 파운드를 고이 지갑에 넣어 가방 안쪽에 넣었다. 헐리웃 액션 영화가 절로 떠오르는 골목에서 거래를 마치고 우린 따로따로 건물을 나섰다. 원하는 돈을 얻고 밖으로 나와 각자의 위치로 흩어지자 뿌듯함이 밀려왔다. 굉장한 비즈니스 거래를 하나 마친 것 같았다. 영화의 한 장면에 들어갔다 나온 우린 꽤나 좋은 환율에 이집션 파운드를 사 기분이 좋았다.

사람이 자기효능감이 느껴질 때는 내가 무언가 스스로 해냈다고 느꼈을 때다. 아주 작은 것이라도, 내가 해냈다는 생각이 들 때 자존감은 높아진다. 앙드레 지드는 『지상의 양식』에서 "사람은 오직 자기가 이해할 수 있는 것밖에는 아무것도 하지 못한다고 자신할 수 있다."라고 했다. 고로, 나는 자신 있게 말할 수 있다. 나는 이집트 숫자 읽기와 무단횡단과 흥정하는 것에 자신 있다고. 비록 그 세 가지가 삶에 아무 짝에도 쓸모없는 것이라 해도 말이다.

상담 전문가 이서원 박사는 『어디 인생이 원하는 대로 흘러가던가요』에서 삶에 대한 통찰력 있는 말을 하였다. "우리가 살아가면서 보물 찾듯 찾아야 하는 것이 하나 있다. 나 자신이다." 사람이 가장 잘 알면서도 가장 모르는 것이 나 자신이다. 나를 둘러싸고 있는 익숙한 환경, 사회, 언어, 사람을 떠나 낯선 세계에 발을 들였을 때 내 안에 어떤 힘과 재능이 있는지 새롭게 발견할 수 있다. 그 발견은 신선하고 경쾌하며, 삶에 활력이 된다. 이집트에서 발견한 내 재능들은 아직까지도 쓸모가 없지만(흥정 기술도 한국의 더 기센 시장 아주머니들에 의해 약해졌다.) 이 한 가지만은 확실하다. 난 어디서든 살아남을 수 있다는 것! 그게 나의 가장 큰 재능이다.

거친 길이
더 큰 힘을 준다

가끔 삶은 한 방향으로 흐르는 게 아닐까 하는 생각을 한다. 각자 저마다의 개성으로 살고 있지만 종착지는 결국 하나인 것 같은 느낌. 따뜻한 가정 혹은 커뮤니티, 안락한 집, 걱정 없는 노후, 적당히 심심찮은 소일거리 등. 요새 젊은 나이에 은퇴하는 파이어족들도 제법 보이고, 안정적인 삶을 위해 일찍부터 준비해야 한다는 조언도 많다. 남자는 어릴 때부터 차를 가지고 다니며 식견을 키우고, 여성은 미모를 가꾸어야 한다는 현실적인 말도 여전히 많은 공감을 받는다. 인생이 어느 한 출발지에서 시작해 무릉도원으로 가기 위한 여정이라고 하면, 나는 어떻게 해야 그곳에 갈 수 있을까?

인도차이나 반도의 동쪽에 있는 두 나라, 베트남과 캄보디아는 서로 붙어있다. 베트남의 지리적 형태는 그 나라의 상징과도 같은 베트남식 지게 꽝 가잉(Quang Ganh)처럼 생겼다. 북쪽, 남쪽이 상대적으로 넓고 그 사이를 지렛대가 이어주는 것처럼 얇고 기다란 지형이 바다를 따라 이어져 있다. 지게의 남쪽 부분이 감싸고 있는 형태의 나라가 바로 캄보디아다. 베트남에서 캄보디아 가는 방법은 여러 가지다. 비행기를 타고 가거나, 육로를 통해 가도 된다. 그 중 이색적인 국경 넘기는 단연, 강을 통해 가는 것이다. 두 나라를 이어주는 거대한 강줄기, 메콩강을 통해서.

캄보디아로 넘어가는 메콩강 국경에서 입국 심사를 기다리며 점심을 먹었다. 열 명가량 되는 투어 그룹 인원은 전부 유럽인들이었다. 독일인이 거의 반인 것 같았고, 벨기에인 부부, 프랑스인 커플 등이 식사를 기다리고 있었다. 이야기를 나눠보니 벨기에 부부는 미얀마 등지를 이미 여행하고 왔고, 내 옆에 앉은 필립과 스테판이란 독일 청년은 앞으로 3개월 더 여행할 계획이란다. 이 여행 고수들은 낯선 아시아 땅의 모든 것이 신기한 듯, 새로운 곳으로의 모험을 즐기는 것 같았다. 내가 보름가량 여행한다고 하자 이들은 하나같이 소리쳤다. "너무 짧아!" 보름의 여행이 짧다니……. 내가 보름가량 여행 간다고 했을 때 내 주변 모든 사람들은 이렇게 말했다. "와 길게 다녀오네!" 학생도 있지만 회사원도 있을 텐데, 어떻게 몇 개월씩 여행을 할 수 있는 건지, 그들의 삶이 여유로워 보이면서 부러웠다.

입국심사는 아주 오래 걸렸다. 심사를 기다리며 국경지대인 쩌우독을 산책했다. 학교 같은 건물이 보였고, 아이들이 놀고 있는 것 같았다. 마을을 구경해볼까 골목 입구까지 가봤는데, 진흙탕이 질척한 길에 다 쓰러져가는 판잣집들이 늘어져 있어서 포기했다. 이곳에선 볼 것도 느낄 것도 없었다. 이젠 메콩강이 지겨워졌다.

한참을 기다린 후 드디어 입국심사가 완료되고, 우리는 캄보디아 행 보트에 올랐다. 이 보트에 탔을 때만 해도 우리가 탄 게 '슬로우 보트(Slow boat)'인지 알 지 못했다. 어찌나 느릿느릿 가는지 이래서 언제 땅에 도착할까 싶었다. 앞서 국경에서 '패스트 보트(Fast boat)'를 탄다고 먼저 떠난 사람이 있었는데, 빠른 보트를 타는 이유가 있었다. 세월아 네월아 유유자적. 메콩강을 달린다기 보다 그냥 떠가는 우리의 보트는 천천히 캄보디아 영역에 들어서고 있었다.

베트남에서 보는 메콩강도 그리 도시적이진 않았지만 캄보디아로 넘어가니 풍경이 확 달라졌다. 메콩강 투어할 때 만난 미국인 수가 캄보디아에 대해 이렇게 말해주었었다.

"너무 가난해. 너무너무."

다 떨어질 것 같았어도 수상가옥이 즐비했던 베트남과는 달리 캄보디아 영역의 메콩강엔 말 그대로 아무 것도 없었다. 그저 제멋대로 자란 풀 더미와 나무가 우거진 숲, 그리고 가끔 소에게 물 먹이러 나온 소년과 소 몇 마리가 다였다. 슬로우 보트는 이 모든 걸 지나치게 천천히 볼 수 있게 해주었고, 끝없이 이어지는 아무 것도 없는 강변의 풍경은 나중엔 감흥도 없어져 사람들은 꾸벅꾸벅 졸기 일쑤였다. 이곳에, 문명이라는 게 과연 존재할까 싶을 만큼 고요한 정적만이 강을 가득 메웠다.

출발할 땐 신나게 수다 떨던 나와 필립은 이야깃거리가 다 떨어지자 서로 지쳐 입을 다물었다. 스테판은 아예 내내 자고 있었다. 좀이 쑤시게 보트에 앉아 있으려니 땅 위의 모든 것이 그리웠다. 다들 지루함에 끔뻑끔뻑 졸았다 일어나기를 반복하며 언제 끝날지 모르는 강 위를 계속 흘러가고만 있었다. 아침에 출발한 보트는 중간 국경 영역에서 잠깐 쉬는 시간 겸 점심 시간을 제외하곤, 이제나저제나 흙탕물 위를 느릿느릿 기어갔다.

갑자기 보트가 휘청 흔들렸다. 빨리 가던 보트도 아니었지만 잠시 동안의 흔들림이 어찌나 크게 느껴지던지, 졸고 있던 사람들마저 모두 깨어나 무슨 일인지 살폈다. 프랑스인 커플 중 남자가 위에 매달린 구명조끼를 꺼내 안으며 장난스러운 말투로 "살려줘! 살려줘!"를 연발했다. 이게 국경을 넘던 중 가장 시끄럽고 소란스러운 해프닝이었다. 물결은 이내 잠잠해졌고 사람들은 다시 졸기 시작했다.

나는 살면서 가끔 이 슬로우 보트를 떠올리곤 한다. 이유는 잘 모르겠다. 재미도 없고, 지루하고, 엉덩이가 매우 아팠다는 것 외에 가장 강렬하게 기억나는 건 끝도 없이 펼쳐진 캄보디아 메콩강, 그 날 것의 자연이다. 문명의 이기가 손을 댄 흔적이 한군데도 없는 야생의 강. 아마존처럼 온갖 생물들이 살아 숨 쉴 것 같은 느낌도 아니고 새 한 마리 지저귀는 소리조차 들리지 않는 침묵의 강이었다. 맥심 모카골드를 섞어놓은 것 같은 흙탕물을 먹이러 강으로 내려오는 반라의 소년과 깡마른 소들이 인상적이었던 건 그나마 그곳에서 움직이는 피사체였기 때문이다.

나는 인생이 이 슬로우 보트 같다는 생각을 한다. 내가, 우리가, 무릉도원으로 향하고 있는 지는 잘 모르겠지만 어떤 사람은 비행기를 타고 쉽게 가고 어떤 사람은 차를 타고 달리고, 또 어떤 사람은 나처럼 슬로우 보트를 타고 멈춰 있는 듯 느릿느릿 가는 사람도 있을 테다. 그때 중요한 건 내가 종착지에 잘 도착하느냐도 있지만 그 과정에서 내가 무얼 보고 무얼 느꼈는지가 훨씬 더 중요하다. 빨리 가는 사람은, 내가 슬로우 보트를 타고 가며 본 풍경을 못 볼 테니까. 그것이 아름답지 않을지라도.

칼 융 『레드북』엔 이런 문구가 나온다. "결핍이 만족을 낳는다. 풍요가 만족을 낳는 것이 아니다." 풍요와는 거리가 먼 캄보디아 슬로우 보트에서 내가 만족을 느꼈냐고 묻는다면, 아니다. 그러나 보트를 타며 느낀 '도착'에 대한 절박함과 간절함은 실제 도착 이후의 행복을 배로 느끼게 해주었다. 살면서 경험한 결핍 역시 마찬가지였다. 결핍 자체는 행복과는 거리가 멀었지만 결핍이 준 절박함은 나를 움직이고 노력하게 했다.

여행작가 채지형은 『인생을 바꾸는 여행의 힘』에서 이렇게 말했다. "편안하고 좋은 길을 갈 때는 그렇게나 졸리고 재미가 없더니, 힘든 길을 달리게 되자 사람들과 이야기를 나누고 풍경도 보며 즐거움을 느끼게 되다니. 인생은 참 아이러니다."

거친 길이 더 큰 힘을 준다. 쉽고 빨리 무릉도원에 도착한다면 평안이 있겠지만 지루할 수 있다. 높고 험한 산을 오르고, 거센 파도를 거친다 해도 괜찮다. 느리고 지루하게 가도 괜찮다. 어떤 길이든 그 길만이 보여주는 풍경이 있다. 내가 가는 길을 사랑하고, 가끔 풍경을 보고 편안한 숨을 쉬면 그뿐이다. 그게 사는 것일 테다.

캄보디아 땅에 도착했을 무렵엔 이미 해가 져있었다. 지칠 대로 지친 사람들은 수도 프놈펜까지 데려다주는 작은 버스에 올라타 겨우 안도의 숨을 쉬었다. 자리에 앉자 뒷문이 닫혔다. 그 때 버스 창문에 뚜렷이 적힌 한글을 보았다.

'자동문'

한국에서 운행하던 중고 버스가 캄보디아까지 가서 남은 여생 동안 열심히 일을 하고 있던 것이다. 나는 반가운 마음에 큰 소리 내어 말했다.

"하하. 이거 한국어야! 자동문!"
"뭐라고 했어?"

바로 뒷좌석에 앉은 남자가 내 쪽으로 자세를 숙이며 물었다. 순한 소 같은 눈이 날 쳐다보고 있었다. 독일 청년 플롯이었다. 나는 그와 대화를 나누었고 덕분에 프놈펜까지의 한 시간 반 여정이 전혀 피곤하게 느껴지지 않았다. 프놈펜에 도착해 나는 플롯과 그의 동행 율리아와 함께 즐거운 저녁 시간을 보냈다. 맞다. 난 무릉도원에 도착했다.

나이 들어도 할 수 있다

아빠의 롱베이 트래킹

우리는 늙는다. 미국의 영화배우 베티 데이비스는 "나이는 아무나 먹는 게 아니다."라고 했지만, 『만일 나에게 단 한 번의 아침이 남아 있다면』의 작가 존 릴런드는 이렇게 말한다. "나이는 아무나 먹는다. 현대의학 덕분에 결국 거의 누구나 늙게 된다." 우리는 발달한 의학 덕분에 적당한 시기에 안락한 죽음을 맞이하는 대신 길고 긴 노년의 시간을 갖게 되었다. 젊고 팽팽한 나날보다 나이 들어 사는 기간이 더 긴 것이다. 살아온 날보다 살아갈 날들이 아직 까마득하다고 느낄 때면 이것이 축복인지 재앙인지 알 수 없을 지경이다. 어떻게 나이들어야 할까?

우리 가족은 크리스마스를 보내기 위해 동생 가족이 살고 있는 뉴질랜드 오클랜드에 있었다. 막 코로나가 끝난 때였다. 우리는 동생 집에 머무르며 현지인의 삶을 즐겼다. 동생과 올케가 출근하고 조카들이 학교에 가면 나는 원거리 근무를 시작하고, 엄마는 집안일, 아빠는 잔디를 깎았다. 신랑은 아이들과 놀거나 식사를 챙겨주었다. 주말이면 근처 바닷가에 가거나 근교 트래킹을 다녔다. 다른 나라의 자연을 보는 건 굉장히 색다르고 재미있는 경험이었다. 한국과 생김새가 다른 나무, 꽃, 잎들을 보노라면 세상은 참 넓고 신기한 게 많다는 걸 새삼 느끼게 되었다.

크리스마스를 한주 앞둔 주말이었다. 우리는 롱베이 공원에 소풍을 갔다. 롱베이 공원은 오클랜드 시내에서 조금 떨어져 있지만 바닷가의 넓은 잔디밭이 매우 아름다웠다. 뉴질랜드의 바다엔 아무것도 없어서 좋았다. 바닷가에 줄지어 있는 카페, 방파제 하나 없이 그저 자연 그대로를 눈에 담을 수 있었다. 하늘이 맑았다. 우리는 자리 차지하려 싸울 필요 없이 드넓은 공원 한가운데 있는 나무 아래 자리를 펴고 도시락을 까먹었다.

"산책 다녀올게."

아빠는 등산을 좋아하신다. 게다가 자연 속에서의 트래킹이라니. 뉴질랜드는 아빠가 좋아하실 만한 곳이었다. 롱베이 해변 산책길은 한쪽으로 길게 나있어서 어느 한 지점에 도착해 다시 출발한 곳으로 오려면 같은 길을 되돌아오면 된다. 아빠는 이미 이 길을 한 번 걸었었다. 핸드폰 로밍이 안된 상태여서 동생의 갤럭시 워치를 하나 차고 아빠는 길을 나섰다.

우리는 자리를 옮겼다. 조카들은 해변가에서 놀고, 아이들은 비눗방울을 불거나 맨발로 잔디를 걸어 다녔다. 아이들이 열심히 뛰놀아도 공원은 그걸 다 받아줄 수 있을 만큼 넓었다. 모래사장에서 조개를 줍고 잔디에 누워 하늘을 바라보며 시간은 흘러갔다. 눈엔 온통 파랑과 초록이 담겼다.

시간이 꽤 흘렀는데도 아빠는 돌아오지 않았다. 걷기 시작하면 늘 끝을 보고야 마는 승부사 근성이 있는 아빠가 평소 가던 것보다 멀리 갔을 거라고, 식구들은 짐작했다. 그러나 동생은 달랐다. 동생은 내내 "왜 안 오지? 어디까지 간 거야?" 초조한 기색을 감추지 못했다. 갔다가 그저 되돌아오면 되는 단순한 코스인데 왜 저렇게 불안해할까, 이해가 되지 않았다. 동생은 말했다.

"길은 단순한데, 밀물 때 길이 끊겨. 돌아오는 길이 없어진다고."

아뿔싸. 바닷가 옆에 나란히 붙어 있는 트래킹 길은 밀물 때가 되어 바닷물이 몰려왔을 때 도보가 한동안 없어진다는 것이다. 길이 하나밖에 없는데, 돌아오는 길이 끊기면 오도가도 못 하는 신세가 될 게 뻔하다. 동생은 가방을 멨다.

"갔다 올게. 가봐야 할 것 같아."

그리고 몇 시간 전 아빠가 출발한 길로 뚜벅뚜벅 걸어갔다. 우리는 집으로 돌아가 그저 소식을 기다리는 수밖에 없었다. 올케는 혹시 모를 사태를 대비해 공원 안전요원들에게 전화해서 상황을 알리고, 같이 찾아줄 것을 요청했다. 이 순간 가장 여유로운 건 엄마였다. 엄마는 아빠가 얼마나 길을 잘 찾고 잘 돌아오는지 누구보다도 잘 아는 사람이었다.

아무도 아빠를 찾지 못했다. 공원 요원도 길에서 사람을 찾지 못했다. 동생도 갔던 길을 되돌아 왔다. 핸드폰도 없이 떠난 사람의 행방을 알 만한 유일한 단서는 아빠가 차고 간 갤럭시 워치였다. 위치 추적을 하자 롱베이 공원에서 한참 먼 낯선 동네가 떴다. 동생은 아빠가 길을 잃었다고 확신했다. 이리저리 전화가 오갔다. 올케가 동생, 공원 요원과 통화하는 소리만 집안에 울려 퍼졌다.

얼마나 지났을까. 아빠를 찾았다는 소식이 들려왔다. 동생과 함께 도착한 아빠는 몇 시간동안 엄청난 모험을 한 듯 피곤한 기색이 역력했다. 사건의 전말은 이랬다. 동생 말대로 밀물로 길이 끊겼다. 돌아오는 와중 길이 없어진 걸 보고 아빠는 당황했다. 그러나 롱베이 공원으로 돌아갈 수 있는 유일한 그 길을 통해 가야한다고 생각하고 바닷물을 건너기 위해 그대로 물에 들어갔다. 바닷물은 생각보다 깊었고, 다리가 닿지 않는 곳에선 말 그대로 개헤엄을 칠 수밖에 없었다. 몇 번씩 꼬르륵 물을 먹고, '이대로 죽는구나.' 싶었다고 한다. 그러나 살고자 하는 사람의 의지는 어떻게든 아빠를 물으로 이끌었고, 아빠는 없어진 길 대신 다른 방향으로 가는 걸 선택했다. 바로, 울타리를 넘는 것이다.

길이 없으니 길을 찾아야했다. 바닷가에 쳐진 울타리는 꽤 높았다. 그것을 넘어 그대로 바다를 따라 걸어가면 되겠다고 생각한 아빠는 막상 넘어가니 바닷가 아니라 주택가로 향하는 길만 있었다고 한다. 누군가에게 도움이라도 요청할 상황으로 집 앞을 어슬렁거리던 아빠는 다행히 거기에서 한국 사람을 만났다.

"롱베이 비치 어디로 가면 되나요?"
"아, 저쪽으로 쭉 가시면 돼요."

그러나 외지인에게 그렇게 쉬운 길이 아니었음을 당시 아빠도, 한인 교포분도 알지 못했다. 여기서 카트린 파시히의 『아무도 가르쳐주지 않는 여행의 기술』에서 나오는 '길 잃은 사람들의 행태'에 주목할 필요가 있다. 파시히는 '길 잃음은 외부 세계와 머릿속 지도 사이에 생긴 불화'이며, '돌발 행동을 했을 시 주변의 공간 표상은 이전과 달라져 방향 감각을 상실한다'고 했다.

아빠는 길을 꽤장히 잘 찾는 사람이다. 분명 해변가에서 울타리를 넘을 때만 해도 방향 감각을 잃지 않았을 것이다. 그러나 돌발행동(울타리를 넘은 것)과 예상치 못한 표상들, 즉 가려고 하는 방향에 있는 주택들은 아빠의 머릿속 지도를 헝클어 놓았고, 엉뚱한 방향으로 가게 했다.

바다는 나오지 않고 아빠는 낯선 동네에서 다시 길을 잃었다. 길을 잃었다고 확신이 드는 순간, 아빠는 무조건 도움을 청해야겠다는 생각을 했다.

그리고 두 번째로 어느 한 주택에서 현지인들을 만났을 때 그들을 애타게 불렀다. 그들은 우리가 영화에서 보던 마우이 족처럼 온몸에 문신과 피어싱이 가득했다. 평소라면 무서워서 먼저 말을 걸지도 않았을 텐데, 아빠는 이것저것 재고 따질 때가 아니었다. 아빠는 소리쳤다.

"롱베이! 롱베이 비치!"

건장한 남자가 다가왔다. 아빠는 손짓발짓으로 롱베이 비치까지 태워달라고 했다. 남자는 기름이 없으므로 기름 값을 내줘야 한다고 했다.*(영어를 못하는 아빠가 어떻게 이 대화를 했는지 알다가도 모를 일이다.)* 아빠는 주겠다고 했고, 남자와 아빠는 롱베이 비치로 향했다. 다행히 남자는 인상만 우락부락했을 뿐 친절했다. 둘은 우리가 주차했던 주차장에 도착했다. 그러나 우리는 이미 공원을 떠나고 없었다.

이 순간, 동생은 아빠의 위치가 뜬 곳으로 달려가고 있었다. 지도 상으로 보면 롱베이 북쪽 산책 가에서 정확히 남쪽으로 내려온 지점이었다. 공원은 동쪽인데, 아빠는 서쪽으로 몇 키로 떨어진 곳에서 발견된 것이다. 동생은 아빠가 발견된 위치에 도착했지만 아빠의 흔적을 찾을 순 없었다. 다시 워치가 흔적을 알려줄 때까지 거리를 헤매며 동생은 다시 롱베이 비치로 향했다. 그리고 주차장에 도착했을 때, 웬 덩치 큰 마우이*(<모아나>에 나오는 캐릭터)* 같은 남자와 함께 서 있는 아빠를 발견했다.

동생과 아빠가 이 이야기를 다 해주었을 때, 사람의 의지는 정말 강하다고 생각했다. 아빠는 바닷물에 빠지는 순간부터 이 여행이 험난하다고 느꼈다. 그러나 그 험난함에도 불구하고 결국 집에 돌아올 수 있던 것은 '집에 가겠다.'는 의지 때문이었다. 젊은 사람이라고 길 잃는 게 무섭지 않겠는가. 나이 70이 넘어서 머나먼 타국에서 아는 사람 하나 없는 거리를 걷는 건 외롭고 고독했을 것이다.

다시 카트린 파시히의『아무도 가르쳐주지 않는 여행의 기술』로 되돌아가보자. "길 잃기 전문가들에게 가장 중요한 문제는 '가만히 있기'나 '긴장 풀기'가 아니라, '패닉에 빠지지 않기'다." 아빠는 가장 중요한 걸 해냈다. 패닉에 빠지지 않는 것. 이쯤에서 고백하자면, 나의 여행 DNA는 부모님으로부터 왔다. 젊은 시절 아빠는 호기심이 많았고 때때로 계획 없이 낯선 동네 탐방 하는 걸 좋아했다. 아빠가 젊었던 시절은 아직 우리나라의 곳곳이 꽤나 오지였던 때 였다. 아빠는 모르는 길을 두려워하지 않았다. 어느 섬에가 빈 초등학교에서 숙박을 하기도 했고, 그 동네 주민들과 스스럼없이 친해졌다. 낯선 음식을 먹어보는 걸 좋아했고, 모험을 즐겼다.

그런 아빠의 DNA가 뉴질랜드 롱베이에서 살아난 것이다. 존 일런드의『만일 나에게 단 한 번의 아침이 남아 있다면』엔 이런 이야기가 나온다. "신경심리학자 퍼트리샤 보일은 사람들을 계속해서 움직이게 해주는 생명력을 '목적'이라고 불렀다." 나이가 많아도, 목적의식이 있는 사람은 행복하게 살 수 있다. 아빠의 강력한 목적의식은 가족들과 행복하게 사는 것이었다. 그 의식은 의지를 불러내고, 아빠는 집으로 돌아올 수 있었다.

나는 아빠를 보며 나이가 지금보다 더 들어도 무엇이든 할 수 있다는 생각을 한다. 그것이 설령 낯선 곳에서 길을 잃는 것이라 해도 말이다. 노년을 잘 보내기 위해 가져야 하는 건 결국 목적의식 즉, 하고 싶은 어떤 것이 있어야 하고, 그것을 내가 잘 해낼 수 있다는 믿음이 있으면 되는 게 아닐까? 반나절 실종의 한바탕 소동이 내게 알려준 인생의 교훈이다.

용기는 경험이 쌓여 만들어진다

나는 어릴 때 수줍음이 많고 조용한 아이였다. 먼저 적극적으로 말을 걸거나 활발해서 인기 많은 친구들이 신기하면서도 그런 성격이 부러웠다. 초등학교 3학년 때 한 친구가 전학을 왔다. 나는 내심 그 친구에게 말을 걸고 싶었다. 그래서 여러 번 속으로 연습했다.

"안녕, 나는 현영이야. 나는 반장이야. 도움이 필요한 거 있으면 얘기해. 친하게 지내자."

몇 번을 되뇌고 그 친구가 앉아 있는 자리에 다가갔다. 그리고 내가 외운 대사를 읊었다. 실전에선 말을 한 번 버벅거렸다. 그 친구는 조용히 '응'이라고 대답했고, 난 뿌듯함과 약간의 쑥스러움을 함께 느끼며 자리로 돌아왔다.

내 성격은 중학교, 고등학교, 대학교를 진학하며 점차 활발하게 개조되었다. 이젠 누구도 나를 내향적이라고 보지 않을 만큼 누구와도 잘 어울리고 동아리 활동도 열심히 했다. 이렇게 발랄한 나도 낯선 누군가에게 말을 거는 건 여전히 어려웠다. 첫 직장에서 마케팅 팀에 들어갔는데, 길거리에서 사람들에게 설문조사를 한 적이 있었다. 그 몇 가지 안 되는 질문을 하는 게 어찌나 어렵고 부끄럽던지, 나름의 전략을 세워야 그 날의 할당량을 채울 수 있었다.

'낯선 사람 대하기'란 묵직하고도 어려운 과제는 여행가서 가장 많이 해야 했다. 나는 몇 번의 배낭여행으로 흥정에 이골이 났다. 새로운 친구와도 잘 사귀었다. 그리고 앙코르와트를 보기 위해 도착한 작은 도시 씨엠립에서 한 뚝뚝 기사를 만났다.

씨엠립에 도착해 버스에서 내리니 관광객을 기다리고 있던 뚝뚝 기사 여러 명이 날 향해 호객행위를 하기 시작했다. 관광객 한 명을 잡기 위해 공격적으로 달려드는 뚝뚝 기사들을 모두 제치고 그냥 걷기 시작했다. 여러 명이 떨어져 나가고, 몇 명 남지 않았는데 그 중 선한 눈매의 사람과 눈이 마주쳤다. 솟틱이었다.

앙코르와트는 하나의 거대한 도시다. 너무 넓기 때문에 도보로 다닐 수 없다. 여행객들은 직접 오토바이, 자전거를 빌리거나, 오토바이 뒤에 이륜차를 연결한 현대판 마차같은 뚝뚝을 탄다. 앙코르와트가 넓어서 하루엔 절대 못 보기 때문에 입장료도 1일 권, 3일 권 등으로 나눠져 있고, 그 일정에 따라 어떤 코스를 어떻게 돌지 뚝뚝 기사와 흥정을 하면 된다. 나는 앙코르와트를 볼 기간 동안 기사를 해줄 것을 솟틱에게 부탁하고 가격을 협상했다.

구두 계약이 완료되자, 난 솟틱에게 거의 모든 걸 의지했다. 우선 적당한 숙소에 데려다 달라고 부탁했다. 그리고 씨엡립의 모든 관광지도 솟틱이 데려다주었다. 처음 '식당으로 데려가 달라'고 말했을 때 솟틱은 뉴욕 한가운데 있을 것 같은 세련된 카페에 데려다 주었다. 온통 백인 관광객들이 진을 치고 캄보디아가 없는 곳이었다. 나는 솟틱에게 "여기 다시는 오고 싶지 않아요."라고 하고 저렴한 곳으로 데려가 달라고 말했다. 솟틱은 그 때부터 나를 현지인이 가는 식당으로 데려다 주었다. 처음 갔던 카페에서 무려 5달러나 하는 맛없는 샌드위치를 먹었는데, 새로 간 식당에선 정말 맛있는 고기덮밥을 신선한 과일 주스와 함께 3천 원 정도에 먹을 수 있었다!

홀로 낯선 장소에 도착할 때 사람의 모든 감각은 날이 선다. 살아남기 위해 그곳의 모든 걸 파악해야 되기 때문이다. 그 때 그곳의 냄새, 소리, 환경, 사람 등은 그 어느 때보다도 생생하게 느껴진다. 그리고 여행을 계속 헤쳐 나가기 위해 현지 사람들이나 다른 여행자들과 소통을 시작할 때, 여행의 하이라이트도 시작된다. 낯선 사람들과 친해지고 그들이 나와 다르지 않은 똑같은 사람이라는 걸 알게 되면 그곳이 점점 편해지고 재미있어진다. 솟틱과 내가 그랬듯이 말이다.

3일 내내 솟틱은 나를 정성껏 모셔주었다. 솟틱이 얼마나 헌신적이고 훌륭한 서비스 정신을 지니고 있는지는 프놈펜에서 다른 뚝뚝 기사를 만났을 때 알 수 있었다. 나는 솟틱이 제안하거나 가자는 대로 갔고, 솟틱은 매번 도착한 장소마다 내가 충분히 즐길 수 있게 기다려주었다. 덕분에 난 앙코르와트의 경이로운 사원들에 도착할 때마다 아름다움에 경탄하고, 한 곳한 곳을 소중하고 귀하게 여기며 바라보았다.

거대한 부처의 얼굴이 벽 기둥을 차지하고 있는 앙코르 톰에선 큰 바위 얼굴들을 바라보며 하염없이 앉아 있었고, 원형 경기장의 모습을 띄고 있는 닉 뿌안에선 연못 한가운데 놓여 있는 정교한 말 조각상에 감탄했다. 거대한 말은 어딘가로 달려가고, 그 말을 중생들이 떠받치고 있는데, 그들은 하염없이 편안하고 인자한 미소를 띠고 있다. 툼 레이더 촬영지로 유명한

타 프롬 사원은 거대한 나무가 다 쓰러져가는 사원의 지붕 위에 군림하고 있는 모습이 압도적이었다. 나무는 사원에 기생해 마치 즙을 빨아먹듯 살이 찌고 통통한 자태였으나, 잡아먹힌 사원은 쪼글쪼글한 늙은이의 모습이었다.

네모나게 생긴 프레야 칸 사원에선 아늑한 정취를 누비다 어느 한 곳에 정착해 그림을 그렸는데, 동네 꼬마 두 명이 앉아 함께 구경해주었다. 앙코르와트는 객지 사람들에겐 비싼 요금을 받지만 이곳을 제 집처럼 드나드는 동네 꼬마들은 어디에든 있었다. 우리가 함께 앉아 있는 모습은 다른 관광객들에게 좋은 피사체였다. 우리는 여러 번 사람들에게 찍혔고, 그러거나 말거나 꼬마들은 내 곁을 지켜주었다. 내 옆에 앉아 있던 '살마'는 조심스레 그림을 달라고 요청했다. 아마도 다른 관광객에게 팔 요량이었을 것이다. 난 아이에게 함께 사진을 찍어도 되냐고 양해를 구한 후, 그림을 선물로 주었다.

세 번째 날, 앙코르 와트에서 일출을 보기로 한 새벽, 큰 비가 쏟아졌다. 여전히 칠흑같이 어두운 하늘은 여명이 비칠 기미조차 보이지 않았다. 이런 날씨를 뚫고 설마 솟틱이 올 수 있을까, 의구심이 들면서도 약속한 시간에 숙소에서 나갔다. 그리고 보았다. 우비를 입고 세차게 내리는 비를 맞으면서 나를 기다리고 있는 솟틱을. 한 집안을 먹여 살리는 가장의 어깨를. 그 성실하고 진실한 이마의 주름을. 어떤 사람의 성실함은 감동을 줄 수도 있다는 걸, 솟틱을 보며 깨달았다. 난 솟틱에게 이미 일출 보기는 글렀으니 비가 좀 그치면 가자고 다시 그를 집으로 보냈다.

솟틱을 생각하면 왜 새 친구에게 말을 걸기 위해 연습하던 10살 무렵의 내가 떠오를까? 솟틱은 나에게 일종의 용기의 산물이었다. 사람은 평생 누군가에게 말을 걸기 위해 혹은 말을 듣기 위해 살아간다. 나는 열 살부터 연습한 말 걸기를 학창 시절 및 크고 작은 사회 경험을 하며 갈고 닦아 왔다. 나에게 달려들던 무수히 많은 뚝뚝 기사 중 솟틱을 보고 그에게 말을 건넨 건 내가 그동안 닦아 온 용기의 연장선이었던 것이다. 그 선택이 별로였을 가능성도 있었겠지만, 어쨌든 난 며칠 솟틱과 함께 여행하며 깨달았다. 용기는 겹겹이 경험이 쌓여 만들어진다고.

안시준 작가의 『여행은 최고의 공부다』엔 이런 구절이 나온다. "사람을 변화시키는 건 경험 그 자체가 아니라, 자신의 경험을 어떻게 받아들이고 어떻게 스스로 소화하느냐에 달려 있다." 한 번의 도전 혹은 경험이 인생을 바꿔주지 않는다. 그러나 그 경험을 내가 어떻게 소화하고 앞으로 정진하는데 원동력으로 쓸 지는 온전히 내 몫이다. 내가 살아온 삶을 곱씹고, 회고하는 건 지금 삶을 살아가는 데, 그리고 앞으로의 삶을 맞이하는데 중요하다.

솟틱과 헤어지며 한국에서 가져온 차 세트를 선물로 주었다. 난 배낭여행을 하며 한국에서 소소한 기념품을 가져가면 두루두루 쓸 데가 있다는 걸 경험으로 배웠다. 여행 막판까지 주인을 찾지 못했던 녹차 세트는 기꺼이 솟틱에게 갔다. 우리는 간단히 기념사진을 함께 찍고 헤어졌다.

아침을 맞으며

배움보다는 경험으로 성장한다

　성장은 왜 필요할까? 사람은 스스로 성장했다고 느낄

때 자존감이 높아진다. 인생이라는 울퉁불퉁한 협곡을 지나

기 위해선 단단한 자존감이 필요하다. 그렇다면 내가 내

면적으로 한 뼘 성장했다고 느낄 땐 언제일까? 어떤 경

험을 스스로 한 후일 것이다. 그러므로 내가 하고 있는 모든

경험은 내 인생을 위한 것이다. 어떤 경험도 쓸모없는 경험

은 없다.

일곱 번째 아침

인생

가슴이 시키는 대로 살아가기

"당신의 시간은 한정되어 있다.
그러니 다른 사람의 삶을 살면서 낭비하지 마라."

_스티브 잡스(*Steve Jobs*)

인생은 예기치 못한 곳에서 시작한다

오가키 가는 기차

한숨이 나왔다. 나는 무얼 하고 있는 걸까. 서 있는 곳에서 한 바퀴 뱅 돌았다. 셀 수도 없이 많은 플랫폼 사이로 사람들이 파도치듯 들어왔다 열차가 오면 쏴 하며 사라졌다. 알아듣지 못하는 안내방송이 나왔다. 어디로 가야 할지 모르겠다. 여기가 어딘지도 모르겠다. 한 발자국도 내딛지 못한 채 연거푸 한숨만 쉬었다. 기차에서 쪽잠 자느라 구겨졌던 몸은 피곤이 풀리지 못한 채 다시 굳어졌다. 나는 길을 잃었다.

30분 전, 난 오사카행 기차에서 자고 있었다. 내 생에 스스로 돈을 벌어 떠난 첫 해외여행이었다. 대학교 단짝 친구와 의기투합해 여행사에서 항공, 호텔, 기차표가 포함된 자유여행 패키지를 예약하고 하루하루 공들여 계획을 짰다. 이른바 도쿄-오사카 4박 5일 패키지, 도쿄에서 3일 머물고 밤 기차로 오사카로 이동해 2일 머무는 스케줄이었다. 일본의 대도시는 여자친구들끼리 가서 즐기기에 모자람이 없었다. 도쿄의 화려함에 잔뜩 취한 우리는 흥분했고 이 여행이 완벽하게 끝나리라는 데 전혀 의심을 하지 않았다. 오사카에선 유니버셜 스튜디오를 가리란 원대한 계획까지 세우고 부푼 마음으로 밤 기차에 몸을 실었다.

날 새는 줄 모르고 잠을 자던 우리는 열차가 정차했을 때 깨우는 소리를 들었다. 사람들이 들어와 어서 나가라는 손짓으로 승객들을 내보냈다. 영문도 모르고 잠이 덜 깬 채로 기차에서 내렸다. 나고야역이라는 안내판이 보였다. 멍하니 서 있으니, 승무원이 옆칸을 가리켰다. 사람들은 짐을 들고 이미 좌석이 꽉 찬 객실로 들어가 좀비처럼 빈 공간을 채웠다.

"기차가 분리되나봐요."

누군가 말해줬다. 같은 칸에 타고 있던 한국 사람들이 알아보니 기차가 중간에 분리되어 간다는 것이었다. 하필이면 우리가 탄 객실이 분리되는 칸이었다. 미리 알려주지 않은 여행사에 불만이 솟구쳐 올랐다. 1박을 기차로 이동하는데 잠을 충분히 자지 못하게 된데다, 자리까지 이동해 오사카까지 서서 가야 했으니 당연히 화나는 상황이었다. '서울 가면 항의해야지.'란 생각을 하며 가방에 손을 넣으려 움직였다. 그때, 무언가 잘못되었단 걸 느꼈다.

"가방이 없어."

나는 당시 간단한 소지품만 들어가는 히프 색을 엉덩이에 차고 다녔다. 잠을 자며 불편해 잠시 풀어놓았는데 그걸 놓고 내린 것이다. 가슴이 철렁했다. 히프 색에 지갑이 있었다. 나는 아직 출발하지 않은 열차에서 튀어나가 급히 직원을 불러 손짓 발짓으로 자초지종을 설명했다. 분위기를 보아하니 심각해보였는지 이미 분리된 객실에서 청소를 하고 있던 다른 직원이 "무슨 일이에요?!" 하며 뛰어나왔다. 일본어를 알아들은 건 아니지만 정황상 그 말은 분명 '무슨 일이에요?' 였다. 상황설명을 들은 직원은 다시 객실로 들어갔고 좋은 소식을 들고 나오지 않았다. 자다가 엉겁결에 옆 칸으로 옮기고, 가방이 없어졌다는 걸 알아채고 다시 열차 밖으로 나오기까지 걸린 시간은 고작해야 10분 정도 였을 것이다. 그러나 그 짧은 순간동안 나는 하늘이 무너졌다.

잠을 제대로 못 자 짜증이 얼굴에 푹 파인 사람들은 오사카로 달리는 기차에서 아침이 밝아오는 풍경을 보거나 서서 졸았다. 나와 내 친구는 이 상황을 어떻게 해야 할지 무겁게 논의했다. 나는 가방을 누가 훔쳐 갔을 리는 없다고 보고 나고야 역 분실물 센터로 가서 다시 확인을 해보겠다고 했다. 친구는 오사카 가기 전 교토 역에 내려서 날 기다리고 있기로 했다. 나고야에 도착하면 히프 색이 있을 거란 희망 하나로, 난 다음 역에서 무작정 내려 친구와 이별했다.

숨을 깊게 들이쉬고, 오가키로 향하는 기차에 탔다. 나고야로 가기 위해선 오가키 역에서 갈아타야 했다. 가슴이 두근거렸다. 티켓 없이 무임승차하는 신세라 언제 쫓겨날지 모르는 불안감을 안고 아무 좌석에 앉았다. 곧이어 덩치 큰 일본 남자가 내 옆에 앉았다. 일본 사람들은 대게 조그만데 이렇게 큰 사람도 있구나 생각했다. 면도를 했지만 거뭇거뭇한 수염 자국이 듬성듬성 나 있었다. 난 눈 마주치지 않으려 조심했다. 혹시나 야쿠자면 큰일이잖는가.

하지만 사람의 생존 본능은 참으로 강인했다. 이 열차가 오가키로 가는 게 맞는지 한 번 더 확인하고 싶은 마음이 옆자리 남자가 무서운 것보다 더 간절했다. 툭툭 치는 건 실례가 될 테니 언젠가 그와 눈이 마주치면 물어봐야지 하는 마음으로 조심스레 그를 바라봤다. 그는 내 쪽을 보지 않았다.

내가 아는 유일한 단어로 포문을 열었다.

"스미마셍"

남자가 나를 바라봤다. 나는 영어로 할 수 있는 최선의 문장을 고르고 골라 물어봤다.

"이 열차가 오가키행 열차입니까?"

다행히 그가 알아듣고 맞다고 해주었다. 나는 두 번째 질문을 했다.

"오가키에서 나고야로 갈 수 있지요?"

그가 다시 맞다고 해주었다. 나는 안심한 채 '아리가또 고자이마스'를 연발했다. 이번엔 그가 나를 바라봤다. 내가 쳐다보니 나에게 '웨어 아유 프롬?'이라고 물었다. 내가 '아임 프롬 코리아.'라고 답하자 그가 잠깐의 뜸을 들였다. 찰나의 순간 동안 침이 꿀꺽 넘어갔다. 한국인이라는 게 뭐 어떻지? 역사에 민감한 사람인가? 영겁의 시간이 흐르고 드디어 그가 입을 열었다.

"Welcome to Japan."

웰컴 투 재팬. 길 잃은 강아지가 따뜻한 손길을 만났을 때 이런 기분일까. 환영한다는 투박하지만 진심 어린 말 한마디에 난 불 위의 마시멜로처럼 스르르 녹아내렸다. 살면서 이 나라에 온 걸 환영한다는 말을 들을 일이 얼마나 있을까? 모두가 아는 말이지만 여행하면서 그 나라 현지인에게 생각보다 듣기 쉽지 않은 말이 '웰컴'이다. 그만큼 마음이 없으면 쉽게 나오기 힘든 단어인 것이다. 20년도 더 된 일이지만, 그 후로 아직까지도 거의 들은 적이 없다.

용기 있게 말을 건넨 그는 알고 보니 일본 남부 지방에서 홋카이도까지 기차 여행을 하는 순수한 청년이었다. 잠시 뜸을 들인 건 그가 정말 쑥스러워서였던 것이다. 다시 보니 그의 눈매가 선했다. 순한 곰처럼 생긴 청년과 길 잃은 강아지 같았던 나는 눈을 마주치고 미소를 지었다. 나는 그 순간 여행은 길을 잃을 때 시작된다는 걸 깨달았다. 나의 진정한 여행은 비행기를 탄 후나, 일본 땅에 도착해서 부터가 아니라 잃어버린 지갑을 찾으러 예기치 못한 여정을 떠나는 순간부터 시작되었다는 것을. 여행이란 모름지기 오디세우스처럼 외눈박이 거인도 만나고 폭풍우도 헤치며 나아가는 것임을, 기차 안 청년이 나에게 가르쳐 준 것이다.

살면서 가끔 내가 진짜 여행을 시작했던 그 기차 안을 떠올린다. 김영하 작가는 『여행의 이유』에서 이렇게 말한다. "여행기는 모험 소설과는 다른 측면에서 나를 안심시켰다. …거기에는 '지금 여기'에 없는 놀라운 것들이 나를 기다리고 있으리라는 것."

'진짜' 여행은 계획대로 진행되지 않고 낯선 상황에 놓일 때 시작된다. 삶도 마찬가지다. 내가 계획한 대로 무언가 이루어지지 않을 때 나는 이렇게 생각한다. '또 어떤 멋진 일이 일어나려고 나에게 이런 일이 생기는 걸까?' 그리고 그 예상은 매번 맞았다. 삶은 때로 나를 엉뚱한 길로 인도했지만 결국엔 진정 내가 원하는 곳으로 향했다.

나 때문에 모든 일정이 어그러진 친구는 내색은 안 했지만 어지간히 속상했을 터였다. 그런 친구에게 차마 지갑을 잃어버린 것이 행운인 것 같단 말은 끝끝내 꺼내지 못했다. 지갑을 잃어버리지 않았다면, 기차에서 웰컴 투 재팬 청년을 만날 수 있었을까? 물론 나름의 즐거운 여행을 했겠지만 청년을 만나서 느낀 충만함은 느끼지 못했을 것이다. 나의 여정에 단비같은 이정표가 되어준 친절함은 길을 잃어야 경험할 수 있던 것이니까. 청년은 아직까지도 내 가슴에 감사함으로 남아 있다.

존 스타인벡은 말했다. "목적지를 알려면 출발하기 전에 먼저 길을 잃어야 한다." 인생에서 길을 잃는 순간은 눈에 잘 보이지 않는다. 그러나 난 때로 살면서 허무하거나 지치는 때가 올 때, 오가키로 향하는 기차를 떠올리며 더 이상 두려워하지 않게 되었다. 그때부터 진정한 여행이 시작된다는 걸 알기 때문이다. 혼란이 오거나 지친다는 건 내가 방향을 찾기 위한 여정 위에 있다는 뜻이니 말이다. 그리고 어떤 인연을 만나 충만한 기쁨을 느끼게 될지 오히려 기대가 된다.

오가키로 향하는 기차에서 바라 본 아침 햇살을 잊을 수 없다. 나는 막 항해를 시작한 배 위에 올라타 바다의 환영을 받는 선원과 같았다. 그 순간 두려움은 사라지고 두근거림만 남았다. 길을 잃어도 괜찮다. 여행은 지금부터 시작이니까.

지금, 이 순간을 즐겨라

정신과 전문의 이서원 박사는 『어디 인생이 원하는 대로 흘러가던가요』에서 이렇게 말했다. "우리는 늘 여지를 남기며 살아간다. 시간이 남아 있는 것처럼 내일로, 모레로 하고 싶은 일을 미루며 여지를 둔다." 삶에 여지는 두는 건 위험하다.

얼마 전 엄마가 갑자기 쓰러지셨다. 산책을 하다 생긴 일이다. 병명은 급성 대동맥 박리. 심장과 연결된 대동맥 중 한 개가 찢어진 것이다. 응급 수술이 필요할 수도 있었지만 다행히 내과적 치료로 마무리할 수 있었다. 초반 아버지의 민첩한 대응이 아니었다면 우리는 엄마를 다시 못 볼 수도 있었다. 그 경험으로 여지를 두는 것이 얼마나 내 삶을 과대평가 하는 것인지를 다시 한 번 깨달았다. 이렇게 아차 하는 순간마다 생각나는 곳이 있다. 거대한 평원에 거인처럼 서 있던 스톤헨지다.

인간의 역사와 함께 나이 든 돌을 보는 걸 좋아한다. 자신을 만든 사람들이 모두 죽은 후에도 혼자 덩그러니 남아 그곳의 오랜 세월을 지켜낸 돌들이 있다. 자연의 것을 사람이 이고 지고 깎아 하나의 건축물로 만든 돌엔 인간의 숨결이 들어가 있는 듯하다. 모든 역사의 순간이 자기 안에 저장된 돌들. 피라미드, 앙코르와트, 스톤헨지. 이 거대하고도 나이 든 돌들은 묵

혀둔 이야기가 많지만 의외로 침묵한다. 그리고 숨겨진 옛이야기가 듣고 싶어 찾아오는 이들에게 아주 조금씩 말을 꺼낸다. 한 번 이야기를 들은 사람들은 그에 매료되어 또 다시 돌을 찾아간다. 오래된 이야기엔 힘이 있다.

잉글랜드는 겨울인데도 많이 춥지 않았다. 스톤헨지가 있는 곳으로 가기 위해선 솔즈베리라는 작은 마을에서 관광버스를 타야 한다. 워털루 역에서 솔즈베리행 기차를 탔다. 외곽으로 향할수록 푸른 잔디 위에 한가한 시골 주택들이 눈에 띄었다. 기차역에서 나오자 마치 놀이동산에 있는 것 같은 작고 아름다운 시골 마을이 보였다. 작은 운하엔 백조들이 놀고 있고, 집들은 유럽 배경의 동화책에서 보던 것처럼 뾰족한 지붕이었다. 하얀 회벽에 어두운 색 삼각형 지붕 집, 빨간 벽돌 지붕 집, 벽에 나무로 격자무늬처럼 모양을 낸 집. 중세의 모습을 그대로 간직한 건물들이 나란히 어우러져 마을을 이루고 있었다. 골목골목엔 아기자기한 작은 상점들이 있었고, 알록달록 캔디와 초콜릿이 가득한 귀여운 상점에선 달콤한 향기가 흘러나왔다. 보기만 해도 배가 불러오는 풍경이었다. 달달한 향기를 맡으니 기분도 금세 좋아졌다.

마을을 잠시 둘러보고 스톤헨지로 향하는 버스에 올랐다. 솔즈베리 평원으로 가는 길은 눈부시게 아름다웠다. 푸르른 잔디가 끝없이 펼쳐져 있고, 버스가 가는 길목 마다 고목나무들이 길 양쪽 가로수로 늘어져 서 있었다. 평원을 달리다 보니 저 멀리 언덕에 돌무더기가 서 있는 것이 보였다. 스톤헨지였다. 멀리서도 눈에 띄는 거석에 관광객들이 술렁였다. 버스는 스톤헨지 입구 가까이에 정차했다. 입장료를 사고, 추운 몸을 녹이려 카푸치노 한 잔을 마셨다. 맑은 날이었지만 공기는 차가웠다. 게다가 넓은 평원엔 나무 한 그루 없어 불어오는 바람을 있는 그대로 맞아야 했다. 두근거리는 가

숨을 부여잡고 오디오 가이드 하나를 대여해 스톤헨지 곁으로 다가갔다.

스톤헨지는 집시들이 종교적인 행위를 벌였던 전례 때문에 가까이 다가가 보지 못하고 정해진 코스대로 돌아야만 한다. 돌을 만질 수 없고 멀리서만 볼 수 있다는 게 아쉬웠지만 그나마 일부 구간에선 가까이서 스톤헨지를 볼 수 있었다. 입구에서 왼쪽 방향으로 걷기 시작했다. 이른 오후였는데 해는 벌써 기울어지려 하고 있었다. 한 바퀴 거의 다 돌았을 때 문득 그림을 그리고 싶었다.

가까이 돌을 볼 수 있는 곳에 자리를 잡고 스톤헨지를 그리기 시작했다. 오후 햇살이 평원과 5천년 된 거석을 비추었다. 스톤헨지는 그림으로 그려보니, 원형의 형태로 만들어 진 것이 더욱 실감났다. 안쪽의 커다란 거석들을 중심으로, 가장자리 원을 이룬 돌들이 둥글게 놓여 있었다. 그리고 세워진 거석 위에 지붕처럼 커다란 돌이 올려져 있기도 했다. 그림을 그리며 또 하나 발견한 점은 세워진 커다란 거석 위에 여드름처럼 볼록 튀어나온 부분이 있다는 것이었다. 알고 보니 이는 세워진 바위 위에 가로로 돌을 놓을 때 떨어지지 않도록 레고처럼 서로 맞추기 위한 것이었다. 마치 한옥 서까래를 짜 맞춰 조립하는 것처럼 돌도 조립해 놓았다는 점이 신기했다. 그 옛날엔 모든 세워진 돌 위에 가로로 누여진 돌이 있었고, 이를 위에서 보면 원형의 모습을 띈다 했다. 이 신비로운 모습에 스톤헨지가 왜 만들어졌는지 더더욱 의문에 싸였을 것이다.

거대한 돌들은 여전히 말이 없었다. 가만히 앉아 바람 부는 평온에서 스톤헨지를 그리고 있노라니, 마치 내가 고행을 나온 스님처럼 느껴졌다. 날은 점점 추워지고, 해가 뉘엿뉘엿 넘어가는 중이었다. 영국의 겨울은 4시면 밤이 왔다. 그림을 다 그리고 한 바퀴 더 돌기 위해 일어섰다. 다시 시계 방향으로 걷기 시작했다. 그 때였다. 천천히 걸음을 이어가던 난 해가 지는 방향을 정면으로 바라보게 되었다. 그 순간, 해를 등진 거석들은 새카만 그림자로 변신해 거대한 거인처럼 그 자리에 서 있었다. 새파란 하늘 아래 까맣게 변한 거석들. 이미 돌의 모습은 보이지 않고 스톤헨지는 그림자 그 자체였다. 뒤로 아직 흰 빛을 환하게 내뿜은 태양이 부드럽게 땅으로 내려앉고 있었다. 한 편의 그림과도 같은 장면에 난 한동안 그 자리에 서서 스톤헨지 뒤로 해지는 모습을 물끄러미 바라보았다. 푸른 하늘 아래 시커먼 돌들의 그림자가 필름 사진 인화돼 듯 내 마음에 강렬한 잔상을 남겼다.

운명이란 게 정말 있을까. 내가 여행을 했던 2011년 만해도 스톤헨지의 역할에 대해 밝혀진 바가 많이 없었다. 글을 쓰면서 알게 된 건, 2022년 3월 경 밝혀진 스톤헨지의 새로운 비밀은 이 돌들이 시간, 태양력을 알려주는 도구였다는 것이다. 원리는 이렇다. 스톤헨지는 안쪽에 세워진 10개의 블루스톤이 작은 원을, 바깥의 30개의 사센 스톤이 큰 원을 이루고 있다. 커다란 사센 스톤은 1~30으로 이름을 붙여놓았고, 돌 사이의 간격과 돌 자체의 너비를 보았을 때 1~11, 12~20, 21~30이 한 그룹으로 묶인다. 각 돌은 30일 한 달 내의 하루를 의미하고, 3 그룹은 '주' 개념이다. 가장 중요한 것은 이 모든 돌들이 하지와 동지 사이 해가 뜨고 지는 길을 중심으로 정확히 대칭 형태를 띠고 있다는 점이다. 1번 돌과 15번 돌을 직선으로 이으면 하지에 해가 뜨는 북동쪽과 동지에 해가 지는 남서쪽을 가리킨다.

여기까지 스톤헨지의 연구를 읽었을 때 문득 내가 봤던 일몰이 생각났다. 돌 사이로 저물었던 태양. 환하게 흰 빛을 내뿜으며 돌을 검은색으로 물들였던 태양의 아이러니. 새파란 하늘 아래 새하얀 해와 새카만 돌. 도저히 그림이나 사진으로 남기지 않을 수 없던 일몰이었다. 내가 크리스마스

직전에 한국에 왔으니 설마⋯⋯? 달력을 찾아보았다. 2011년 12월 22일. 세상에. 동지였다! 내가 본 일몰은 지금은 사라지고 없는 15번 돌과 우두커니 제자리를 사수하고 있는 16번 돌 사이로 떨어지는 해였던 것이다.

스톤헨지를 한참 바라보며 내 앞의 돌들이 살아온 5천년의 역사를 상상했다. 누가 세웠든, 어떻게 세웠든, 이곳의 돌들은 때론 넘어지고 망가지긴 했어도 5천년을 버텨 살아온 것이다. 아니, 살아낸 것이다. 당시 이직을 앞둔 난 과거와 이별을 하는 중이었다. 그런 나에게 스톤헨지는 '지금 이 순간이 소중해. 내가 5천년을 살고 있는데, 너도 잘 살 수 있어.'라고 말을 하고 있었다. 영겁의 세월을 입은 암석이 나에게 괜찮다 했다. 무엇이든 시간이 해결해준다면서. 그 순간은 오로지 세상에 거대한 돌과 나 하나뿐이었다.

첫 사회생활을 하며 좌충우돌했던 나의 마음은 정화를 얻고 평화를 되찾았다. 그건 아마도 운명처럼 만난 동지의 햇살과 그림자로 변해 잠깐 환영 같은 모습을 보인 거석 덕분일 것이다. 솔즈베리 평원에서 거인처럼 서 있던 돌을 바라보며 맞은 차가운 바람의 느낌은 아직도 서늘하게 기억난다.

일본 정신과 의사 시미즈 켄은 『당신 마음 가는 대로 살아도 됩니다』에서 마인드풀니스(mindfulness)에 대해 설명한다. '현재에 일어나는 일에 충분히 주의를 기울이는 것.', '지금, 여기.'라는 느낌을 충분히 느낄 수 있는 감성이 마인드풀니스다. 거석을 바라보며 찬바람을 맞은 순간을 즐기는 것도 마인드풀니스지만, 일상 속에서도 충분히 가능하다. 밥을 먹으며 맛을 음미하는 것도 출퇴근하며 매번 바뀌는 날씨의 변화를 지각하는 것도 마인드풀니스다.

시미즈 켄은 말한다. "시간이 영원하다고 착각하고 있으면 하루를 의미 없이 보내겠지만, 시간이 한정되어 있으면 하루하루가 매우 소중해진다."

엄마는 집에 돌아오셔서 회복 중이시다. 남편은 주말 낮잠을 즐기고 있고 아이들은 한낮의 평화로움을 즐기며 놀이한다. 지금 이 순간이 얼마나 소중한지, 깊은 숨을 들이마시며 다시금 감사하다고 되뇐다.

과정이 곧 삶이다

목적지에 도착해 미리 예약한 레스토랑에 가거나, 유명한 관광지를 가는 것은 훌륭한 여행이다. 그러나 목적지보다 가는 과정이 더 기억에 남는 여행도 있다. 내가 갔던 최고의 여행지 중 하나는 튀르키예였다. 기암괴석 안에 집을 짓고 살던 수도사들의 흔적과 지하도시 그리고 버섯처럼 윗동만 남은 거대한 바위들이 기괴한 카파도키아, 산 한쪽이 새하얀 석회층으로 덮인 파묵칼레, 성경에도 나오는 고대도시 에페소…… 그러나 나는 튀르키예의 유명한 관광지에서의 여정보다 그곳을 가고 떠나던 버스 안이 더 기억에 남는다.

튀르키예의 장거리 버스는 여러모로 재미있는 구석이 많다. 땅덩어리가 크다보니 한 곳에서 다른 곳으로 이동할 때 6~10시간은 기본이고, 버스 안에 항상 차장이 있다는 점이 재미있다. 이들은 승객들을 챙기는 역할을 하는데, 인원점검을 하는 것이 가장 큰 일이지만 독특하게 간식도 나눠준다. 튀르키예의 고속버스는 이동시간이 길어서 파운드케이크 같은 간식을 항상 나눠주었다. 차장이 승객들을 돌면서 손소독제를 뿌려주면 간식 배분이 시작되었다는 뜻이었다. 비행기에서 잠을 자다가도 기내식이 나오면 벌떡 일어나게 되듯이, 간식이 배분되면 피곤하다가도 눈을 떠 빵을 맛있게 냠냥 먹었다. 나는 승객 중 유일한 동양인인 경우가 많아서 차장들이 유독 잘 챙겨주었다. 몰래 빵을 하나 더 주고 가기도 하고 아예 남은 빵을 통째로 나에게 건네는 경우도 있었다.

셀축을 떠나 이스탄불로 돌아오는 길이었다. 분명 표에 적혀 있는 좌석에 앉아서 가고 있었는데, 중간에 선 정류장에서 내가 앉은 좌석의 표를 가진 사람이 탄 것이다. 파는 곳에서 뭔가 오류가 있던 모양이었다. 그 때부터 버스 안은 난상토론 장이 되었다. 차장을 포함한 승객들은 좌석을 어떻게 해야 할지 서로 우왕좌왕 의견을 내가며 이야기를 하고 떠들었다. 말을 하고 싶었는데 이때다 하고 떠드는 게 아닌가 싶을 정도로 많은 사람들이 참견해 토론을 하기 시작했는데, 정말 난감했던 건 정작 당사자인 나에겐 모두가 웃으며 "No problem!" 하고 안심시키는 것이었다.

알아들을 수 없는 말들이 오고가는 와중에도 차장은 다정한 미소로 가끔씩 날 바라보며 "괜찮아요. 걱정 마요." 하며 날 달랬다. 도대체 뭐가 괜찮다는 건지, 내 의견은 왜 묻지 않는 건지 궁금했지만 이들이 떠드는 이유를 난 알 수 있었다. 그들은 정말로 나를 걱정시키고 싶지 않았고, 혹여나 자리 때문에 내가 마음이 상하는 일이 생길까봐 전전긍긍한 것이다. 그러니 좌불안석인 건 되레 나였다. 나 하나만 움직이면 될 것 같은데 상황은 나아질 기미가 안보였기 때문이다. 토론이 시작되고 한참 시간이 흐른 후, 차장이 나에게 오더니 정말 미안한 표정으로 말했다.

"정말 미안하지만, 자리 좀 옮겨 줄 수 있어요? 미안해요."

나는 옳다구나 싶어 괜찮다고 하고 얼른 자리에서 일어났다. 내가 자리를 옮긴 곳은 맨 뒷 자리 창가였다. 내가 가까이 가자 자리에 앉아 있던 사람들이 날 바라보았다. 어른 여자 두 명과 남자 아이 한 명, 가족으로 보이는 사람들이었다. 이미 상황은 다 봤겠다, 내가 오는 모습을 보며 여자들은 날 향해 웃어주었고, 아이는 호기심 어린 눈길로 바라보았다. 내가 인사하니 아이는 쑥스러워 하며 슬며시 미소 지었다. 활발해 보이는 아이의 이모가 나에게 말을 걸었다.

"나는 에디고, 얘는 데니스예요."

데니스는 처음 보는 동양인 여자가 신기했는지 날 계속 쳐다보고 웃었다. 이 사랑스러운 가족은 내가 꽤 마음에 들었던 모양이다. 그들은 가는 내내 배가 꺼질 새가 없을 정도로 나에게 먹을 걸 주었다. 빵도 주고 땅콩도 주고, 나는 그걸 또 다 받아먹었다. 한 번은 에디가 도시락 뚜껑을 열어 내 앞에 내밀었다. 깻잎처럼 보이는 잎사귀가 돌돌 말려 가지런히 놓여 있었다. 처음 보는 음식이었다. 하나를 들어 맛을 보았다. 은은한 잎사귀 향이 나고, 곧이어 안에 감싸져 있던 고소한 볶음밥이 씹혔다. 포도 잎에 양념한 밥을 넣은 튀르키예 음식으로, '야프락 사르마' 혹은 '야프락 돌마스'라고 한단다. 이름도 몰랐던 음식인데 튀르키예에선 흔히 먹는 김밥 같은 것 같았다. 야프락 사르마를 도시락에 차곡차곡 넣어 온 모습을 보니 마치 김밥 싸서 온 가족이 나들이라도 가는 모양이었다. 내가 맛있어 하는 표정을 보이자, 에디는 더 가져가라며 나를 찔렀다. 나도 아침에 셀축 시장에서 산 만다린과 땅콩을 나눠 주었다. 버스 맨 뒷자리에서 친구들과 튀르키예식 김밥과 간식을 나눠 먹으니 꼭 소풍 가는 기분이 들었다. 우리는 같이 사진도 찍고 이야기도 나누며 즐거운 시간을 보냈다.

데니스 가족은 중간 지점인 부사(Bursa)에서 내렸다. 그러자 이젠 버스 차장이 나를 챙기기 시작했다. 혼자 있는 내가 심심해 보였는지 가끔 옆자리에 앉아 말동무를 해주었다. 빵을 주는 시간이 되자 앞자리부터 나눠주고 남은 빵을 모두 나에게 먹으라며 건네주기도 했다. 셀축을 떠나 이스탄불에 도착하기까지는 10시간이 넘게 걸렸다. 여행자들은 대부분 이동시간이 아까워 장거리는 밤 버스를 타고 이동하곤 한다. 그러나 그날은 웬일인지 낮에 출발하고 싶은 생각이 들었다. 운명인지 우연인지, 나는 좋은 사람들을 만나 좋은 시간을 보냈고, 10시간의 여정이 하나도 지루하지 않았다. 차장에게 받은 빵을 두 손 가득 한아름 안고 있노라니, 내가 받은 건 빵이 아니라 그들의 사랑 같았다.

『여행의 힘』채지형 작가는 말한다. "목적지에 닿는 것만이 다가 아니라는 것, 과정이라고 무시했던 것들이 더 아름다울 수 있다." 과정이 곧 여행이다. 목적지에 닿기만을 기다리며 주변 풍경을 보지 못한다면 많은 것을 놓치는 것과 다름없다. 삶도 마찬가지다. 삶의 변곡점이라 할 수 있는 수능, 첫 사랑, 취업, 결혼, 출산 등은 그 자체로도 대단하지만 그곳까지 가는 과정을 오롯이 겪어내는 것이 삶이다. 힘들기도 하고 때론 지치지만, 그러다 보면 "No problem!"이라고 외쳐주는 주변 사람도 생기고, 도시락을 나눠주는 온정도 있는 것이다.

나는 매번 클라이언트가 만족할 만한 플랜을 만들고, 프레젠테이션을 하고, 컨펌을 받는다. 좋은 피드백과 함께 플랜 컨펌을 받으면 기분이 짜릿하지만 더욱 기억에 남는 건 준비하는 과정이다. 동료들과 함께 동고동락하며 서로의 고충을 이해하고 도와주며 결과물을 만들어 내는 것만큼 보람

찬 것도 없다. 어느 저녁, 한참 밀린 일을 앞에 두고 동료와 잠시 저녁 먹으러 가 안 마시던 소주를 한 잔 마셨다. 둘이 짠 하고 잔을 부딪치고 다시 회사로 복귀해 일을 하던 날을 잊지 못한다. 그때 하던 프로젝트는 정확히 기억나지 않지만 술 한 잔으로 털어버리고 다시 기운차게 일을 시작했던 감정만큼은 아직까지 남아있다. 지금은 야근하는 문화가 없어져서 그럴 일은 없지만 여태껏 그 순간이 그렇게 기억에 남는다.

류시화 작가는 『새는 날아가면서 뒤돌아보지 않는다』에서 이렇게 말한다. "우리는 인생에서 많은 것을 놓쳤다고 생각하지만, 우리가 가장 많이 놓친 것은 '지금 이 순간들'이다." 우리의 삶이 어디로 향하고 있는 여행인지 아는 사람은 거의 없을 것이다. 그러나 목적지로 가는 과정을 잘 즐긴다면 삶이라는 여행도 즐겁게 보낼 수 있지 않을까? 튀르키예 버스 여행은 언제고 이 진실을 떠올리게 해준다.

필요한 건
한 숟가락의 모험

나에게는 몇 번 '망한' 여행을 함께 다녀온 친구가 있다. 시봉이(본명은 시영이지만 나는 시봉이라 부른다)와 나는 남해 향일암으로 일출을 보러 갔으나 일출을 보지 못했고 필리핀 세부로 여행을 가려 했지만 가지 못했다. 그 일은 여행 첫 날 벌어졌다.

여행은 준비할 때와 가기 전이 가장 설렌다 하던가. 몇 날 며칠 우리는 세부의 리조트 리스트를 보고 점검하며 마음에 드는 곳을 골랐다. 바다가 수평선처럼 보이는 수영장이 있는 곳. 사진을 보자마자 '이곳이다!'라는 생각이 들었다. 이런 곳에서 수영하면 꼭 바다에서 수영하는 것 같겠지? 동남아에 가니까 수영복도 사야지. 우리는 '굳이' 미국 캘리포니아에서 판매하는 브랜드에서 수영복을 직구했다. 수영복도 너무 예쁘고, 리조트도 예쁘고, 바다도 예쁘고, 정말 행복할거야!

우리는 세부로 가는 항공, 숙박 패키지를 예약해놓고 공항에 도착했다. 여행사가 기다리고 있는 곳으로 가자 직원들이 애매한 말을 내놓았다.

"저기… 오늘 출발 못하실 수도 있겠어요."
"네? 그게 무슨 말이에요?"

"그게, 예약한 항공권이 ×× 항공사 건데, 오늘 운행 정지를 당했어요. 어떻게 될 지 저희도 잘 모르겠어서, 항공사 게이트가 열릴지 우선 게이트에 가서 기다려보시겠어요?"

×× 항공사는 운항을 하면서 기름을 주유한 것으로 운행 정지를 당했다고 한다. 그것도 우리가 여행가려는 당일. 비행기는 있지만 뜨지 못하는 상황이었다. 여행사도 예측할 수 없는 일이라니, 우리는 어안이 벙벙했다. 우선 예약한 항공사의 게이트 앞으로 갔다. 항공권 예매를 한 사람들이 우왕좌왕 게이트가 열리기를 하염없이 기다리고 있었다. 조금 있으니 방송사에서 촬영을 왔다. 카메라가 돌고, 나와 시봉이가 기다리는 모습은 고스란히 뉴스 화면에 잡혔다.

"도대체 이게 무슨 일이래?"
"그러게……. 어떻게 해야 하지?"

결국 항공사는 그날의 운행을 하지 못했고, 여행사는 급한 대로 예약한 손님들을 근처 호텔로 이동시켜 방에 잠시 머물게 했다. 몇 시간을 그저 흘려보냈다. 대책은 나오지 않고, 비행기는 여전히 뜰 기미가 안 보였다. 조용하고 차분하지만 결정적인 순간에 단호한 시봉이는 결심한 듯 말했다.

"그냥 가만히 있으면 안 될 것 같아."
"그럼 어떡해?"
"여행사에 전화 걸어서 어떻게 보상할지 논의해봐야지. 계속 이렇게 있을 수 없잖아."

시봉이 말이 맞았다. 그는 여행사 직원과 몇 차례 통화를 시도했고, 나 또한 가만히 있을 수 없어 함께 전화를 걸었다. 여행사 상담 전화는 불난 듯 통화하기 어려웠다. 우리뿐 아니라 모든 여행객들이 전화를 걸고 있을 테다. 여행사도 열심히 대책을 찾는 듯 보였다. 우리는 각자 통화 한 내용을 공유했다.

"오늘 출발하고 싶은 사람들은 세부행 말고 마닐라행 비행기로 변경해서 출발하나봐."
"아… 갈아타는 거 힘들 것 같은데……."
"오늘 굳이 출발할 필요 없으면 며칠 후에 출발하는 같은 가격의 패키지로 코타키나발루는 어떠냐는데?"

코타키나발루. 생각지도 못한 여행지였다. 시봉이와 나는 일주일을 통째로 휴가냈으므로 시간 여유가 있었다. 이미 세부는 물 건너 간 것 같고, 우리는 코타키타발루로 여행지를 변경하는 것으로 합의하고, 어두컴컴한 호텔을 나왔다. 여행 떠난 줄 알았던 딸내미가 캐리어를 그대로 끌고 집으로 돌아오자 부모님은 깜짝 놀라셨다. 이런저런 상황을 말씀드리자 아버지는 유쾌하게 웃으며 "그럼 가기 전에 우리끼리 오지 여행이나 다녀오자!" 하셨다. 나는 시봉이와 코타키나발루에 가기 전에 부모님과 곰배령으로 산행을 다녀왔다.
며칠 후, 우리는 다시 인천공항에서 만났다. 이번에도 비행기가 운행 정지를 당하진 않겠지! 다행히 우리는 하늘을 날아 코타키나발루로 향했다. 코타키나발루는 보르네오 섬의 북부에 위치해 있다. 보르네오의 중남부는 인도네시아령이고, 코타키나발루는 말레이시아령이다. 얼떨결에 오게 된 이곳에 뭐가 있는지 자세히 알지 못했다. 그저 흘러가는 대로, 따라갈 뿐이었다.

관광객들이 많은 호텔은 시끌벅적 소란스러웠다. 그러나 리조트 근처의 열대 나무와 새파란 하늘, 드넓은 바다는 내가 동남아에 왔다는 걸 실감케 해주었다. 우리는 느긋하고 여유롭게 시간을 즐기기로 했다. 리조트를 어슬렁거리고, 수영장에서 수영을 하고, 근처 섬으로 스노클링을 하러 가는 게 다였다. 세부에 갔어도 비슷했을 거라 생각한 우리는 그럭저럭 만족하며 저녁이 다 되어서 근처 해변가로 산책을 갔다.

해변가에 놓여 있는 의자에 앉아 이런저런 이야기를 하고 있는데 하늘이 심상찮았다.

"이게… 뭐야…?"

하늘색이 점점 변하기 시작하더니 노을이 지기 시작했다. 내가 이전에 한 번도 보지 못한 노을이었다. 분홍, 주황, 노랑, 진주황 온갖 따뜻한 색이 그러데이션 되어 겹치더니 머리 위 하늘을 덮었다. 해를 주변으로 빨강, 주황이 진하게 번지는 게 노을이라고 생각했건만, 코타키나발루의 노을 색은 훨씬 더 몽글몽글하고 부드러운 솜사탕 느낌의 파스텔톤이었다. 그런 솜사탕 하늘이 내 머리 위까지 덮을 정도로 넓게 퍼져 있다고 생각해보라. 거대하고 예쁜 스노우볼에 들어와 있는 것 같았다. 아기자기하지만 웅장한 노을이었다.

"이야……."

아무 말 못하고 그저 하늘만, 하늘만 계속 바라보았다. 나는 여기에, 이 장면을 보려고, 이곳에 온 것이다. 내가 계획하지 않았어도 삶이 날 여기로 이끈 것이다. 김민철 작가는 『우리는 우리를 잊지 못하고』에서 '모험이 필요한 여행'에 대해 말한다. "뭔가 중요한 것이 빠져 있다는 것을 깨달은 건 마지막 날이었어요. 그 여행의 심각한 결격 사유 바로 모험이었어요. 놀랍도록 무탈한 여행." 여행에 모험이 빠지는 것은 메인 디쉬 없는 정찬을 먹는 것과 마찬가지다.

루이제 린저의 『생의 한가운데』엔 자매가 나온다. 주인공 니나와 니나의 언니. 니나의 언니는 부유한 남자를 만나 평생을 평탄하고 큰 굴곡 없이 살아간다. 반면 니나는 자유분방하고 자기 의지대로 삶을 사는 사람이다. 니나는 삶의 굴곡을 있는 그대로 받아들이고, 거침없이 그걸 자기 신념에 따라 헤쳐 나간다. 니나의 언니는 어느 순간, 니나를 바라보며 '과연 평탄하게만 살아온 내가 잘 살아온 것일까.' 의구심을 가진다. 니나에겐 삶을 자기주도적으로 헤쳐나간 사람 특유의 아우라가 있었기 때문이다.

니나와 같은 굴곡진 삶이 아니더라도 삶엔 한 숟가락의 모험이 필요하다. 시봉이와 난 '망한' 여행 덕분에 세계 3대 노을이라는 코타키나발루의 노을을 볼 기회를 얻었다. 매일 그 노을을 바라본 하루하루가 얼마나 행복했는지 모른다. 세상엔, 이런 하늘도 있는 것이다. 영화 〈매트릭스 3〉 마지막 장면에는 꼬마 아이(매트릭스 내 프로그램)가 만든 아름다운 노을이 나온다. 조물주가 만든 프로그램인 이 세상은 너무나도 볼 것이 많고, 아름다운 것 투성이다. 그러니, 인생에 한 번쯤 모험이 있어도 좋지 않겠는가.

당신이 가는
길이 옳다

"안녕하세요~."

백발의 긴 머리를 자유롭게 풀어헤친 수잔이 한국어 인사를 하며 다가왔다. 남편과 난 해변가 식당에서 이제 막 아침식사를 주문하려던 참이었다. 리조트의 식당은 작았지만 자유로운 곳이었다. 바닷가 바로 앞 해변에 요리하는 작은 공간과 테이블 몇 개를 놓은 게 다였다. 식사하던 사람은 언제든 바다로 들어갈 수 있었다. 수잔은 이제 막 모래사장에서 식당 쪽으로 걸어오던 참이었다.

"안녕하세요~."

남편과 나도 한국어로 화답했다. 수잔은 자연스레 우리 테이블에 합석했다.

"아침 식사 했어요? 우리 막 주문하려던 참이에요."
"아뇨. 저도 같이 주문하죠."

268

며칠을 만나 친숙해진 리조트 직원에게 각자의 아침식사를 주문했다. 수
잔이 물었다.

"어제 다이빙은 어땠어요?"
"아주 좋았어요. 거북이가 귀엽던데요. 아침 일찍 일어났나봐요, 수잔."
"네. 산책하고 있었어요. 해변에 쓰레기 좀 줍고요."

해변을 산책하며 쓰레기를 줍는 사람. 수잔은 그런 사람이었다. 그의 뒤
쪽으로 그리 멀지 않은 곳에 롬복섬이 있었다. 롬복섬 위로 이제 막 떠오른
태양이 환하게 세상을 비추었다. 바다를 등 뒤로 앉은 수잔이 환하게 웃었
다. 난 밝은 그녀의 미소를 보며 함께 웃었다.
우리가 수잔을 만난 것은 길리 아이르 섬에 도착한 바로 다음 날이었다.
아침식사를 위해 바닷가 식당에 자리 잡은 남편과 나는 소소한 대화를 나
누고 있었다. 그때, 누군가 어설픈 한국어로 말을 걸어왔다.

"안뇽하세요~."

어깨까지 늘어뜨린 흰 머리가 찰랑거렸다. 인자한 미소를 띤 서양 여자
였다. 발리에서 패스트 보트를 타고 한참을 들어와야 하는 길리에서 한국
어를 듣게 될 줄이야. 남편과 난 낯선이의 한국어 인사에 반색했다.

"안녕하세요!"

그것이 수잔과의 첫 만남이었다. 우리는 매일 아침 수잔을 만났다. 비슷한 시각에 아침식사를 하는 우리는 마치 약속이나 한듯이 식당에서 만나면 자연스레 함께 앉아 이야기를 했다. 수잔은 한국에서 몇 년 산 적이 있었다. 익숙한 언어가 들려 자연스레 소리가 나는 쪽을 바라보았고, 거기에 우리가 있었다고 했다. 수잔은 마치 몇 년을 봤던 사람을 대하듯 따뜻한 눈빛으로 우릴 바라봤다. 매일 보는 리조트 직원은 우리가 만나면 자연스레 테이블의 찻잔과 식기를 옮겨주었다.

수잔은 캐나다 사람으로 중년의 나이였고 부모님과 여행 중이었다. 수잔은 부모님과 함께 식사를 할 때도 있었지만 주로 혼자 식사를 하러 나왔고, 우리가 있으면 합석을 했다. 수잔은 자유로운 영혼이었다. 여행을 좋아했고, 발리를 사랑했다. 난 매일 아침 수잔과 함께 이야기하는 시간이 좋았다. 수잔의 사고방식과 살아온 여정은 내가 이전에 한 번도 보지 못한 것이었다. 본래도 차분한 성격이었을 테지만 여러 경험과 명상, 수련 등으로 더욱 여유로운 사람이 된 듯했다. 수잔은 우붓에 있다 길리로 넘어왔다고 했다.

"우붓 좋나요? 한 번도 가보지 못했어요."

우붓에 당연히 여행을 다녀온 거라 생각한 나는 큰 의미 없이 물었다. 그러나 수잔은 놀라운 이야길 꺼냈다.

"우붓에서 친구를 후원하고 있어요."

수잔이 예의 그 밝은 미소를 지으며 말했다. 후원? 아프리카 기아 아동이나 난민처럼 가난한 사람을 후원한다는 걸까? 궁금한 표정을 지으니 수잔이 뭘 궁금해한다는지 알겠단 표정으로 말을 이었다.

"발리를 좋아해서 거의 매년 왔어요. 그래서 이곳에 친구가 많아요. 어느 날 우붓에 있는 친구에게 '넌 뭘 하고 싶어?'라고 물어봤더니 커다란 제비집을 짓는 게 소원이라고 하더군요. 네. 맞아요. 제비가 와서 살 수 있는 제비집이요. 하지만 돈이 없어서 짓지 못한대요. 그래서 제가 말했죠. '내가 후원해줄게.' 그래서 그 친구가 제비집 짓는 데 도움을 줬어요. 지금은 그곳에 게스트하우스를 만들었어요. 궁금하면 검색해봐요. 나올 거예요."

수잔의 친화력과 선한 영향력은 사람들에게 긍정적인 영향을 미치고 있었다. 그저 평범한 중년의 여성으로 보이는 수잔이 이런 놀라운 일을 하고 있다는 사실에 난 감탄했다. 아무런 대가를 바라지 않고 오로지 마음이 가서 한 행동이었다. '스왈로우 게스트 하우스(제비집)'라는 이름의 이곳은 정말로 멋진 게스트하우스로 운영되고 있었다.

한국에 살았다던 수잔의 이야기가 궁금해졌다.

"수잔, 한국에서 무슨 일을 했어요?"

"난 캐나다에서 어부였어요. 매일 물고기를 잡고 다듬는 일을 했죠. 당시에 부모님이 외국 학생들을 집에 묵게 해주는 홈스테이를 하셨었는데 한국 학생이 우리 집에 머물었어요. 그가 나에게 지나가듯 말해줬죠. 한국에 영어 공부가 유행이니 한국에 가서 영어 선생을 하라고요. 그 말을 듣고 '한번 해볼까?' 하는 생각이 들었어요. 그래서 기회를 봤고, 한국 지방의 한 대학교에서 영어를 가르치는 일을 하게 되었죠. 한 7~8년 한국에 살았어요. 여행도 많이 다녔고요. 한국에서는 좋은 기억밖에 없어요. 지금처럼 그 때에도 발리를 좋아해서 한국에 있을 때 많이 왔다 갔다 했었어요. 친구들도 많았고요. 몇 년을 그렇게 다녔는데……. 어느 날 발리에 폭탄 테러가 났어요. 그때 관광 왔던 호주 사람들이 많이 죽었고, 몇 년 간 서양 사람들이 발리를 많이 가지 않게 되었죠. 난 여전히 왔다 갔다 했고, 발리에 있는 친구들이 어떻게 사는지 지켜봤어요. 나중에 친구들이 그러더라고요. '수잔, 제발 이 물건들을 좀 사주지 않을래? 우리 아이들이 굶고 있는데 이 물건은 먹을 수가 없어…….' 발리에 있는 친구들은 대부분 관광을 업으로 삼은 사람들이었어요. 관광객들에게 기념품을 팔면서요. 그 친구들이 그러더라고요. 밥을 먹고 살아야 하는데, 물건은 먹을 수가 없다고요. 그래서 그 때부터 내가 그 친구들의 물건을 사줬어요. 그리고 그걸 캐나다에 다시 파는 사업을 시작했죠. 한국에 있으면서 일을 했고, 사업이 커지면서 자연스레 한국을 떠나게 되었어요. 사업은 아주 잘 되었죠."

수잔의 이야기엔 사람을 집중시키는 힘이 있었다. 캐나다에서 어부였던 사람이 한국에서 영어를 가르치는 교수가 되고, 다시 사업가가 된 이야기를 어디에서 들을 수 있단 말인가! 남편과 난 홀린 듯 수잔의 삶을 경청했다. 수잔의 삶을 들으면서 가장 놀라웠던 것은 그가 삶을 살아온 방식이었다. 그동안 주변에서 항상 들어왔던 건 '시장을 잘 보고 이직해야 한다.', '어디가 요새 연봉을 많이 주고 잘 나가더라.' 같은 식의 말이었다. 기회를 엿보고 좋은 타이밍에 들어가야 한다는 것. 취업이든 이직이든 내 집 마련이든 모두 비슷한 조언이었다.

세상이 어떻게 돌아가는지 잘 지켜보고, 기회를 보면서 일을 하는 건 매우 중요하다. 하지만 수잔은 선의에서 시작해 사업을 시작하고, 그 길로 인생이 흘러갔다. 이런 이야기는 들어보지도 직접 만나보지도 못했다. 세상엔 그렇게 살아가는 사람도 있는 것이다. 가슴이 떨리는 쪽으로 인생의 길을 전환하는 것. 머리로 계산하는 것이 아닌 심장의 울림을 들으며 삶의 진로를 택하는 것은 살면서 깊게 생각지 못한 부분이었다. 수잔이 삶을 대하는 태도는 내게 큰 영향을 미쳤다.

오래 다닌 회사를 휴직하기로 결정했을 때, 난 삶의 진로를 결정하지 못한 상태였다. 매일매일 치열하게 살아온 내게 갑자기 24시간이라는 어마어마한 잉여의 시간이 주어진다고 생각하니 좋기도 하지만 이걸 어떻게 받아들여야 할 지 고민이 되기도 했다. 이미 세 번의 승진 제안을 받은 후였다. 이성적으론 앞으로 나아가는 것이 진로에 큰 도움이 될 터였지만, 가슴으론 이 길이 아니라고 말하고 있었다. 마흔을 앞두고 있었고, 인생에 또다른 전환점이 필요한 시기라는 걸 스스로 알고 있었다. 그때 수잔이 생각났다. 이성이 아닌 가슴 떨리는 길을 선택한 사람. 내게도 그런 선택이 필요한 시기였다.

휴직 날이 다가온 어느 날, 퇴근하며 집앞 골목길을 들어선 순간이었다. 가슴에 아주 작은 불씨가 동동 떠오르는 기분이 들었다. 그리고 그 불씨가 내게 말을 걸었다.

'책을 써보는 건 어때?'

말도 안되는 소리였다. 난 데이터 분석을 바탕으로 플래닝하는 사람이었고, 글이란 걸 쓴지가 아주 오래되었다. 그런데도 그 불씨가 말 걸었던 순간의 느낌은 계속 내게 남았고, 그걸 무시하면 안될 것 같았다. 불씨가 큰 용기를 내어 나에게 말을 건 것 같았기 때문이다. 그리하여 잉여가 될 뻔한 내 삶에 할 일이 생겼다. 난 휴직한 첫날부터 아침 7시에 눈을 뜨자마자 컴퓨터 앞에 앉아 글을 썼다.

모두가 멀쩡히 하던 일을 그만두고 퇴사할 필요는 없다. 내 인생을 찾겠다며 훌쩍 여행을 떠나지 않아도 좋다. 모든 사람들은 각자의 인생이 있다. 그들이 스스로 찾고 선택한 길은 절대 틀리지 않다. 수잔이 내게 가르쳐 준 것이 바로 그것이다. 네 삶이 옳다. 네가 가는 길이 옳다. 네 선택이 옳다. 네 인생이 옳다. 누구나 그들의 삶엔 각자가 거쳐야 할 과정이 있고 그 과정을 통해 성장한다. 그 삶은 존중받아 마땅하다.

수잔과 아침식사를 마치고 남편과 난 패들요가 수업을 들으러 갔다. 잔잔한 바다 위에서 중심을 잡으며 하는 요가는 꽤 신선했다. 물에 빠질 것처럼 아슬아슬하기도 하고, 보드라운 물의 감촉이 생생히 느껴져 즐겁기도 했다. 하늘을 보고 누운 상태로 팔을 옆으로 뻗고 고개를 옆으로 돌렸다. 롬복섬이 바로 옆에 친구처럼 친근하게 서 있었다. 바다 위에 둥둥 떠 맑은 하늘 아래 롬복 섬을 보고 있노라니, 벅찬 행복이 가슴 깊은 곳부터 올라왔다. 이곳이 바로 천국이구나!

아름다운 풍경을 보면서 하는 패들요가는 흔들흔들 불안하면서도 그 잔잔한 스릴이 삶과 비슷했다. 내가 어떻게 움직이느냐에 따라 균형을 잘 잡고 있을 수도, 물에 떨어질 수도 있다. 때론 외부의 영향도 받는다. 파도나 너울이 쳐 훼방을 놓을 수도 있고, 맑은 날엔 이렇게 멋진 풍광을 볼 수도 있다. 그저 그때그때 내가 할 수 있는 최선을 다해 균형을 잡는 것. 그게 내가 살아가면서 해야 할 일인 것이다.

일본 호스피스 병동에서 오래도록 근무한 오츠 슈이치는『죽을 때 후회하는 스물다섯 가지』에서 이렇게 말한다. '다른 일을 하고 싶다면, 지금 당장 시작하라. 새로운 사랑을 하고 싶다면, 바로 지금 시도하라. 세상에 이름을 남기고 싶다면, 오늘부터 노력하라. 우리가 살아 숨 쉬는 시간은 그리 길지 않다.' 인생이 날 이끌어가도록 흐름에 맡기는 것. 그런 삶의 방식대로 살고 싶다. 그래서 믿는다. 내가 지금 가고 있는 길이 옳다고.

아침을 맞으며

가슴 떨리는 삶을 사는 법

내 인생이 맞는 길로 가고 있나 확신이 안 설 땐 물어볼 사람이 있다. 바로 자기 자신이다. '지금 내가 행복한가?', '이 일을 해서 행복한가?', '이 사람과 함께 해 행복한가?' 아니라는 답이 나오면 변화를 주면 되고 '그렇다'는 답이 나오면 그대로 가면 된다. 애매모호한 답이 나오면 우선 기다려보자. 아직은 때가 아니다. 가슴 떨리는 삶에 대한 답은 내 안에 있다.

여덟 번째 아침

행복

삶의 소소한 기쁨 찾기

"행복은 외부에서 오는 것이 아니라, 당신 안에서 온다."

_ 달라이 라마(*Dalai Lama*)

춤추라. 아무도 보지 않는 것처럼

브라쇼브에서 스윙 댄스를

춤을 춰본 적이 있는가? 어린이 시절이 지난 이에게 춤을 춘다는 건 생각보다 큰일이다. 살면서 우리가 춤을 출 일은 노래방 이외엔 별로 없을 것이다. 대학에 들어간 지 한 학기가 지났을 때의 일이다. 화장실에 앉아 있는데 눈앞에 조그만 종이쪽지 같은 것이 붙어 있었다.

'힙합 동아리 AJAX에서 신입 부원을 모집합니다.'

힙합 동아리? 대학교 들어오고 하고 싶은 건 마음껏 다 했던 새내기 김현영 학생은 들어오자마자 관심 가는 소모임을 두 개나 가입했고, 친한 친구들 모임에서 달마다 생일 파티를 했으며, 매일 술자리가 있었고 주말마다 MT를 갔다. 그야말로 '수능 공부하느라 지쳤던 나여, 이제 놀아라!' 하고 스스로 고삐를 풀어줬달까. 그런 나인데, '힙합 동아리'라니 또 호기심이 갔다. 이거 한 번 가봐?

춤을 춰본 적이 한번도 없었지만 왠지 고삐 풀어준 김에 새로운 것도 해보고 싶었다. 모집에 관심 있는 다른 친구와 함께 첫 모임에 참석했다. 모임은 신세계였다. 내가 이전에 한 번도 만나본 적 없는 유형의 친구들이 기다리고 있었다.

"안녕하세요."

귀엽게 인사하는 친구들의 겉모습은 절대 귀엽지 않았다. 귀에 엄청난 피어싱을 하고 파마머리를 한 친구부터, 머리에 스타킹(後에 알았지만 '듀렉'이라고 한다.) 같은 걸 쓰고 있는 친구, 베레모를 쓰고 커다란 '스뎅' 목걸이를 한 친구, 머리부터 발끝까지 밀리터리룩을 한 친구 등등……. 모두 힙합 스타일로 입고 있었다. 옷만 사이즈가 큰 게 아니라 풍기는 분위기가 그야말로 '힙합'이었다.

"아…안녕하세요…."

나는 다리에 딱 붙는 스키니진을 입고 있었는데, 인천에서 자란 나로선 복고 패션이 익숙했다. 당시 강북은 '복고', 강남은 '힙합'으로 스타일이 나뉘었었다. 서로 대치되는 패션을 하고 있었지만 친구들은 전혀 개의치 않았다. 그야말로 마인드도 힙합인 것이다.

동아리 생활은 매우 즐거웠다. 내 패션은 점차 힙합 스타일로 바뀌어 갔고, 자유분방한 친구들과 호탕하게 웃고 떠들고 춤추고 노는 생활은 자유로운 대학 생활의 정점이었다. 평범한 내가 이 모임의 일원이라는 게 의아할 정도로 친구들은 여자, 남자 할 것 없이 끼쟁이들이었으며 춤도 랩도 모두 잘했다. 우리가 지나가면 사람들이 쳐다볼 정도로 동아리 친구들은 개성이 넘쳤다.

춤이 일상이었던 이 기간에 내가 느낀 건 춤은 일종의 본능이라는 것이다. 모든 사람은 춤에 대한 내재적 본능을 지니고 있다. 그건 자유에 대한 갈망이다. 몸을 움직인다는 건 내 마음을 움직인다는 것과 같다. 나를 옭아매고 있는 무언가로부터 자유로워지기 위한 몸짓. 그래서 어떤 이들은 말한다. 정신이 산만할 땐 몸을 움직이라고. 한 번도 춤을 추지 않았던 사람들은 모르겠지만 일단 한 번 추고나면 알게 될 것이다. 이건 인간의 본능이라는 것을.

동생 가족과 루마니아 중부 브라쇼브에 갔을 때의 일이다. 산맥 한 가운데 분지 지구처럼 생긴 브라쇼브는 중부 지역의 중심 도시였다. 높은 산의 꼭대기를 지나 내리막길로 들어설 때 저 멀리 큰 도시가 넓게 펼쳐져 있는 것이 장관이었다. 브라쇼브는 생각했던 것보다 훨씬 크고 현대적인 도시였다. 도대체 이 현대적인 도시 어디에 구시가지가 있다는 건지 믿기지가 않았다. 큰길에서 작은 길로 꼬불꼬불 들어서니 그제야 오래되어 보이는 건물들이 눈에 들어왔다. 하나같이 붉은 지붕을 지닌 파스텔톤의 건물들이었다. 아마도 옛날엔 이곳이 브라쇼브의 최대 번화가였으리라.

차에서 내리니 멀리서 동생 가족이 상기된 표정으로 우리에게 다가왔다. 브라쇼브 구시가지의 상징 같은 곳인 스파툴루이 광장으로 가니 한가운데 분수가 나오고 있었고, 아이들이 신나게 분수대 주변을 뛰어 놀고 있었다. 유명 관광지라 그런지 관광객들이 많았지만 생각만큼 붐비진 않았다. 광장은 매우 아름다웠다. 13세기에 독일 이주민들이 건설한 도시라고 하는데 그래서인지 붉은 지붕의 집들이 질서 있게 늘어서 있었고 광장 바닥도 매우 깔끔하게 타일이 정렬되어 포장되어 있었다.

"우리가 브라쇼브 올 때마다 가는 파스타 집이 있어. 거기서 파스타를 먹고 광장에 있는 카페에서 디저트를 먹어. 일종의 우리의 절차라고나 할까."

누구에게나 특정한 여행지에 가면 해야 하는 특별한 것이 있다. 맛있는 것을 먹는다거나, 특정 장소에 가 추억을 회상한다던가, 산에 오르거나 바다에 가거나. 동생 가족은 브라쇼브에 오면 가는 파스타집과 카페가 있다고 했다. 하긴, 모두가 유명한 흑성당을 보거나 케이블카를 타란 법은 없다. 우린 동생을 따라 골목 사이에 있는 파스타 집에 갔다. 직접 파스타를 밀가루로 밀어 만드는 곳이었다. 우리가 밀가루와 물을 섞어 칼국수나 수제비를 만들 듯이 파스타도 원래 이탈리아에서는 손으로 직접 만드는 음식이다. 식사는 맛있었다. 점심이 늦었던 우리는 게 눈 감추듯 파스타를 먹어 치웠다.

우리는 자연스레 다음 절차를 행하기 위해 광장 카페로 향했다. 아름다운 광장에서 먹는 커피와 아이스크림, 와플은 오후의 티타임을 즐기기에 그만이었다. 디저트는 기똥차게 맛있진 않았지만 왜 이곳에서 매번 후식을 먹는지 알 수 있었다. 넓은 광장은 평화로웠고, 주변을 둘러싼 붉은 지붕의 집들은 오래된 건물만의 느긋한 표정을 지니고 있었다. 누구라도 이곳에선 마음이 즐거워질 것이다.

그 때였다. 커피를 한 입 마시고 있는데 광장 한 쪽에서 악단이 연주를 하며 한가운데로 오고 있었다. 그리고 그 뒤엔 인파 한 무리가 악단의 연주를 따라 광장으로 진입했다. 재즈 연주자들이었다. 우리가 앉아 있던 카페 바로 앞 광장에 자리를 잡은 악단은 곧 이어 스윙 재즈를 연주하기 시작했다. 그리고 이어지는 사람들의 춤사위. 때론 느리고 때론 빠른 리듬에 맞춰 사람들은 파트너의 손을 잡고 흥겹게 자기 느낌에 따라 춤을 추었다.

올케와 나는 조카를 데리고 인파를 구경하다 춤을 추기 시작했다. 아무도 못 춘다고 뭐라 하지 않았고 박자나 동작이 틀려도 아무 상관없었다. 그저 모든 사람들이 음악에 몸을 맡겨 그 순간을 즐기고 있었으니까. 조카는 쑥스러운지 춤추는 인파 한가운데에서 몸을 배배 꼬았다. 조카 손을 잡고 춤을 추는 건지 애를 끄는 건지 알 수 없었지만 뭐 어때! 곧 이어 남편이 왔고 우리는 손을 잡고 함께 춤을 췄다.

얼마 만에 추는 춤인가! 남편과 나는 한 번도 춰 본 적 없는 스윙댄스를 주변 사람들 동작 따라하며 열심히 움직였다. 음악이 어찌나 흥이 나던지, 이런 분위기에서 춤을 추지 않는 건 말도 안되는 일이었다. 어설픈 실력으로나마 주변 사람들을 따라 발사위를 놀리니 기분은 한층 더 즐거워졌다. 동생과 올케도 함께 춤을 추고 시간이 어찌 흘렀는지 모르게 우린 모두 음악에 빠져 축제 같은 분위기를 즐겼다.

춤은 사람의 밑바닥부터 긴장을 풀어준다. 나는 광장의 모든 이들이 춤을 췄으면 좋겠다고 생각했다. 태고부터 둥둥거리는 북소리를 따라 사람들은 발을 굴렀고, 춤을 췄다. 춤은 아주 원초적인 본능이자, 밑바닥이다. 그래서 춤은 잘 출 필요 없고, 그저 추면 된다. 법륜 스님께서 이런 말씀을 하신 적이 있다.

"그냥 노래 부르고 춤추세요. 나는 못 한다고 손을 절레절레하는 사람들은 자기 자신이 우스워 보이기 싫어서 그러는 거예요. 그런데 그럴 필요가 뭐 있어요? 그냥 하면 돼요."

우리가 춤을 추는 이유, 사람들이 춤을 추는 이유는 언어가 사람의 커뮤니케이션 수단이 되기 이전 내 기분과 의사를 표시하는 가장 기초적인 수단이었기 때문 아닐까? 몸을 움직이면 생각보다 내 감정이 훨씬 더 크게 느껴지는 것 같은 기분이 든다. 기쁨은 더 크게, 슬픔은 카타르시스로.

스윙 댄스를 오래 춘 친구가 있다. 춤을 추다 남편을 만난 그 친구는 어느 날 긴 휴가를 내고 스윙의 본 고장 뉴올리언스 축제에 갔다. 모든 사람들이 길 거리에서 자연스럽게 음악에 맞춰 새로운 파트너와 즐겁게 춤을 추는 영상을 본 나는 그 자유로움에 반했었다. 이런 세계가 있구나. 지금, 브라쇼브가 바로 그 자유로운 세계였다. 손을 맞잡고 발을 놀리는 동안 나와 남편은 더 크게 웃었다. 박자가 틀려서 어긋나면 다시 돌아와 옆 사람을 보며 추었다.

남편의 몸빼 바지와 헐렁한 티셔츠를 입고 머리를 질끈 묶은 나는 스윙 댄스에 전혀 맞지 않는 복장이었지만 아무렴 상관없었다. 음악은 절정으로 치닫고 사람들은 더욱 신명 나게 몸을 돌리고 뛰고 발을 굴렀다. 점점 광장은 흥이 오르고 분위기는 후끈 달아올랐다. 우리는 인파를 빠져 나와 춤추는 사람들을 보며 박수를 쳤다. 신명 난다. 신이 난다. 흥이 오른다. 언어도 인종도 문화도 다른 사람들이 함께 모여 춤을 추며 하나가 된다. 그 사실이 감격스러웠다.

이근후 교수는 『나는 죽을 때까지 재미있게 살고 싶다』에서 이렇게 말했다. "자유로움은 구할 때가 어렵지, 한번 실천하고 나면 무척 쉽고 행복하고 시원하다." 내가 처음 춤을 췄던 그 순간, 나는 나를 옭아맨 무언가를 깨트렸다. 그리고 생각보다 그건 간단하고 쉬웠다. 그리하여 알프레드 디 수자의 말은 진리다. "춤추라, 아무도 바라보고 있지 않는 것처럼."

밴드의 음악은 끝이 났다. 사람들은 모두 감사와 환희의 박수를 밴드에게 보냈다. 춤추던 사람들은 뿔뿔이 흩어지고, 우리도 이제 다시 떠날 시간이 되었다. 고조된 기분이 가라앉지 않아 우리는 수학여행 간 고등학생들 마냥 웃긴 표정을 지었다. 브라쇼브를 나오며 생각했다. 언제 또 이곳에 올지 모르겠지만 브라쇼브에 오면 난 아마도 파스타를 먹고 스윙 댄스를 출 것 같다고. 그게 내가 브라쇼브에 오면 으레 해야 할 일이라고.

매번 보는 것도
새로운 눈으로 | 반짝이는 삼척 바다

나와 남편은 매해 삼척으로 놀러간다. 작은 해수욕장을 낀 아담한 항구 마을은 우연히 지도에서 발견했다. 숙박 시설은 마을에 있는 민박집 몇 개 뿐이었는데, 우리가 머문 민박집은 동네 사시는 할머니가 관리하고 계셨다. 할머니는 제주에서 시집 온 해녀였고, 여전히 잠수복을 입고 물에 들어가셨다. 우리가 프리다이빙 수트를 입고 바다에 들어갔다 오면 할머니는 '뭐 좀 있었어?' 물어보셨다.

우리는 처음 갔던 해 이후로 매년, 같은 바다에 갔다. 새로운 장소를 탐색하고 여행하는 걸 좋아하는 나로선 신기한 일이다. 처음 그 바다에 들어가 차가운 동해 속을 봤던 순간을 기억한다. 커다란 암초 하나를 섭(큰 홍합 종류)이 가득 채웠다. 햇빛이 물속으로 부서지듯 쏟아졌고, 해조류가 흐느적 거리는 맑은 물 사이로 물고기들이 유영하던 모습. 카메라가 없어 눈으로만 그 순간을 찍어놓아야 했던 때, 동남아 산호초 없이도 우리나라 바다는 그토록 아름다웠다.

어떤 해엔 태풍으로 바다가 뒤집혀 온통 흙탕물이었다. 심해에서 살 것 같은 거대한 해파리가 죽어 바닥에 뒹굴고 있었다. 어떤 해엔 민박집 자리가 없어 할머니는 당신 집을 내주셨다. 오래된 시골집 안엔 할머니 가족사진, 장롱, 우리 할머니가 쓰던 것 같은 그릇들이 익숙한 듯 자리하고 있었다. 남편과 나는 그 집에서 초코파이를 쌓아놓고 내 생일 파티를 했다. 할머니는 몇 해 후 돌아가셨고, 우리는 그 아들이 물려받아 관리하는 민박집에 아이들을 데리고 또 갔다. 동네 할머니들이 가끔 나와 수다를 떨면, 남편은 가져온 수박을 잘라 할머니들에게 가져다 드렸다.

같은 곳을 어찌 그리 자주 가냐 물을 수 있다. 그러나 나는 매년 같은 곳을 여행하며, 같은 것도 새로운 눈으로 볼 수 있단 걸 깨달았다. 서점에서 책 한 권을 발견했다. 글은 없고 오로지 사진으로만 가득한 그 책의 제목은 『1년의 아침(3191마일 떨어져서)』이다. 미국에 사는 두 여성이 우연히 온라인에서 서로를 알게 되고 둘 다 아침 시간과 사진 찍는 걸 좋아한다는 걸 알게 되었다. 그리고 매일 둘은 아침에 찍은 사진을 블로그에 올리는 프로젝트를 시작한다. 무려 1년 간. 다르지만 미묘하게 어울리는 그 사진을 보러 사람들은 몰렸고, 잔잔한 그들의 일상은 묘한 감동을 주었다. 내가 보내는 매일 아침은 같지만 막상 그 순간순간은 매번 새롭다. 마찬가지로 같은 장소도 새로운 눈으로 바라볼 수 있다.

이제 그 바다 속 암초엔 섬이 없다. 사람도 이전보단 꽤 많이 온다. 작년 여름, 같은 곳에 또 갈 것인지 고민을 여러 번 했다. 아이들과 새로운 곳을 가고 싶은 마음도 있었기 때문이다. 그러나 우리는 다시 한 번 삼척에 가기로 했다. 남편은 해변가에 남아 아이들을 돌보고, 나는 아주 오랜만에 친구들과 바다를 헤엄쳤다.

익숙한 모래사장 초입의 바위를 지나 한동안 흰 모래만 가득한 구간을 지나면 본격적으로 소라들이 붙어있는 바위들이 나타난다. 거기는 시작점일 뿐이고, 듬성듬성 놓여 있는 바위들을 지나면 바위들은 더 촘촘해지고 서로 다정하게 붙어 있다. 해변으로 더 붙으면 바위들은 떼를 지어 모여 있는데, 이끼처럼 돌에 붙은 해조류들을 먹는지 소라가 더 많이 있다.

한참을 비슷한 화면을 넘기듯 구간을 넘어가면 물 밖에선 섬처럼 보이는 크고 뾰족한 바위들, 암초도 많은 구간이 나오는데 물속에선 그야말로 여기가 보고라, 온갖 해조류들이 벽에 붙어 넘실대고 그 사이사이 숨은 물고기와 조개류들이 자세히 보면 우리네 생활사처럼 자기네들끼리 먹고 떠드느라 바쁘다.

우리는 여기에 한참을 머물러 구경했다. 너울이 조금 쳐서 바위에 부딪히며 물보라가 일었는데 얼굴에 닿으면 기분 좋은 고운 거품들이 시야를 가리고 뽀글거리다 이내 연기처럼 사라지며 빛나는 장면들이 눈에 들어왔다. 눈앞엔 머리카락처럼 흩날리는 붉고 푸른 해초와 그 사이에 숨어 있는 크고 작은 놀래미들, 범돔 가족들, 복어, 군소, 아기 오징어들, 또 다른 은빛의 물고기들이 작은 파도에 몸을 맡기고 흔들거리고 있었다.

물살이 셀 땐 내가 움직이는 것보다 바다에 몸을 맡기는 게 더 수월하다. 나도 같이 흔들거리니 그들은 내가 으레 그곳에 있던 것처럼 아무렇지도 않게 행동한다. 가끔 아기 전갱이 떼들이 몰려와 내 눈 앞에서 입을 뻐끔거리며 물속에 있는 무언가를 먹고 놀고 또 떼를 지어 우르르 몰려 어디론가 간다. 나도 같이 따라간다.

평소에 가보지 못했던 갈매기들의 섬까지 가기로 했다. 갈매기들이 집처럼 삼았던 큰 바위인데 올해는 한 마리도 보이지 않는다. 남편은 혼자 여러 번 가보았지만 난 처음이었다. 익숙한 풍경을 지나치니 갑자기 해조류는 온데간데없고 민숭하고 둥그런 바위들만 큼직하게 놓여 있다. 물이 깊어진다. 어디선가 작은 강아지만 한 은빛 돔이 어슬렁거리며 나타났다. 목적지는 있지만 처음 가는 길은 낯설고 두려워 계속 뒤를 돌아 친구들을 살폈다.

갈매기 바위에 도착했다. 물은 더 깊어졌고 바닥엔 더 큰 바위덩어리들만 있다. 앞을 내저어가도 바다 밑바닥은 심심하고 차갑고 불친절하다. 남편이 아주 멋있다고 했는데 이상하다. 다시 뒤를 돌아 바위 가까이 가보았다. 그제야 보였다. 바위에 수없이 붙어있는 생명의 터전들을. 그림자가 져서 잘 보이지 않았을 뿐, 커다란 돌벽은 마치 물속의 아파트 같았다. 오랜만에 하느라 이퀄라이징이 잘 안 돼 깊이 들어가진 못했지만 한 번 들어가 벽에 붙어있는 멍게, (내 눈엔 절대 안 보이는) 전복 등에게 인사하고 올라왔다. 어디선가 또 아기 전갱이떼들이 몰려왔다. 이렇게 멋진 월다이빙은 아주 오랜만이다.

"제대로 놀았네. 3시간이나 있었어."

뭍으로 돌아오니 이미 아이들은 다 놀고 씻고 쉬고 있었다. 엄마 언제 오냐고 아이들은 여러 번 물었다했다. 그때마다 신랑은 엄마 놀다올 거라고 답했다 한다. 여러 사람들 덕분에 바다와 조금 더 친해진 기분이었다. 바다에 올 때 기분 좋으면 난 물위에 누워 데구르르 구르는데 이번에도 그렇게 굴렀다.

류시화 작가는 『새는 날아가면서 뒤돌아보지 않는다』에서 이렇게 말한다. "삶은 하나의 선물이다. 매 순간이 축복의 순간일 수가 있다." 앞서 말한 『1년의 아침』을 읽고 나도 매일의 일상을 사진으로 남겼다. 그러나 매일 똑같은 삶을 사진으로 찍는 건 쉽지 않았다. 뭔가 특별한 게 보이지 않았기 때문이다. 그냥 '아무 것도 아닌 것'들을 찍어 올렸고, 금세 흥미를 못 느껴

프로젝트를 그만두었다.

'아무 것도 아닌 것'의 힘을 느낀 건 몇 년 후였다. 나는 내가 살던 곳에서 이사했고, 이전에 살던 루틴과 다른 삶을 살고 있었다. 매일 반복되는 일상이어서 특별하지 않다고 생각했던 나날이 이젠 돌아올 수 없는 추억이 된 것이다. 그 순간 깨달았다. 모든 순간은 특별하다. 내게 익숙한 나날이라 해도, 이 순간은 절대 돌아오지 않는다. 매번 보는 것도 새롭게 바라봐야 한다.

매일을 새롭게 보기 위해선 그저 매일 무언가를 '하면' 된다. 그러다보면 같은 것도 새로운 게 보인다. 매일 같이 만나는 사람에게도 새로운 면이 있다는 걸 발견하게 되고, 매일 내가 만드는 음식도 새롭게 창조되고, 매일하는 일도 어느 날 훌쩍 실력이 늘어나 있다. 새로운 것을 위해 낯선 무언가를 향해 떠나는 것도 방법이지만 평범한 일상도 새롭게 보는 눈이 필요하다.

우리는 여전히 매년 같은 바다에 가고, 이젠 아이들도 함께 한다. 매번 가는 같은 바다지만 늘 같았던 적은 한 번도 없었다. 그래서 갈 때마다 충분히 즐기려 한다. 내게 보물같은 순간을 선사하는 동해바다에 감사함을 느끼며.

때론 동화 같은 장면 속에 있고 싶다

포르투, 포르투, 나의 포르투.

어떤 장소는 단 하루를 있어도 평생 가슴에 남는다. 포르투는 나에게 그런 곳이다. 하얀 슈퍼문, 한밤중의 에스프레소, 그리고 달빛 아래 탱고를 추는 사람들……. 결코 떠나고 싶지 않았지만 떠나야 했던 도시. 포르투의 이상하고 낭만적인 기운은 날 따뜻한 공기 속으로 밀어 넣었다. 포르투는 모든 사람들이 따뜻한 공기 속에 들어가 둥둥 떠다니는 듯한 도시였다. 아름답고 낭만적이고 이상하게 아련한.

그 해 봄, 난 교통사고를 당했다. 여느 때와 같은 차림으로 출근길에 나선 때 였다. 블라우스와 펜슬 스커트를 입고 하이힐을 신은 나는 노트북을 한 손에 든 채 이어폰을 귀에 꽂고 음악을 들으며 또각또각 집앞을 나섰다. 귀를 막았으니 주변 소리가 들리지 않았고 길은 마냥 조용하게만 느껴졌다. 골목 모퉁이를 돌자마자 예상치 못한 거센 힘이 나를 뒤에서 쿵 하고 박았다. 나는 거의 날아가다시피 앞으로 넘어졌다. 노트북은 케이스에 넣지 않은 채여서 그대로 바닥에 내리꽂혔고, 하이힐은 벗겨진 채 뒤에서 나뒹굴었다. 차가 느린 속도로 달려서 망정이지 아니었음 허리마저 두 동강이 날 뻔했다.

순간적으로 엄청난 힘에 의해 몸이 날아가는 충격은 생각보다 강했다. 난 골절 진단을 받고 한 달 간 깁스 신세를 지게 되었다. 집 밖을 나가기는 커녕 사고 트라우마에 밖이 무섭기만 했다. 회사에선 당장 일 할 사람이 없어 발을 동동 굴렸지만 사고를 당하자 이게 다 무슨 소용인가 싶었다. 나는 한 달 간 재택 근무하는 걸로 회사와 합의하고 오랜만에 부모님이 계시는 본가로 내려갔다. 사고로 몸만 다친 게 아니란 걸 부모님 댁에서 지내며 알았다. 매일 쓰던 일기를 쓸 수 없던 것이다. 머릿속이 복잡했다. 쉴 거면 제대로 쉬자고, 스스로에게 절필 아닌 절필 선언을 했다.

포르투는 그 해 가을에 갔다. 발이 다 낫고, 회사에 복귀하고, 남자친구가 생긴 후였다. 두 계절이 지나 많은 것이 바뀌어 그런지 오랜만에 혼자 여행하려니 어색했다. 기차로 포르투 역에 도착해 우여곡절 끝에 예약한 숙소에 도착했다. 마리아는 포르투갈인 특유의 짙고 검은 곱슬머리에 낮고 느긋한 말투를 지닌 사람이었다. 그 목소리를 들으면 마음이 급하던 사람도 차분히 가라앉게 되었다. 마리아는 천천히, 그리고 친절하게 집을 소개해주었다.

"버스가 주말에 없는지 몰랐어요. 내가 나갈 수가 없어서 미안해요. 화장실과 주방은 사용하고 싶은 대로 사용해요. 그리고 옆방엔 게스트가 한 명더 있어요. 지금은 나갔고 아마 밤이나 들어올 거예요."

요새 에어비엔비는 숙소만 덩그러니 있고 게스트가 알아서 입퇴실 하는 경우가 많은데, 마리아의 집은 정말 마리아가 살고 있어서 친구 집에 머무는 기분이 들었다. 난 짐을 놓고 잠시 집을 둘러보았다. 집은 예술적 감각이 돋보였다. 미술 교수인 그의 취향이 온전히 집안 곳곳에 배어 있었다. TV가 아니라 초록 나무가 가득한 정원이 보이게 소파를 배치했고 한편엔 작업용 테이블을, 그 뒤론 원을 형이상학적으로 그려놓은 큰 그림 두 점을 걸어 놓았다. 내 방엔 지나칠 정도로 깔끔한 침대 하나가 가지런히 놓여있었다. 마리아는 향에 불을 붙였다. 은은한 향 냄새가 온 집안에 스며들었다.

마리아 집에서 바다는 걸어서 10분 거리였다. 바다가 보고 싶어 길을 나섰다. 사진으로만 봤을 땐 비키니를 입고 당장 뛰어 들고 싶은 바다였는데 실제 포르투 해변은 시커먼 바위가 가득했고, 흐린 하늘 아래 파도는 거셌다. 이런 날씨에 해수욕을 하는 사람은 없었다. 해변을 걷던 나는 방파제에서 낚시하는 낚시꾼을 만났다. 낚시꾼은 기다란 낚싯대를 바다에 널어놓고 왼손은 울타리에, 오른손은 허리춤에 올려놓은 채 살짝 기울여 서 있었다. 먼 바다를 바라보는 그의 뒷모습은 상념에 젖은 건지 아니면 삶의 무게를 담담히 견디고 있는 건지 구분되지 않았다.

나는 그의 반대편에서 방파제를 내려다보며 성난 파도를 한참 바라보았다. 파도는 해변에서 본 것보다 훨씬 활발했다. 해가 거의 지고 해변가에 늘어진 건물들에 하나 둘 빛이 들어오고 있었다. 낚시꾼은 돌아가기 위해 낚싯대를 정리했다. 나도 돌아갈 시간이었다. 왠지 모르게 이 성나고 어두운 바다 앞에서 사진이 찍고 싶어졌다. 짐을 다 꾸린 낚시꾼에게 사진을 부탁했다. 그는 쓰고 있던 모자를 벗었다. 예의의 의미인 것 같았다. 아기 고양이를 받아들 듯 조심히 핸드폰을 받아 든 그는 이것이 나의 가장 소중한 사진이 될 지도 모른다는 태도로 정중히 사진을 찍어 주었다. 쌀쌀한 날씨였지만 내 곁을 둘러싼 공기가 따뜻해진 느낌이었다.

숙소에 돌아오니 마리아와 다른 게스트가 있었다. 게스트는 키가 크고 이마가 넓어지려 하는 유러피안 남자였다. 어디선가 한번쯤은 보았음 직한 흐릿한 인상에 별 다른 이미지가 남지 않는 사람이었다. 우리는 거실 식탁에서 수다를 떨다 와인을 따고, 각자 들고 온 간식을 안주로 한 잔 두 잔 마시기 시작했다. 사는데 기술적으로 필요한 대화는 아니었다. 누가 무슨 일을 하고 돈을 얼마 받고 같은 이야기도 아니었던 것 같다. 하지만 우리는 삶, 인생에 관한 이야기를 나누었다. 화초에 물을 주듯 가끔씩 사람의 정신에 꼭 필요한 그런 이야기들.

마리아는 취기가 오르니 기분이 아주 좋아 보였다.

"그거 알아? 내일 슈퍼문이 뜬대."

"슈퍼문?"

"응. 달 있잖아. 아주 크고 하얀 보름달이 뜰 거야."

"여기서 볼 수 있어?"

"볼 수 있지. 아마 한국에서도 볼 수 있을 지 몰라."

포르투갈에서 내일 밤, 슈퍼문이 뜨는 우주쇼를 볼 수 있다는 이야기였다. 꽤 진지하고도 호기심 있게 이야기를 꺼낸 마리아는 한국에서 볼 수 있는지 알아본다며 기사를 검색하기 시작했다. 어차피 난 한국에 없으므로, 별 의미는 없었지만 궁금하긴 했다.

"한국에선 잘 안 보일 것 같아."

우린 다시 와인 한 모금을 하고 우주에 대해 이야기 했다. 그리고 또 종교에 관한 이야기도 한 것 같다. 대화의 한 자락 한 자락은 와인과 함께 흘러가고 기억에 남지 않았지만 따뜻한 기운 만큼은 꽤 오랫동안 자리에 머물러 있었다. 우리는 새벽까지 10년 지기 친구들 마냥 웃고 떠들었다.

느지막이 일어나니 이미 다들 나가고 없었다. 한국에서 온 문자를 확인했다. 남자친구가 새벽 일을 하며 부른 노래를 남겨놓았다. 선선한 새벽 공기를 가르며 내뿜는 입김이 고스란히 느껴지는 노래였다.

바람이 분다. 서러운 마음에 텅 빈 풍경이 불어온다.
머리를 자르고 돌아오는 길에
내내 글썽이던 눈물을 쏟는다
하늘이 젖는다 어두운 거리에 찬 빗방울이 떨어진다
무리를 지으며 따라오는 비는
내게서 먼 것 같아 이미 그친 것 같아

노래를 들으며 한참을 누워 있었다. 한국에 가기 싫다. 한국에 가고 싶다. 때론 상반되는 두 마음이 함께 공존할 수도 있는 것이다.

하늘이 맑은 날의 포르투는 세상 그 어떤 것도 부럽지 않은 모양새였다. 바다는 언제 성이 났었냐는 듯 고요하고 잔잔하게 시치미를 뚝 떼고 있었다. 버스를 타고 바다를 끼고 달리다 강변으로 진입하니 거대한 아치 철교가 강 양쪽의 도시를 우아하게 이어주고 있었다. 포르투는 돔 루이스 1세 철교가 아니었다면 꽤 다른 이미지의 도시가 되었을 것이다. 양쪽의 강변엔 오래된 건물들이 강을 바라보고 있었다. 강변을 따라 커다란 벽돌로 아치를 쌓아 벽 혹은 지반을 만들고 그 위에 집을 지은 모습이 강변북로를 달리며 본 한강변의 느낌도 났다. 물론 집의 스타일이나 디자인은 서울과 매우 다르지만 강의 범람을 대비하기 위해 높은 지대를 만드는 지혜는 비슷했다.

구시가지의 골목은 마음 놓고 길을 헤매도 좋을 만큼 볼거리가 많았다. 거리 곳곳 주변경관과 어울리게 그려놓은 벽화하며, 언제 지었는지 모를 정도로 오래되었지만 관리가 매우 잘 되어 있어 그 시절로 온 듯한 느낌을 주는 상점들은 너무나 매력적이었다. 해리포터의 영감이 되었다는 렐루 서점, 거리 곳곳의 기념품 가게, 식당 등등 모든 장소가 나무 손잡이 하나까지도 반짝반짝 윤이 났다.

정처 없이 길을 걷다 성당 앞을 지나게 되었다. 시간을 보니 얼추 미사 시간이 가까워진 것 같아 안으로 들어갔다. 성당 안은 온갖 금장식으로 번쩍번쩍 빛이 났다. 복음을 읽고, 성체를 받아 모시고, 평화의 인사를 나누었다. 내 옆에 있던 포르투갈 아줌마는 빛나는 미소를 하고 나에게 볼키스를 선사했다. "평화를 빕니다." 그녀는 그렇게 말했을 것이다. 나도 그렇게 말했으니까. 성당을 나와 골목에 있는 에끌레르 집에서 이제까지 먹었던 것 중 가장 맛있는 에끌레르를 먹고 클레리구스 탑 앞의 공원에 누워 남자친구와 영상통화를 했다. 여기가 너무 좋아 한국 가기 싫어질 정도라고 하니 다정하게 말한다.

"그럼 내가 가면 되지."

숙소로 돌아오니 마리아가 집에 있었다. 마리아는 날 보자마자 신이 난 듯 물었다.

"우리 달 보러 갈래? 슈퍼문!"

이미 밤 11시가 넘은 시간이었지만 거절할 이유가 없었다. 마리아가 차를 시내 쪽으로 몰았다. 난 창밖을 바라보며 말했다.

"좀 전에 여기를 떠나오면서 속으로 '안녕' 인사했는데, 또 여길 오게 되네."
"그런 말은 쉽게 하지 않아도 돼."

마리아는 달을 잘 볼 수 있는 장소를 찾으려 했다. 우리는 철교 위를 지나 높은 산으로 계속 달려갔다. 위로위로. 좀 더 위로. 닿을 수 없는 별에 손 닿고 싶어하는 어린 아이처럼 마리아는 계속 위쪽으로 차를 몰았다. 하지만 달은 좀체 모습을 쉽게 드러내지 않았다. 오히려 우리에게서 달아나려는 듯 점점 하늘로 올라가는 것 같았다. 하는 수 없이 우린 다시 지상으로 내려왔다. 마리아는 에스프레소를 먹고 싶어 했다. 밤 12시에 에스프레소라니. 그러나 놀랍게도 야외 카페엔 사람들이 꽤 있었다. 마리아는 아들이 한 명 있다고 했다. 영국 남자인 전 남편과 아들은 런던에 살고, 자긴 고향으로 돌아왔다고 한다. 가스등 아래 주름진 그녀의 얼굴엔 고독이 배어났다.

마리아와 난 구시가지를 함께 걸었다. 낮에 왔을 때와 밤의 느낌은 매우 달랐다. 거리엔 사람이 없고 매우 고요했다. 클레리구스 탑 위쪽으로 하얀 달이 보였다.

"이제야 보이네. 하지만 저걸 슈퍼문이라 부를 순 없어."

달은 이미 하늘 꼭대기로 올라가 있었다. 그리고 유리같이 새하얀 빛을 청초하게 내뿜고 있었다. 마리아는 내게 인상 깊은 카페를 하나 더 보여주었다. 벽에 온갖 골동품을 균형감 있게 전시해 놓았고, 한쪽 벽면에 진짜 자동차 상판을 걸어 놓은 인테리어가 돋보이는 카페 였다. 거리엔 사람이 없었지만 카페 안엔 사람이 많았다. 자정이 넘었는데도 마치 마법에 걸린 것처럼 사람들은 왁자지껄한 파티를 즐기는 듯 했다.

"하나 더 보여주고 싶은 게 있어."

카페에서 나오더니 마리아는 바로 그 건물 2층으로 올라가는 계단을 성큼성큼 밟고 올라갔다. 주저하거나 망설임 없는 보폭이었다. 조명 하나 없는 어두운 계단을 올라가며 살짝 무서워졌다. 그러나 2층에 올라가 고개를 돌리는 순간, 내 눈앞에 보인 건 한 편의 동화였다.

분홍빛 어스름한 조명 아래 사람들이 춤을 추고 있었다. 탱고였다. 손을 맞잡고 서로에게 몸을 기댄 채 음악을 느끼는 남자와 여자. 천천히 발을 맞추며 큰 원형으로 도는 여러 커플들. 달콤한 음악에 맞춘 정갈하고 진지하고 집중한 스텝. 서로가 매우 소중한 무엇인 양, 조금 더 세게 쥐면 거품처럼 사라질까 부드럽게 파트너를 안고 하얀 달 아래 춤을 추는 사람들. 요정의 마법이 땡하고 깨지면 모두가 멈춰버릴 것 같았다. 꿈속에 있는 것처럼 난 멍하니 그들을 바라보았다.

"밀롱가야. 서로가 원하는 상대와 자유롭게 춤을 춰."

"지금 내가 보고 있는 풍경을 믿을 수가 없어. 꿈꾸는 것 같아."

마리아는 말 없이 웃었다. 하얀 달, 한 밤의 에스프레소, 밀롱가를 추는 사람들. 우리는 지금 마법의 세계에 와 있다. 그리고 그 때 무언가 내 속에서 알을 깨고 나오듯, 껍질이 깨지는 소리가 났다.

다음 날 새벽, 마리아는 날 공항에 데려다 주었다. 차 한 대 없는 불 켜진 터널을 통과하는 것은 마치 우주선을 타고 달나라에 가는 것 같았다. 나는 마법의 나라에서 다시 현실 세계로 돌아가는 중이었다. 대륙의 서쪽 끝에서 다시 동쪽 끝으로. 마리아는 내 짐을 차에서 내려주고 내가 샌딩 비용을 지갑에서 꺼내는 걸 조용히 기다렸다. 두 손을 맞잡고 수줍고 어색하게 미소를 짓던 마리아. 돈을 건네자 더 수줍은 손으로 건네받던 마리아. 나는 진심으로 고맙다고 말하고 그녀를 안았다.

남자친구에게 출발한다는 메시지를 보내고 비행기에 올라탔다. 떠나기 싫으면서 떠나고 싶은 마음이 일자, 무엇이라도 써야겠다는 생각이 충동적으로 들었다. 펜도 없고 종이도 없어 소셜 미디어에 무작정 떠오르는 말들을 이륙하기 전까지 뱉어냈다. 아마도 그건 하얀 달 때문이다. 이것이 내가 교통사고가 나고 일기를 쓰지 못하게 된 이후 6개월 만에 다시 글을 쓰게 된 계기다.

안녕이란 말을 쉽게 하고 싶지 않다. 때론 그리운 것은 지구의 양 반대쪽에 있다. 그러니 어디로 가도 내가 그리운 걸 만날 수 있다. 아직도 눈을 감으면 그 순간이 떠오른다. 난 밀롱가를 추는 사람들 사이에 서 있다. 하얀 달 아래 에스프레소를 마시며.

풍경이 가슴을 치는 순간

괴테는 1892년 『이탈리아 여행』에서 말했다. "자연을 가만히 지켜보고 있으면, 산과 계곡은 그냥 아무렇게나 놓여 있는 것이 아님을 알 수 있다." 지리 수업에서 우리나라 산과 계곡들이 어떤 역사에 의해 지금의 모습에 놓였는지 설명을 들은 적이 있다. 자세한 내용은 기억이 안 나지만 우리나라 지형은 꽤나 오랜 세월을 거쳐 지금의 모습을 갖추었다는 것이다. 감동적이었다. 어떤 산과 계곡도 이유 없이 그 자리에 있지 않다. 자연의 형태는 그 자체로 완벽하고 아름답다. 그걸 다시 한 번 깨달은 건 스위스였다.

사회 초년생 때 신규 브랜드를 런칭하는 일을 맡았다. 팀원들은 전 세계를 돌아다니며 선진국의 앞서가는 디자인을 조사했고, 동료들이 박람회, 거리 등에서 찍어온 사진을 보며 세상이 넓다는 걸 실감했다. 브랜드를 만들기 위해 시장조사를 할 땐 보는 눈이 달라져야 함을 배웠다. 예를 들면, 오늘 하루는 간판만 보기로 결정하는 것이다. 그리고 내일은 거리 상점들의 쇼윈도만 보며 벤치마킹한다. 그런 식으로 작은 하나의 요소를 중심으로 보면 이전에 봤던 거리도 새롭게 보인다.

나는 스위스의 시계 박람회에 가는 것으로 통보 받았다. 지금은 유지되고 있지 않지만 한 때 세계에서 가장 큰 시계 박람회였던 〈바젤 월드(Basel

World)〉에 차장님 한 분과 동갑내기 동료와 참석하게 되었다. 차장님은 신입 사원인 우리를 앞에 두고 엄한 사전 교육을 실시하셨다.

"해외에 나간다고 놀러 간다고 생각하면 안 됩니다. 엄연히 이것도 업무라는 걸 잊지 마세요. 복장은 비즈니스 캐주얼로 입으세요."

여행을 많이 다녔어도 스위스도 처음, 박람회도 처음, 게다가 해외 출장 자체가 처음이었다. 박람회는 스위스의 작은 도시 바젤에서 열렸다. 행사가 있는 동안 근처 숙소는 천정부지 가격으로 올라갔고, 인근 도시 숙소마저 매우 비쌌다. 회사에선 비용을 감축한다며 저렴한 숙소를 알아보라 했고, 우리는 바젤의 숙소가 아닌 베른의 한인 민박집에 머물게 되었다.

이미 해가 다 진 저녁에 베른에 도착했다. 베른역엔 고딕 스타일의 옷을 입고 스모키 화장을 한 젊은 청년들이 담배 피며 삼삼오오 모여 있었고, 낯선 그들의 모양새에 우린 잔뜩 긴장했다. 친절한 집주인 분이 역으로 우리를 마중 나왔다. 담소를 하며 걷다보니 집에 도착했다. 개구쟁이 형제가 살고 있는 아담한 집이었다. 친절한 주인 내외분들은 우리가 편히 쉴 수 있게 배려해주었고, 맛있는 아침식사까지 마련해주셨다.

4월의 스위스는 눈발이 쏟아졌다. 흐리고 쌀쌀한 날씨 속에 매일 기차를 타고 베른에서 바젤까지 출근하는 나날이 이어졌다. 박람회는 신세계였다. 우리가 아는 패션의 명품과 시계의 명품은 전혀 달랐다. 파텍 필립, 바쉐론 콘스탄틴, 오데마 피게, 브레게, 예거 르쿨르트, 제니스 등……. 난생 처음 보는 하이엔드 시계들은 휘황찬란했고, 제품도 화려하지만 제품을 보여주는 각 브랜드들의 전시관 역시 볼만했다.

파텍 필립은 손목시계의 역사이면서 시계 기술에서 명실상부 최고였고, 럭셔리 시계의 강자답게 '바젤 월드'의 가장 가운데 앞쪽에 위치하고 있었다. 내 연봉의 몇 배 혹은 몇 십배를 호가하는 시계들을 바라보며 이 작은 세계에 얼마나 복잡하고 정교한 우주가 담겨 있는 것일까, 궁금했다. 시계란 여전히 신기한 물건이다. 시간은 인간이 가질 수 있는 것 중 가장 소중하고 가치있는 개념이다. 시계는 그 시간을 알려주고, 특히 손목시계 중 매케니컬(기계식) 시계는 톱니바퀴를 쓰는 아날로그한 방식으로 가장 정확한 시간을 알려준다.

전시관을 돌아다니다 앞쪽에 무언가가 계속 움직이는 커다란 파란색 화면이 눈에 띄었다. 럭셔리 시계 브랜드가 있는 가장 큰 전시관은 모든 브랜드 구역이 크고 웅장했는데 한눈에 브랜드 특성이 눈에 보이게 디자인한 것이 인상 깊었다. 그렇게 개성 넘치는 전시관 사이에서도 파란색 화면은 유독 시선을 끌었다. 저게 뭘까? 궁금한 나머지 우리는 가까이 다가가 보고 경악을 금치 못했다. 전시관 한 구석을 통째로 차지하고 있는 파란 화면은 거대한 수조였다! 그리고 움직이고 있던 것은 진짜 물고기들이었다. 스포츠 시계로 유명한 브라이틀링의 전시관이었던 것이다. 혀를 내두르도록 대단한 시계 브랜드들을 하루 종일 보노라니, 인간의 기술과 디자인이 얼마나 창의적인지 느낄 수 있었다.

그러나 첫날의 충격은 길게 가지 못했다. 아침 일찍 출근해 하루종일 전시관을 돌아다니고 숙소에 돌아와서 그날 본 자료를 정리하는 나날은 그저 여느 일하는 일상과 다름 없었다. 게다가 몇 날 며칠 매일 시계만 보니 나중엔 동그란 문양만 봐도 징글징글했다. 날씨는 매일 구름이 꼈고 추웠다. 한국은 꽃이 피는 봄날일 텐데 스위스는 어찌 이렇게 눈바람일까, 투덜대며 잠이 들었다.

그날도 여느 때처럼 똑같이 일어나 출근 준비를 하고 숙소에서 아침을 먹고 길을 나섰다. 하늘은 모처럼 구름 뭉텅이를 힘들게 털어낸 채 가뿐한 마음으로 새파란 얼굴을 드러내고 있었다. 카탈로그와 자료를 넣을 작은 캐리어를 끌고 돌돌돌 베른 길가를 걸었다. 도란도란 이야기를 하며 골목 길에서 기차역 광장으로 들어선 순간, 앞 시야를 가로막은 건물이 사라졌다. 그리고 내 눈앞에 들어온 것은, 어마어마한 알프스였다. 몇 날 며칠 구름더미에 가려 보이지 않던 산이, 해와 함께 등장한 것이다. 사실 내가 여기에 있었다, 말하는 듯이.

그 위용이란 이루 말할 수 없을 만큼 거대해서, 차마 다음 발자국을 내딛지 못한 채 난 멍하니 바라볼 수밖에 없었다. 오래된 도시 속으로 커다란 빙하가 위협적으로 흘러 들어오다 굳은 것 같았다. 다정한 산들이 소담하게 도시를 빙 둘러쌓은 서울과 달리, 알프스는 뾰족한 거인이 도시에 쳐들어온 기세였다. 그 광경은 평생 잊을 수 없을 것이다. 인간이 아무리 알량한 디자인을 한들, 그건 흉내조차 낼 수 없다.

김훈 작가는 『자전거 여행』에서 산에 대해 이렇게 말했다. "사람의 시야 속에서 그 산들은 멀어질수록 커지고, 커질수록 순해진다. …멀어져야 비로소 완연해지는 산이 사람에게로 온다." 우리나라 산은 사람에게 멀어지면서 완연해진다. 알프스는 사람이 기다릴 필요 없이 그저 앞에 있다. 앞에 있음으로써 존재감을 드러낸다.

김민철 작가 역시 『우리는 우리를 잊지 못하고』에서 산의 존재감에 대해 이야기했다. "눈앞에 두둥. 산이 떠오르더라고. 말 그대로 떠올랐어. 낮에는 해에 가려 보이지 않던 산이, 해가 넘어가기 시작하니까 그제야 모습을 드러낸 거야. 그게 또 무려 후지산이었어." 해가 넘어가며 모습을 드러낸 산. 일본인에게 성역으로 여겨지는 후지산 역시 그렇게 존재감을 드러내었다.

　자연은 그 거대한 위용을 사람에게 과시하지 않음으로서 오히려 사람 위에 선다. 알프스, 후지산, 우리나라의 산들은 구름에 가려지거나 흐린 날 굳이 모습을 드러내지 않는다. 그네들이 사실 얼마나 거대했는지 인간이 알게 되는 순간, 사람은 초라해지지만 그 초라함은 기분 나쁘지 않다. 오히려 호탕하다. 인간이 자연 앞에 얼마나 작은지 자연 스스로 말하지 않고 인간이 깨닫게 하기 때문이다.

　출장 다녀온 뒤, 전시에 대한 보고서를 작성했다. 나는 시계에 대해 여러 가지를 주저리주저리 떠들었지만 속으로는 "알프스가 가장 인상 깊었습니다."라고 생각했다. 대도시의 세련된 디자인도 좋지만 자연만큼 위대할까? 지금까지도 난 '바젤 월드'를 회상하면 파텍 필립, 바쉐론 콘스탄틴보다 알프스가 도시를 쳐들어오는 듯한 그 광경이 떠오른다. 베른에 다시 간다면 흐린 날 가고 싶다. 날이 개일 때 도시 뒤에 거대하게 서 있는 거인의 위용을 보기 위해서. 그 기분 좋은 충격을 다시 느끼고 싶다.

지구의 주인이
인간이 아님을 깨달으면

환상적인 푸른 바다 위에 떠 있는 아름다운 섬들. 그 위로 떠오르는 햇빛. 하늘에서 바라보는 모습은 그야말로 천국 같았다. 엘니도는 필리핀의 작은 시골 마을이었다. 엘니도는 투어 코스가 다양할 정도로 많은 섬들이 있었고, 각기 매력이 달랐다. 그러나 정작 우리를 사로잡은 것은 따로 있었다.

"안녕하세요, 모두 반갑습니다. 오늘 다이빙 나가기 전에 다이빙 포인트 설명을 드릴게요. 오전에 두 번, 오후에 한 번 다이빙을 할 거에요. 오전엔 작은 상어를 볼 수 있는 포인트와 산호 리프를 갈 텐데 조류에 따라 마스터가 다이빙 포인트를 변경할 수도 있어요. 시발탄은 조류가 강한 편입니다. 그리고 오후에 만타를 보러 갈 거예요. 이곳은 만타가 정기적으로 클리닝하러 오는 클리닝 스테이션이 있어요. 만타는 깊은 수심에 살지만 매일 정기적으로 얕은 수심에 클리닝을 하러 옵니다. 우리는 해양 생물들을 리서치하는 인스티튜트와 연계되어 있어 매일 이 만타들을 관찰합니다. 이 친구들의 상태가 괜찮은지 관찰하고, 사진 찍고, 인스티튜트에 정보를 공유하는 일을 해요. 만타를 보기 전에 자세한 설명은 마스터가 다시 해드릴 겁니다."

우리는 만타를 보기 위해 엘니도의 반대편, 시발탄이라는 지역으로 다이빙을 갔다. 만타의 클리닝은 만타의 몸에 붙은 기생충을 작은 물고기들이 먹으며 청소하는 행위를 말한다. 시발탄 다이빙 샵은 천혜 자연을 보호해야 한다는 사명감에 가득 차 있는 곳이었다. 그도 그럴 것이, 엘니도도 문명과 떨어진 곳이라곤 하지만 관광객이 적지 않은 곳이었다. 매번 사람의 손을 타야 하는 바다는 스트레스를 받을 수밖에 없다. 시발탄은 그보다 더 떨어져 있는 외진 곳이어서 불편함은 있지만 자연은 그 모습 그대로 보존될 수 있었다. 어느 나라, 어느 바다를 가도 다이빙을 하기 직전에 물속의 생물들에 절대 손대지 말라는 말을 듣게 된다. 하지만 시발탄에선 더더욱 조심스러워졌다. 직원은 한 마디 말을 덧붙였다.

"다이빙을 하다 큰 소리가 날 수도 있어요. 놀라지 마세요. 이곳은 아직도 어부들이 다이너마이트로 물고기를 잡아요. 사실 불법이긴 한데, 이곳 사람들의 생존 방식이에요. 소리가 크겠지만 2km 정도 멀리서 나는 거라 우리는 괜찮아요."

그때만 해도 폭발음이 들릴 거라는 말을 사람들은 그저 흘려들었다. 우리는 곧 준비를 하고 보트에 올라탔다. 해변을 벗어난 지 얼마 안되어 우린 맑은 물이 있는 바다 한가운데 도착했다. 밖에서도 속이 들여다보일 정도로 물이 깨끗한 걸 보고 우리는 흥분하기 시작했다.

햇빛이 비친 시발탄의 바닷속은 투명한 유리구슬 같았다. 어디서도 보지 못한 형형색색의 산호들이 제 모습을 그대로 유지하고 있고, 물고기들은 신이 난 듯 아침 햇살 속에서 산호의 보드라운 품을 즐기며 헤엄치고 있었다. 마스터가 때때로 어딘 가를 손으로 가리켰다. 작은 상어가 산호 사이를 헤엄치고 있었다. 얕은 수심이어서 영화에서 보던 커다란 상어는 아니었지만 뾰족하고 날렵한 꼬리를 가진 매끄러운 몸통은 시선을 끌기에 충분히 매력 있었다. 평온하고 여유로운 다이빙이었다. 우린 수심이 깊은 곳 얕은 곳을 넘나들며 산호 사이를 누비고 다녔다.

그 때였다. 쿠쿠쿠쿵! 엄청난 굉음소리와 함께 땅이 울렸다. 나와 남편은 물속에서 서로를 바라보았다. 어디선가 다이너마이트가 터진 것이다. 샵에서 미리 조언을 해주지 않았더라면 지진이 난 걸로 착각할 수 있을 만큼 엄청난 울림이었다. 다이버들은 당황하지 않고 조금 더 유영하다 물 위로 올라왔다. 사람들은 장비를 벗으며 그제야 대화를 나눴다.

"소리가 엄청났어요."
"예전에 인도네시아에서 다이빙을 하다 비슷한 울림이 있었어요. 그 땐 정말 지진이 난 거였더라고요."

서로가 소리가 났던 순간을 회상하며 미소를 지었다. 독특한 경험을 함께 한 공유자로서, 함께 생존한 사람들로서 지을 수 있는 미소였다. 어찌 보면 우리가 매 순간 살아있는 게 기적이지 않을까 싶을 정도로 폭발은 충격적이었다. 이렇게 아름다운 산호와 물고기들이 다이너마이트로 터질 수 있다고 상상하니 아찔해졌다. 그러나 현지인들에겐 그것이 생존의 한 방식이었다. 누구를 탓할 수도 없는 삶의 아이러니에 마음이 무거워졌다.

두 번째 다이빙까지 신나게 한 뒤, 보트는 점심 식사를 위해 무인도에 정차했다. 섬이 가까워질수록 에메랄드빛 바다는 점점 투명해지고, 사람들은 계속 물에 있었음에도 보석처럼 반짝이는 바다를 보고 다시 흥에 겨웠다. 전 세계의 많은 바다를 가본 건 아니지만 시발탄의 바다는 보배임에 틀림없었다. 다이빙 샵 직원들은 점심 준비도 친환경적으로 했다. 우리는 바나나 잎에 올려진 음식들을 원하는 만큼 집어 나무로 된 도구로 먹었다. 화장실도 따로 없었다. 쓰레기는 최소한으로 만들었고, 있어도 모두 챙겼다. 점심을 먹은 사람들은 나무 밑 그늘 아래 누워 쉬거나 물에 들어가 수영하며 놀았다. 나 또한 맑은 물속이 보고 싶어 다시 마스크와 핀을 착용하고 물속으로 들어갔다. 동남아의 뜨거운 오후 햇살이 물위로 살짝 나온 살을 갈색으로 태우는 느낌이 났다.

보트는 다시 달려 드디어 만타의 클리닝 스테이션에 도착했다. 마스터는 입수하기 전 브리핑을 했다.

"우리는 물속을 구경하다 만타 클리닝 스테이션으로 갈 거예요. 거긴 거의 모래밖에 없어요. 어느 순간 제가 멈춰서 손으로 신호를 하면, 여러분은 그 자리에 가만히 움직이지 않고 만타가 올 때까지 기다리세요. 바닥에 완전히 가라앉지 않도록 주의하세요. 만타를 만지거나 만타에게 다가가지 않도록 주의하시고요."

만타를 볼 수 있다는 생각에 모두가 흥분했다. 만타 클리닝 스테이션은 마스터의 말대로 모래 밖에 없었다. 산호가 가득했던 오전 다이빙 포인트의 바다 모습과 달라 더욱 흥미진진했다. 한참을 가던 마스터는 어느 순간 속도를 늦췄고, 사람들에게 수신호를 했다. 사람들은 그 자리에 멈춰 마스터가 가리킨 방향을 눈여겨보기 시작했다. 생각보다 수심이 깊은 곳이 아니었다. 물고기들이 춤추는 듯 헤엄치며 만타가 오기를 기다리고 있었다.

얼마나 기다렸을까. 너울과 물고기들의 춤으로 모래가 흩뿌려져 점점 시야가 뿌얘졌다. 만타는커녕 그 많던 물고기가 한 마리도 보이지 않았다. 여기까지 왔는데 만타를 못 보는 게 되는 건 아닐까? 걱정이 되어 눈을 부릅떴지만 움직이는 거라곤 물속을 유영하는 모래 뿐이었다. 마스터는 오지 않는 만타를 마냥 기다릴 수 없어 보트로 다시 돌아가기 위해 사람들에게 수신호했다. 우린 점점 수심이 얕은 곳으로 이동했고, 어느 덧 상승만을 앞두고 있었다. 마스터의 손가락만 바라보던 우리에게 갑자기 마스터가 물속에서 종을 울렸다.

'댕댕댕.'

물속에서 울리는 종소리는 더욱 크고 힘찼다. 우리는 놀라 모두 뒤를 돌아보았다. 어마어마하게 큰 만타 한 마리가 저 멀리에서 헤엄쳐 이곳으로 오고 있었다. 아니, 날아오고 있었다. 거대한 새 한 마리처럼 우아한 날갯짓이었다. 커다란 담요 같았다. 오죽하면 '만타'라는 이름을 붙였을까. '만타'는 스페인어로 '넓고 평평한 담요'를 뜻한다. 날개를 천천히 들어 날갯짓을 한 만타는 한 번에 먼 거리를 스윽 이동해 어느 덧 바로 우리 옆까지 날아왔다. 만타는 내가 생각했던 것보다 훨씬 거대하고 순했다. 물속의 생물들을 도감으로 보면 기괴하다. 이 세상의 생명체가 아닌 것처럼 보인다. 하지만 내가 실제 물속에서 본 그들은 바다 세계의 정복자이자 생활자였다. 만타는 그 자체로 카리스마 있고, 자유로우며, 아름다웠다. 이 세상에 만타가 존재한다는 것이 감사하게 느껴질 정도였다.

우린 만타를 보기 위해 몸을 돌려 헤엄쳤다. 3m 가량 되는 녀석은 우리를 아랑곳 하지 않고 유유히 클리닝 스테이션으로 가고 있었다. 4~5m를 훌쩍 넘는 성체에 비해 아직 어린 만타였다. 나는 날아가는 만타의 모습을 한 순간도 놓치고 싶지 않아 만타의 꼬리 끝이 보이지 않을 때까지 녀석을 보고 또 봤다.

『인생을 바꾸는 여행의 힘』 작가 채지형은 아프리카에 갔을 때를 이렇게 회상한다. "아프리카에 가서 처음으로 인간이 주인이 아닌 세상을 만나게 되었다." 그렇다. 세상엔 인간이 주인이 아닌 세상이 있는 것이다. 아니, 사실 인간이 주인인 세상보다 아닌 세상이 훨씬 넓고 크다. 우리는 이걸 잊고 산다.

물 위로 올라온 나는 지구에 대해 생각했다. 내가 알지 못하는 세계가 아직도 이 지구엔 많다. 동시에 한 편에선 그 아름다움이 망가지고 있다. 도시의 삶에 익숙한 나는 어떻게 자연이 파괴되어 우리가 삶을 유지해왔는지 알지 못했다. 시발탄에 오자, 인간의 생활을 위해 자연을 포기하는 순간을 목격한 기분이었다. 물속에서 다이너마이트 소리를 듣지 못했다면 아마 그런 생각조차 하지 못했을 것이다. 아름다운 이 행성을 온전하게 유지할 방법을 나부터 찾고 싶은 생각이 들었다. 시발탄에서 얻은 것은 만타를 본 경험만이 아니었다. 지구를 위한 삶을 생각하게 된 것이 진정 내가 얻은 것이었다.

일본의 정신과 의사 시미즈 켄은 『당신 마음 가는 대로 살아도 됩니다』에서 말한다. "사람은 태어나서 죽을 때까지 인생을 지구라는 공동체 속에서 모두가 서로 협력하며 살아간다. 그래서 실제로 만난 적도 없고 존재조차 몰랐던 완전한 타인에게도 무관심하지 않게 되는 것이다." 사람들은 평생 직접 보지도 못한 사람들이 겪은 자연재해나 동물들의 멸종에 대해 안타까워하고 슬퍼한다. 그건 본인은 자각하지 못하지만 우리는 모두 '함께 살고 있다'는 감각을 가지고 있다는 뜻일 것이다. 그걸 깨닫는 것에서부터 함께 살아갈 수 있는 방안이 모색되지 않을까.

한국에 돌아온 나는 자연보호단체에 후원을 시작했다. 분리수거도 철저히 하려고 노력한다. 가끔 시발탄의 바다를 생각한다. 그리고 진심으로 매일 그곳을 날아다닐 만타가 무사하고 행복하길 바란다. 아름답고 자유로운 날갯짓을 하는 아기 만타가.

아침을 맞으며

행복한 소소한 것에서 온다

큰 예산의 캠페인을 성공시키면 행복할 줄 알았다. 멋들어진 행사를 치르면 행복할 줄 알았다. 그러나 그 무엇도 행복을 가져다주지 않았다. 오히려 허무만 늘었다. 출근길 맑은 하늘을 볼 때, 길가에 새로 핀 장미를 발견했을 때, 친구랑 맛있는 거 먹으며 수다 떨 때, 아이들의 웃음소리를 들을 때 행복은 찾아왔다. 행복은 작은 것에서 우주를 발견할 때 온다.